晨羽

暖淚系
青春愛情天后

有一種地獄，叫做「活著」。
我在地獄裡，活出了另一個自己。

出·版·緣·起

三百六十度全媒體出版

城邦原創創辦人　何飛鵬

當數位變革浪潮風起雲湧之際，做爲一個紙本出版人，我就開始預想會不會有數位原生內容出版社出現？如果會的話，數位原生出版會以什麼樣貌出現？而我又將如何面對這種數位原生出版行爲？

就在這個時候，我看到了大陸的起點網，這個線上創作平台，聚集了無數的寫手，形成數量龐大的創作內容，無數的素人作家在此找到了夢許之地，也成就了一個創作與閱讀的交流平台，而手機付費閱讀的習慣養成，更讓起點網成爲全世界獨一無二、有生意模式的創作閱讀平台。

基於這樣的想像，我們決定在繁體中文世界打造另一個線上創作平台，這就是POPO原創網誕生的背景。

做爲一個後進者，再加上我們源自紙本出版工作者，因此我們在POPO上增加了許多的新功能，除了必備的創作機制之外，專業編輯的協助必不可少，因此我們保留了實體出版的編輯角色，讓有心成爲專業作家的人，能夠得到編輯的協助，我們會觀察寫作者的內容、進度，選擇有潛力的創作者，給予意見，並在正式收費出版之前，進行最終的包裝，並適當的加入行銷概念，讓讀者能快速認識作者與作品。

這就是ＰＯＰＯ原創平台，一個集全素人創作、編輯、公開發行、閱讀、收費與互動的一條龍全數位的價值鏈。

經過這些年的實驗之後，ＰＯＰＯ已成功的培養出一些線上原創作者，也擁有部分對新生事物好奇的讀者，不過我們也看到其中的不足─我們並未提供紙本出版服務。

眞實世界中，仍有許多作家用紙寫作，還有更多讀者習慣紙本閱讀，如果我們只提供線上服務，似乎仍有缺憾。

爲此我們決定拼上最後一塊全媒體出版的拼圖，爲創作者再提供紙本出版的服務，讓所有在線上創作的作家、作品，有機會用紙本媒介與讀者溝通，這是ＰＯＰＯ原創紙本出版品的由來。

如果說線上創作是無門檻的出版行爲，而紙本則有門檻的限制，線上世界寫作只要有心，就能上網、就可露出，就有人會閱讀，沒有印刷成本的門檻限制。可是回到紙本，門檻限制依舊在。因此，我們會針對ＰＯＰＯ原創網上適合紙本出版的作品，提供紙本出版的服務，我們無法讓所有線上作品都有線下紙本出版品，但我們開啓一種可能，也讓ＰＯＰＯ原創網完成了「三百六十度全媒體出版」的完整產業及閱讀鏈。

不過我們的紙本出版服務，與線下出版社仍有不同，我們提供了不同規格的紙本出版服務：（一）符合紙本出版規格的大眾出版品，門檻在三千本以上。（二）印刷規格在五百到二千本之間的試驗型出版品。（三）五百本以下，少量的限量出版品。

我們的宗旨是：「替作者圓夢，替讀者服務」，在作者與讀者之間搭起一座無障礙橋梁。

我們的信念是：「一日出版人，終生出版人」、「內容永有、書本不死、只是轉型、只是改變」。

我們更相信：知識是改變一個人、一個組織、一個社會、一個國家的起點。讓想像實現、讓創意露出、讓經驗傳承、讓知識留存。我手寫我思，我手寫我見，我手寫我知，我手寫我創，變成一本本的書，這是人類持續向前的動力。

我們永遠是「讀書花園的園丁」，不論實體或虛擬、線上或線下、紙本或數位，我們永遠在，城邦、POPO原創永遠是閱讀世界的一顆螺絲釘。

目錄

第一夢 孤絕

有一種地獄，叫做「活著」。

早自習一結束，孫祖霖就被班上的幾個男同學拐進廁所。平常專愛欺負他的五個惡霸，今天手上各持棍子跟水管，讓孫祖霖看了臉色發白，靠在牆邊止不住地發抖，明白自己即將大難臨頭。

「我問你，爲什麼昨天訓導主任會突然找我們去訓話？」五人幫裡的頭頭，徐清，邊說邊往他腹部揍了兩拳，「是你去打小報告的，對不對？」

孫祖霖發出痛苦的乾嘔，胃如同被用力擠壓般難受。他緊摀著嘴，拚命搖頭，慶幸早上沒吃太多早餐，要不然一定會將食物全吐出來，落得被修理更慘的下場。

其他想上廁所的學生看到徐清立刻調頭逃走，沒有一個人敢踏進一步，他們寧可到別層樓去上，也不願遭受池魚之殃。

孫祖霖心底明白不會有人來救他，在學校裡，沒有任何學生敢招惹徐清，每個人都非常清楚，要是做出讓徐清不高興的事，以後就換自己沒有好日子過了。

「幹，敢打小報告！」徐清朝他肚子猛力一踹，孫祖霖隨即痛得趴跪在地，眼淚當場掉了下來。

「我沒有，不是我、眞的不是我……」明知無用，孫祖霖仍然極力替自己辯解。

不對，不能說辯解，他只是試圖解釋，千萬不能讓他們覺得他在反駁。

「我想也是啦，你哪有那個狗膽？」徐清蹲下，扯住孫祖霖的頭髮逼近自己，刺鼻口臭噴在孫祖霖的臉上。「不過老子現在就是超級不爽，你說該怎麼發洩我的怒火才好呢？」

「對不起、對不起……真的對不起……」孫祖霖抽抽噎噎，剛剛挨的幾拳讓他的腹部像火燒一樣疼痛。

在徐清面前他永遠只有道歉跟求饒的份，只要可以放他一馬，要說幾次對不起都沒關係，哪怕錯的人從來就不是自己。

徐清吩咐同夥把孫祖霖的衣服全部脫掉。

一絲不掛的孫祖霖被他們用水管牢牢綑住全身。

那群人瘋狂大笑，刻意不遮住他的重點部位，還用手機不停拍照、錄影，拿水桶裡的髒水猛潑他，再用水桶砸他，凌虐的過程還叫其他無意間經過的學生一起進來觀看。

孫祖霖漸漸哭得聲嘶力竭，強烈的羞恥感讓他恨不得咬舌自盡，一了百了。

等他們玩夠了，徐清的心情好了，也沒有要幫孫祖霖解開水管的意思，僅丟下一把美工刀給他，一群人像是沒事般笑笑鬧鬧的走出廁所。

孫祖霖費了好大氣力，才用美工刀割開綑綁在身上的水管，穿上被扔在一旁的制服，狼狽地在上課前回到教室，徐清此時正與那些狐群狗黨大聲嬉鬧，看都沒看他一眼。

他默默回到座位，坐在右前方的那個人，忽然轉過頭來。

他就這麼與那人四目交接。

孫祖霖認眞回想起來，他的惡夢從升上國一，與徐清編在同班的那天就開始了。

徐清人高馬大，性情殘暴又目中無人，光是冷冷瞪視人的眼神，就足以讓其他學生嚇破膽，連學長都不敢招惹他。

由於徐清的母親是立法院的教育委員，有些老師甚至還會禮讓他三分，更使他無論到哪裡都走路有風，神氣得不得了。

而孫祖霖當然也很怕他，只想離他越遠越好，卻沒想到最終仍是被徐清盯上，三不五時就要被他嘲弄一番。

孫祖霖個子矮小，總是戴著一副大大的粗框眼鏡，他那副低頭駝背、畏畏縮縮的模樣，在徐清眼中無疑是最適合被拿來欺凌的玩物。

儘管大家都知道徐清喜歡欺負孫祖霖，但因爲怕受到牽連，沒有人願意對他伸出援手，不是選擇忽略無視，就是跟著徐清一起鄙視唾棄他。

孫祖霖覺得自己身處於一個不見天日的角落，一個人人棄他而去的孤絕世界裡。

國中生活的每一天，他時時刻刻無不置身於黑暗中掙扎，沒人知道他就快溺斃滅頂。

還有比這裡更像是地獄的地方嗎？

放學，孫祖霖站在捷運月台，茫然地對著地上發呆。

明明身邊一片嘈雜，四周充斥著說話及談笑聲，他的腦袋卻空空盪盪，耳朵聽不進任何聲音。

早上徐清才開口向孫祖霖勒索三千元，並且威脅若明天交不出錢，就要痛扁他一頓，還要將今天所拍的影片上傳到網路，讓全世界的人都看到他赤裸裸縮在廁所角落哭泣的窩囊樣。

此時站在前排的一群男學生正嘻嘻哈哈的打鬧，發出的聲音之大，使還在發怔的孫祖霖稍稍回神，視線停留在他們滿是笑意的臉上。

什麼事這麼好笑？

眞的有那麼好笑嗎？

爲什麼你們可以笑得這麼開心，沒有半點煩惱的樣子？

爲什麼你們可以這麼快樂，而我就必須這樣痛苦地活著？

爲什麼你們不用像我這樣痛苦？

憑什麼？

孫祖霖眼睛眨也不眨地瞪著他們，直到捷運進站的提示聲打斷他的思緒。他將手探進外套口袋，手心傳來冰冷的觸感。他愣了一下。

那是早上徐清扔給他的美工刀。

想到明天以及後天，甚至是未來，自己都得活在徐清的暴力威嚇之下，孫祖霖就想讓時間停止，讓這個世界跟著他的痛苦一起終結。

所謂「活著就有希望」這句屁話，根本是說給鬼聽的。

孫祖霖站在車廂門邊，始終牢牢緊握口袋裡的美工刀。

站在前排的那群男生，依然大肆笑鬧不斷。

他好想叫他們別再笑了。

好想用口袋裡的刀片劃破他們的嘴，割掉他們的舌，刺進他們的喉嚨，讓他們這輩子再也笑不出來。

如果這些人可以和徐清他們一起去死就好了。

孫祖霖越是這樣想，這份欲望就越是強烈，連帶心跳也跟著加速起來。

他呼吸急促，不自覺用力吞了一口口水，默默扳出口袋裡美工刀的刀頭……

「櫻子，快點，有空位了！」一個輕快的女聲驟然阻斷他的可怕思緒。

孫祖霖回頭往後一瞥，發現兩名班上的女同學，正雀躍的拉著另一個女生坐下。

他呆呆望著坐在三人座中間座位的女孩。

她的恬靜笑顏，讓孫祖霖很快想起今早從廁所回到教室時，右前方投來的那雙瑩亮眼睛……

孫祖霖一直以來都覺得自己被所有人孤立，被這世界拋棄，每個人都和徐清一樣瞧不起他，把他視爲連垃圾都不如的髒東西。

但他後來發現，事實並非如此。

那是在孫祖霖國二時發生的事。

某日放學，他又被徐清一夥人抓去，他們不但逼他趴在地上吃土，還故意將他砸得滿身泥濘。

最後，孫祖霖只能在教室外的洗手台默默清洗臉上的泥巴，當時已經過了放學時刻，忽然一道身影冷不防在他洗完臉抬起頭的瞬間出現在鏡中，嚇得他差點停止呼吸！

那是班上的一個女同學。

儘管兩人仍隔著一小段距離，孫祖霖還是受到不小驚嚇，才要跑走，不料馬上被叫住。

女孩走到他面前，遞出一包面紙。

「這個給你擦。」她淡淡啟口。

孫祖霖睜大眼睛，全身僵硬，驚得無法動彈。

班上從來沒有一個人願意跟他接觸，就算不刻意嘲弄他，也多是選擇將他視爲空氣般毫無存在感，更別說像眼前這個女孩，不僅直勾勾地盯著他，還主動跟他說話。

孫祖霖傻了好久，才伸手從她手中接過面紙，連聲謝謝都還來不及說，女孩已經轉身離去，消失在一片溫暖暮色之下。

自那天起，他再也忘不了她的倩影。

她叫羅玲櫻，大家都叫她櫻子。

她是班上最漂亮的女孩子，烏黑的長髮，雪白透亮的肌膚，像黑珍珠般晶亮的大眼睛，宛如造物主精雕細琢而出的洋娃娃。

櫻子不但功課好、氣質佳，在同學之間也非常受歡迎，更是老師眼中的模範生，班上無論男生或女生都十分喜歡她。

那天櫻子給他的面紙，稍一拿近，還能聞到一抹淡淡清香。

孫祖霖沒有使用，反而小心翼翼地收進書包，捨不得讓它沾到一點點污泥。

升上國三後，櫻子的座位就在他的右前方，當她偶爾轉頭跟後方同學說話時，常會不經意與他對上視線。

雖然之後孫祖霖就再也沒有機會和櫻子接觸，他卻常在課堂上不時偷偷凝望她的側臉。

每回見到櫻子微低著頭，輕柔地將長髮勾至耳後，這般舉動每每都會令他看到痴迷，彷彿在欣賞世上最美的一幅畫。

下一站的乘客湧入車廂，孫祖霖發現原本正在和朋友聊天的櫻子突然停止說話。她的目光定在離她最近的車門，接著立刻站起身來，將座位禮讓給一名白髮老爺爺。那時車上早已擁擠的沒有空位，不是坐在博愛座的櫻子大可裝沒看到，但卻毫不猶豫的讓座。

櫻子對老爺爺露出和善的笑容，孫祖霖的目光完全離不開她。是櫻子讓孫祖霖相信，原來世上還存在著天使，而且就在自己的身旁。假使剛剛沒有看到櫻子出現在這裡，他真不敢想像自己之後會對那群聒噪的男生做出什麼事。

意識到前一刻自己駭人的念頭和無法克制的衝動，孫祖霖握著刀片的手不禁鬆了開來，全身覆上一層薄薄的冷汗。

稍後櫻子和朋友一起下車，目光一轉，竟與一直盯著她看的孫祖霖對上視線。即使他們的眼神只短暫交會了一秒，卻讓孫祖霖心跳加速，呼吸紊亂，甚至沒來由的眼眶泛熱。

對他來說，櫻子是當時的唯一救贖。

光是看著她，就足以讓孫祖霖暫時忘記，自己身處的這個世界，有多麼殘酷。

◆

晚餐過後，孫祖霖走進廚房，喚了聲正在洗碗的母親。

「什麼事？寶貝。」孫母回頭，漾起一抹溫婉笑容。

他咬咬唇，艱澀開口：「妳可不可以給我三個月的零用錢？」

「爲什麼？你要做什麼？」孫母神情詫異。

「我……有急用就對了啦！」

她放下洗好的盤子，關心地詢問：「寶貝，你爲什麼會需要三千塊？要買什麼？還是學校要繳什麼費用嗎？」

面對母親的追問，孫祖霖只是不耐地嘖了一聲，大步奔回二樓房間，煩躁地在書桌前來回踱步。

他一定要在今天拿到三千塊，否則明天就是他的死期，偏偏母親又愛問東問西，讓他根本不知道該如何是好。

無計可施之下，孫祖霖只能在半夜偷偷溜進父母房間。

趁爸媽都睡了，他打開父親的公事包，找出皮夾，從裡頭抽出三張千元大鈔，再悄悄溜回房間。

翌日早自習下課，孫祖霖把錢交給徐清。

徐清點了點，眉頭一挑，「還有兩千呢？我說要五千，怎麼只有三千？」

孫祖霖滿臉錯愕：「可是你昨天明明說只要三千……」

「我說五千就是五千，誰准你頂嘴的？」徐清用力將他推到牆邊，「你以為我今天會放過你嗎？」

眼見徐清等人步步逼近，孫祖霖慌了，轉身欲逃，立刻被抓了回來。

「你想躲到哪裡去？」徐清扯住他的衣領，「沒關係，老子我大人有大量，今天就對你寬容一點，我不揍你。」他揚起脣角，「不過，你現在得去找羅玲櫻！」

聽到櫻子的名字，孫祖霖一愣。

徐清眼神輕蔑，幸災樂禍笑道：「你以為我不知道你喜歡羅玲櫻？每次上課你都在後面盯著她瞧，口水都快流下來了。既然你這麼哈她，我就給你一個機會，只要你去跟羅玲櫻告白，我就放你一馬如何？」

孫祖霖臉色慘白，他寧可被徐清打死，也不想自取其辱向櫻子告白！

他死命搖頭：「不、不行，我不行！」

徐清不由分說，架著他就往教室走去，孫祖霖不斷掙扎，驚恐大叫：「不要、不要，求求你！拜託你，我不要去……徐清，拜託你！」

徐清完全不理會他的哀求，將他抓回教室，直接帶到櫻子面前。

正在和同學聊天的她嚇了一跳，徐清制住孫祖霖，威嚇道：「說啊，快點說出來！」

孫祖霖一個勁地狂搖頭，想開口求饒，喉嚨卻像哽住一樣說不出半句話，連望向櫻子一眼的勇氣都沒有。

徐清見狀，毫不留情的大笑，「喂，羅玲櫻，孫祖霖這傢伙在暗戀妳，妳知不知道？」

櫻子圓睜著眼，還沒反應過來，徐清接著拿出自己的手機，展示他之前拍下的照片，對全班大喊：「看到沒？孫祖霖上課都在偷看羅玲櫻，看得眼珠子都快掉下來啦！」

男同學紛紛上前搶看，當場爆笑出聲，櫻子身邊的女生朋友臉色也變得十分難看。她們看著孫祖霖的眼神充滿嫌棄、厭惡，像是在看什麼噁心的生物一般。

雖然孫祖霖始終沒有抬頭，但他知道那些人現在就是用這種眼神看他，肯定是的。

他完全不敢想櫻子臉上現在是什麼表情？

她會怎麼看待他？會不會也覺得他很令人作嘔？

孫祖霖覺得自己的世界崩塌了，一切都完了。

度過奇慘無比的一天後，晚上回到家，孫祖霖又被父親狠狠痛斥一頓。

原來是昨晚他偷走父親三千塊的事，很快就被發現了。

「你到底怎麼回事？居然像個小偷一樣！你媽說昨晚你跟她要三千塊，是不是因爲不給你，你才用偷的？那三千塊你花到哪裡去了？還不趕快說！」

孫父氣得就要動手打人，孫母連忙上前制止，「老公，別這樣，好好跟兒子說，說不定祖霖有什麼不得已的苦衷……」

「一個小孩子會有什麼苦衷？還不就是拿去亂買莫名其妙的東西？妳平常到底是怎麼教小孩的，竟然讓他偷父母的錢？妳就是太寵這孩子了，他才會變得無法無天！如果我現在不好好教訓他，以後他出去偷拐搶騙怎麼辦？沒有用的東西！」

默默在一旁挨罵的孫祖霖，在父親氣沖沖出門後，二話不說拔腿衝回房間，卻在房門前遇上正要下樓的孫芸。

孫芸喊道：「哥哥……」

「走開啦！」他一把推開妹妹，用力甩上門。

沒多久孫母也追來敲門，「祖霖，寶貝，開門好嗎？是不是發生什麼事了？告訴媽媽好嗎？媽媽會幫你的。」

對母親的聲聲呼喚，孫祖霖充耳不聞，他坐在書桌前，瞪著筆電螢幕，大力敲打著鍵盤。

說什麼會幫他？結果還不是馬上向父親告狀？

背叛者！背叛者！

孫祖霖氣憤地咬破了脣，點開Word檔，哭著把對徐清和父母的恨意一股腦全發洩出來。

他的手指敲打得飛快且用力，原本素白的頁面不一會兒便被血紅色的字體占滿。

他詛咒欺負他的人，詛咒瞧不起他的人，詛咒這個世界，詛咒所有人全都不得好死。

剛開始孫祖霖將這些黑暗的憤怒情緒發洩在筆記本上，後來怕被家人看到，乾脆打在電腦裡，並且將檔案用密碼鎖住，爲的就是不讓任何人發現他的祕密。

一想到今天在櫻子面前所受的屈辱，他的眼淚就止不住地落下，恨不得能親手殺了徐清，將他千刀萬剮，讓他從此消失。

這樣的日子，比身處在地獄還要痛苦千萬倍。

他也曾嘗試割腕自殺，可是當他拿起刀片，刀鋒才往皮膚輕輕一劃，就痛得受不了，實在沒有勇氣繼續下去。

孫祖霖無時無刻都想尋死，但現在，他更想先殺死那些傷害他的人。

過了一會兒，他漸漸停下打字動作，看著怵目驚心的詛咒占滿整個頁面，才終於大大呼出一口氣，虛脫地癱在椅背上。

只有在這個時候，他才能盡情宣洩內心的狂怒，在心裡放肆想像各種折磨徐清的方式。

母親依舊在房門外呼喊，孫祖霖煩躁地戴上耳機，完全不予理會，直到要睡了，才從門縫中看到母親塞進來的紙條。

寶貝，是不是在學校發生什麼事了呢？

如果有什麼煩惱跟困難，隨時都可以跟媽媽說，媽媽一定會幫你的。

明天晚上，媽會煮你最喜歡吃的紅燒肉，不要難過了好嗎？

孫祖霖沒有多想，毫不猶豫地把紙條揉成一團，扔進垃圾桶。

他十分清楚沒有人能幫他，誰也無法拯救他，那些表面上的幫助，只會把他推入更加悲慘的煉獄。

那些大人永遠不懂，他的世界遠比他們所想像的還要殘酷。

無論躲得多遠，他永遠都擺脫不了這種命運。

孫祖霖心灰意冷，不明白自己活著有什麼意義，又是爲了什麼要繼續活下去？

他想了很久，卻始終找不出答案……

原以爲經過昨天的事情之後，徐清會稍微放過他，但孫祖霖很快就發現自己太天眞了。

一早進教室才要坐下，孫祖霖突地身軀一震，整個人彈跳起來，狼狽地跌坐在地！

仔細一看，他的抽屜被徐清偷放了一隻幾可亂眞的假蛇，甚至還在徐徐吐信。

孫祖霖嚇得驚魂未定，只能慘白著臉不停發抖。

更糟的是，由於驚嚇過度，他居然不小心尿失禁了。

看到他褲檔下溼了一塊，全班男生樂不可支的瘋狂大笑，女生們則是摀住鼻子，露出不敢置信的厭惡表情。

這一幕櫻子也看見了。

她沒有跟著大家一塊嘲笑他，不過她眼中明顯的錯愕，仍讓孫祖霖近乎崩潰。

他居然在櫻子面前出了這麼大的糗，再度讓她親眼目睹自己如此丟臉的模樣！

孫祖霖跌跌撞撞衝出教室，好不容易在保健室借到一條運動褲，帶著尿溼的褲子到廁所一邊搓洗，一邊流下絕望的淚。

稍後課上到一半，台上的男導師臉色微微一變，納悶道：「怎麼會有一股尿騷味？從哪裡來的？」

女生們聞言噗哧一聲，男生們更是毫不留情地放聲大笑。

雖然沒人回答，眾人目光卻紛紛投向某個人。

導師順著大家的視線望去，「孫祖霖，是你嗎？」

孫祖霖渾身發抖，沒有應聲，頭低到不能再低。

這時徐清率先高喊：「老師，是孫祖霖尿褲子了啦！」

全班又是一陣哄堂大笑，導師的眉頭也擰得更深了，非但沒有指責那些發出笑聲的同學，反而冷冷地對孫祖霖說：「搞什麼鬼，幾歲了還尿褲子？教室都是尿味怎麼上課？等等把地板全部清理過一遍，聽見沒！」

見他仍不作聲，導師更不高興了：「孫祖霖，跟你說話你頭低低的做什麼？等一下把地板清理乾淨，聽見了沒有？」

孫祖霖雙頰發燙，喉嚨乾澀到連聲音都啞了：「聽……聽見了。」

聽到他微弱的回應，導師沒再多說，卻還是因為臭味而鐵青著張臉，「安靜，繼續上課！」

放學後，孫祖霖拿著拖把，把自己座位附近的地板清理了一遍又一遍。

一整天下來，只要班上有人說臭，或用譴責的目光盯著他，他就得連忙清理，就這樣反反覆覆直到大家玩膩為止。

直到現在，孫祖霖仍是一個人留下來繼續拖地，沒辦法回家。

忽然間，他瞥見教室後門不知何時站了一個人。

夕陽餘暉將那人的身影照得發亮，等到孫祖霖看清楚對方的臉，才發現是班上的女同學。

女孩慢慢朝他走近，雙手拿著一本簿子遞到他面前。

孫祖霖很快就認出那是他的作業簿，不過卻已經變得殘破骯髒。

「這個……」女孩微微低頭，聲音細小如蚊鳴：「我剛剛看到被丟在……外面的垃圾桶裡。」

在這個班級當中，徐清無庸置疑是班上的老大。但有光的地方，就一定有陰影，孫祖霖就是被狠狠踩在腳底下的黑暗，他越是懦弱無能，就越顯得徐清有多厲害強悍。

然而在女生裡，也有著同樣的光明與黑暗。櫻子毫無疑問是大家公認的光，另外卻也有個女生，跟孫祖霖一樣長期處在黑暗之中。

這個女生老是坐在最不起眼的角落，厚重的黑色瀏海，長得幾乎快蓋住她的眼睛。

那女孩名叫于靜，人如其名，永遠都是安安靜靜的。

她個子嬌小，常常低著頭，在班上毫無存在感；她沒有朋友，平常也沒人跟她說話，總是默默坐在自己的座位上看書。

當女生們故意開她玩笑、在背後取笑她時，孫祖霖也從未見過櫻子加入，他相信像天使般善良溫柔的她，是不會做出這種事的。

同樣身在陰影處的他們，其實都知道彼此的處境，卻從未有所交集。

孫祖霖偶爾會想，于靜會不會覺得自己跟她是同一類人？

明明和她處境相似，但他卻打從心底排斥和于靜成爲「同類人」，甚至對這個想法深感厭惡。

因此，當于靜替他把作業簿撿回來還給他，孫祖霖非旦沒有心生感謝，反而覺得難堪羞惱，只覺得莫名其妙一肚子火。

他根本不想跟她一樣！

孫祖霖用力搶回作業簿，失控大吼：「妳不要碰我的東西！」

于靜被他突如其來的怒吼嚇得一顫，害怕地睜大雙眼盯著他。

「妳不要靠近我，不准跟我說話！誰教妳撿起來的，誰要妳雞婆？」他歇斯底里地對女孩瘋狂咆哮，將再也壓抑不住的怒火全部發洩在她身上。「我不想看到妳，更不需要妳的關心！離我遠一點，別把我跟妳視爲同一類，我跟妳才不一樣！妳給我滾開，快點滾開！」

兩人沉默半晌，于靜眼裡滿是恐懼與驚嚇，過了一陣子才怯然回應：「對、對不起，我不是故……」

沒等她說完，孫祖霖就狠狠甩下拖把，抓起書包奔出教室。

但對孫祖霖而言，那時最讓他萬念俱灰的，並不是這件事。

而是他愛慕已久的天使，從此再也沒有正眼瞧過他。

在那之前，只要發現櫻子正看著自己，哪怕只是不經意的匆匆一瞥，都會讓孫祖霖產生勇氣，覺得還有動力能夠咬牙撐下去。

即使學校對他來說如同活生生的地獄，但因爲有了櫻子的存在，只要能看到她的倩影，孫祖霖就已經感到心滿意足，就算遭到欺負也沒有關係。

孫祖霖始終相信櫻子和其他人不一樣，曾對自己釋出善意的她，絕不會瞧不起他。

櫻子是他在世上唯一的眷戀，也是在他宛如死灰般的生命中，唯一僅存的美好。

一旦櫻子離他而去，他就真的什麼都沒有了。

什麼都沒有了……

◆

兩天後的自習課，徐清與同夥把孫祖霖叫出教室。

徐清一把攬住他的肩，露出不懷好意的笑容，「跟你說喔，我今天早上忽然想到一個非常好玩刺激的遊戲，決定第一個來找你玩，看我對你多好！」

孫祖霖無從反抗，只能被他們強行帶走。

當他緊張地猜想他們又想玩什麼花招時，到了廁所卻發現他們兩手空空，不像以往總是拿著掃把水桶準備修理他。

徐清打開其中一間廁所進去尿尿，其他人則是將孫祖霖架上門前。

「孫祖霖，你不是很愛尿尿嗎？那你應該也很喜歡尿味吧？」徐清拉好褲子拉鍊，「今天我就讓你嘗嘗我的尿味，說不定你會從此愛上喔！」

孫祖霖腦袋一片空白，下一秒整個人就被推到馬桶前。

他們用力踢他的膝蓋逼他跪下，緊接著將孫祖霖的頭往馬桶裡猛壓。

濃烈刺鼻的尿臭味，立刻充斥孫祖霖的鼻腔，他痛苦地扭曲著臉，完全無法呼吸！

「快點喝啊，可以喝到我的尿，可是你的榮幸喔！」徐清語氣愉悅，同時加重壓著他的力道。

孫祖霖實在無力反抗，徐清一施力向下壓，他的臉就被浸到了尿液裡。

眾人爆笑出聲，發出瘋狂尖銳的吼叫：「眞的喝到了，哈哈哈！叫他喝完，全部喝完！」

孫祖霖緊閉雙眼，拚命屏住呼吸，忽然一陣強大水花沖上來，灌進他的鼻腔，使他難受不已。

徐清斜睨他一眼，「怎麼樣，好不好喝？現在我們來漱漱口，順便洗個臉吧。」

孫祖霖被水花嗆得劇烈咳嗽，聽到徐清對同伴喊：「下一個誰要來玩？」

爲了滿足他們變態的凌辱，在徐清的逼迫下，孫祖霖成了任人宰割的玩具。

他眞的怕了，不斷搖頭求饒：「不、不要，求求你住手，拜託你放過我……」

「你在說什麼啊？我還沒玩夠呢！」徐清譏笑。

孫祖霖只覺得就要窒息，掙扎的力氣也將耗盡。

無助的他只能邊哭邊咳，聲音越來越小：「救命、救命，救……」

接著，他微弱的呼救聲又再次被水花聲音淹沒。

這一刻，孫祖霖驚覺他這次眞的會死！

徐清他們是眞的打算玩死他。

「好了，要沖水囉！」

孫祖霖感到一股前所未有的恐懼。

「這一次可是超強馬力喔，把你的臉洗得亮晶晶！」

死定了，他眞的會死！

「喂，你過來，幫我壓好他的頭。」

怎麼辦？怎麼辦？怎麼辦？

他根本不想死啊！

「準備好了沒？大家一起倒數喔。」

他不要死，他不要死，他不要死！

「三、二……」徐清等人的聲音逐漸模糊。

他不要死……

最後一聲倒數的剎那，原本充斥在孫祖霖耳邊的水花聲和嬉笑聲都消失了。

眼前視線化爲一片漆黑，伸手不見五指。

徐清和其他人，統統不見了。

孫祖霖一臉呆滯，神思恍然。

這是怎麼回事？他們跑到哪裡去了？

這裡是什麼地方？

莫非自己……已經死了？

孫祖霖打了個冷顫，慌忙起身。

前方出現一個橙色亮點，看起來像是夕陽的光芒。

猶疑一陣，他開始往那道光的方向走去，還來不及看見那道光後方是什麼，光芒瞬間迎面撲來，刺眼的光線照得孫祖霖兩眼發昏，沒多久，他就完全失去了意識。

孫祖霖吃力地睜開眼睛，首先映入眼簾的是房間的天花板。

他從床上坐起，茫然環顧四周，這裡是他的房間。

怎麼回事？難道他在作夢？

如果眞的是夢境，那也未免太過眞實了吧？

孫祖霖一頭霧水之際，一股強烈的寒意跟飢餓感突地襲來，讓他忍不住打了個哆嗦。

他發現自己身上居然穿著冬天的毛衣長褲，但卻完全沒有印象自己是何時換上的。

孫祖霖恍恍惚惚地走出房間，喉嚨乾渴，走到一樓廚房想找飲料喝。

正在切菜的孫母見他出現，頭也不抬地說：「可樂在冰箱裡。」

孫祖霖愣然，滿臉不解地看著母親，「什麼可樂？我又不喜歡喝可樂，媽妳不是知道嗎？」

聞言，孫母全身一僵，轉頭怔怔望著他。

「你……」她遲疑了片刻，才緩緩開口：「是祖霖嗎？」

「不然呢？」他幾乎要笑出來，這是什麼問題？

孫母隨即瞪大雙眼，激動地上前緊緊擁抱他。

她喜極而泣地叫道：「祖霖！你眞的是祖霖？你回來了，寶貝，媽的寶貝……」

孫祖霖被母親激烈的反應嚇了一大跳，「媽，妳到底怎麼了？」

「這些日子發生的事……你都不記得了嗎？」她眼眶含淚，撫摸兒子的臉，很快便破涕為笑，「我得趕快打給你爸，通知他這個好消息！」

見孫母欣喜若狂的模樣，孫祖霖仍搞不清發生了什麼事。

就在這時，他不經意瞄了一眼牆上的日曆。

孫祖霖看傻了眼，將近半分鐘都沒再移開視線。

二〇〇九年十二月二十三日

怎麼回事？現在怎麼會是十二月？媽一次也撕太多張日曆了吧？

他來到客廳打開電視，看見新聞台上顯示的日期時，不禁呆住了。

無論轉到哪個新聞台，螢幕上顯示的時間都是十二月二十三日。

孫祖霖回頭望了望正在開心講電話的母親，用最快的速度衝回房間打開手機跟筆電。

經過無數次確認之後，孫祖霖整個人癱軟在椅子上，思緒亂成一團。

他確定今天並不是愚人節，也不是自己出現了幻覺。

三個月。

整整三個月的日子，不見了。

第二夢　思櫻

二〇一五年二月十八日

孫祖霖在二十一歲這年再次轉學。

由於父親調職的關係，最後決定舉家搬回家鄉，孫母不放心兒子留在外地讀大學，再三堅持要孫祖霖一起跟著搬過去，他才不得不考轉學考。

其實對孫祖霖來說，在哪裡讀大學根本毫無差別，雖然覺得轉學考麻煩，但迫於母親的要求，還是認真準備了一下，最後順利考上了還算喜歡的國文系。

至於爲什麼是再次轉學？

原來在國三那年，發生那件事之後，他的父母就以迅雷不及掩耳的速度幫他辦理轉學，並且舉家搬離原來居住的地方。

在措手不及的情況下，孫祖霖徹底遠離了國中時期的一切，再也沒有回去過家鄉，直到現在。

「媽，夠了，妳再包下去，我就要變成粽子了。」孫祖霖仰頭，快要無法呼吸。

「今天這麼冷，不多穿一點怎麼行？媽怕你感冒嘛！」孫母幫兒子圍好圍巾，「你今天就要去學校？不是後天才開學嗎？」

「反正待在家也沒事做啊，去晃一下，沒差。」

「嗯，先去熟悉環境也好，會不會緊張？」

「不會啦。」

「我的兒子最棒了，一定到哪都能適應的對不對？媽相信你沒問題的。」孫母拍拍他的肩，眼神滿是寵溺。

「拜託，只不過是轉學而已，有必要這麼擔心嗎？哥又不是小孩子了。」穿著高中制服的孫芸一臉不以爲然，「媽妳眞的很誇張耶！」

「妳哥哥個性內向又老實，和妳不一樣，媽媽當然比較擔心他嘛！」

「對對對，就妳這個乖兒子最好！」孫芸翻翻白眼，背起書包，直接踏出家門，連聲再見也沒講。

孫母仍是一臉笑吟吟，不忘叮囑：「天冷別在外頭待太久，不然著涼就不好了。記得早點回來，媽會煮你最喜歡吃的菜等你回家。」

「我要吃紅燒肉喔！」孫祖霖喊道。

「好，沒問題，媽會煮滿滿一大鍋的。」孫母跟著送到門邊。

一打開大門，刺骨寒風迎面撲來，孫祖霖忍不住瑟縮了一下。他緩步走向公車站，上了車，意興闌珊地對著窗外發呆，懶洋洋打了個哈欠。

也許是因爲之前所住的區域離家鄉很遠，加上差不多已接近六年沒回來，因此對於眼前不斷流逝的一幕幕街景，他並沒有什麼特別強烈的熟悉感。

孫祖霖生性木訥，不擅交際，不管是在高中或是先前的大學裡，他從來都不是個受注目的人，也沒有什麼要好的朋友。除了上課以外，他最常做的休閒活動，就是待在家裡玩線上遊戲。

了。

事實上，他也甘於過著這種生活，不被誰注意、不去招惹麻煩，只要能安穩度日就夠了。

只是這樣呆板無趣的他，卻擁有一段奇特的過去，直到現在偶爾回想起那段往事，他還是會感到十分不可思議。

國三那一年，孫祖霖的記憶莫名其妙消失了三個月。

慘遭霸凌的回憶，是孫祖霖最不願想起的惡夢，那份恐懼和陰影至今仍烙印在他內心深處，不曾眞正忘記。

那天孫祖霖只記得自己彷彿作了一個很長很長的夢，當他從夢中醒來，整整九十多天就此消失，而他也徹底失去了那段時間的記憶。

沒有人肯告訴他發生了什麼事，父母也只回答他是因爲在學校遭逢意外，生了一場大病昏迷不醒，幾乎有三個月的時間都在住院治療。

這個解釋讓孫祖霖半信半疑，而且回到學校的隔天，竟被父母強迫轉學，一家人也隨即搬離原來的住處。

後來將近有半年的時間，父親禁止他使用手機，家裡也不裝網路，假日更不允許他出門，讓他幾乎過著與世隔絕的生活。

孫祖霖一向害怕父親，因此雖然不解他爲何對自己百般限制，卻也只是敢怒不敢言。

然而至今最讓他耿耿於懷的，是當年他最後一次返校的那天。

原先排擠、鄙視孫祖霖的同學們，居然一見到他就自動閃避，似乎連跟他對上視線都不願意。

雖然以前班上同學平時就孤立他、不與他互動，但孫祖霖驚訝地發現，現在他們看著他的眼神並不是厭惡，而是恐懼。

除此之外，班上的導師也換了一個人，對待他的態度生疏客氣，而且連平常最愛欺負他的那五人也沒再來找麻煩，他只望過去一眼，眾人便臉色發白，逃之夭夭。

不對，不是五人，而是四個人，因爲徐清不見了。

徐清的座位空空蕩蕩，像是從來沒有這個人的存在一樣。

面對如此詭異的氣氛，加上同學與導師不自然的態度，孫祖霖更是百思不得其解。

明明才過了一天，他的生活就出現如此劇變，一切簡直不可思議到了極點。

孫祖霖痛苦的黑暗歲月就此畫上句點，惡夢突地戛然而止。

直到搬家後他才意識到，說不定在自己失去記憶的那三個月之間，發生了什麼事。

思緒還沉浸在過去之際，公車上的廣播響起，孫祖霖得知目的地要到了，便匆匆按鈴下車。

來到明天即將入學的大學校園，孫祖霖不自覺摸了摸自己的胃，覺得有點不舒服。畢竟對他來說，要重新適應另一個環境，並不是件容易的事。

這間學校不大，景色卻很優美。此時還沒開學，校園裡沒什麼人影，孫祖霖隨處閒逛，經過體育館旁的其中一棟大樓時，聽見某間教室傳來一陣搖滾樂聲。

孫祖霖循著音樂來源緩步靠近，停在教室門外偷覷，只見一個女孩正在玻璃鏡前隨著節奏熱舞。

女孩的身材姣好，舞姿性感，僅穿著單薄的粉紅色背心，以及貼身黑色運動長褲。

尤其當她的一頭長髮嫵媚地從空中甩過的時候，更令孫祖霖看得目瞪口呆，心神彷彿被她美麗的身姿給奪了去。

等到音樂結束，女孩才發現外頭有人，將長髮往後一撥，轉頭看過來。

直到兩人視線交會的這一刻，孫祖霖才終於看清楚她的面容。

他的腦筋一片空白，幾乎動彈不得。

好熟悉。

這張臉好眼熟，非常非常的眼熟。

女孩也定定地望著孫祖霖好一會兒，漸漸睜大雙眼，一臉不敢置信。

「孫……祖霖？」

他的心狠狠一緊，簡直無法相信自己的眼睛。

孫祖霖猶如石化般呆立原地，女孩朝他走來，隨著她的身影越來越靠近，他的心跳也不受控制地加快起來。

她停下腳步，雙眼仍牢牢定在孫祖霖身上，卻和他隔著一小段距離，沒有再向前走近。

這樣的場景讓孫祖霖想起，國中第一次與她這樣面對面站著的時候，跟現在的情況一樣，兩人之間隔著多麼生疏的距離。

他喉嚨發乾，忍不住用力吞了一口唾沫，腹部翻攪。

「你是孫祖霖……對不對？」她打破沉默，「我沒有認錯人吧？」

孫祖霖聞言，一個勁地猛點頭。

那女孩眸光閃動，露出明艷笑顏，隨即又小心翼翼地問：「那你還記得我嗎？我是羅玲櫻，你的國中同學……」

孫祖霖發不出半點聲音，只能點頭如搗蒜。

櫻子的笑容帶著毫不遮掩的欣喜，「你記得我？」

他怎麼可能忘了她？眼前可是他從前苦苦暗戀、日思夜念的女孩啊！

多年不見，櫻子出落得更加美麗動人了。

孫祖霖內心的激動久久無法平息，腦中思緒亂成一團。

「眞的……好久不見了，你怎麼會在這裡呢？」

深吸口氣，他吃力應答：「我這學期……剛轉學過來。」

「你轉到我們學校？」櫻子訝異道。

孫祖霖一陣暈眩，連呼吸都急促了起來。

以前喜歡的女孩，居然和自己同一間大學，現在就站在這裡笑容滿面的與他說話，這一切就像在作夢一樣。

孫祖霖手心冒汗，甚至因爲太過緊張，感到有些反胃。

就在這時，突然有人喚：「櫻子，我們買飲料來了喔！」

他聞聲一僵，從前門進來的兩個女生發現孫祖霖時也愣了一下。

櫻子微笑，對其中一名捲髮女孩說：「珍珍，妳還記得他嗎？他是國中跟我同班的孫祖霖，後來轉學的那個，他這學期轉來我們學校。」

名叫珍珍的女生滿臉疑惑地盯著他，喃喃覆誦他的名字一會兒，忽然面色一白，驚慌地脫口而出：「啊，就是很恐怖的那個——」

「珍珍，妳太沒禮貌了啦！」櫻子連忙摀住她的嘴，向孫祖霖介紹：「她叫林語珍，是我們國中隔壁班的，你對她有印象嗎？」

孫祖霖搖搖頭，即便是當年的同班同學，他也未必全記得住，更何況是隔壁班的？況且這女生的妝實在太濃，就算以前有印象，現在也認不出來了。

「你們都是國中同學啊？」另一個女生問。

「是呀。」櫻子輕笑，「她叫梁筑音，我們三個都是英文系的。」

他對梁筑音禮貌地點頭，對方也回他一個友善的微笑。

以女生來說，梁筑音的個子算高，頭髮剪得極短，臉蛋卻很白皙清秀，是個裝扮較為中性的女孩。

原來櫻子跟林語珍都是熱舞社的社員，這天櫻子來學校練舞，兩位好友也來陪她。

方才櫻子性感熱舞的模樣，與孫祖霖過去對她的印象截然不同，卻更令他備感驚豔。如今的櫻子，比以前活潑許多，不過仍然保有以前的出眾氣質。

她甚至比過去還要更美好，更讓他有些自慚形穢，她跟他好似分屬於不同世界。

四人離開舞蹈教室，一起走到校門口等車，櫻子突然開口：「孫祖霖，你轉來我們學校眞是太好了，如果你有興趣，要不要加入熱舞社呢？」

聽到櫻子的提議，林語珍忽然神色有異，用力抓住她的手，表情像在問：妳瘋了嗎？

「不，我……我不會跳舞，謝謝。」孫祖霖婉拒。

「沒關係，就算沒興趣加入熱舞社，我們還是能時常見面，我可以帶你四處熟悉校園環境喔！」她嫣然一笑。

他覺得耳朵熱了起來，完全無法直視櫻子的笑容，只能低聲言謝。

後來她們先搭上公車離開，櫻子坐在窗口，還不忘親切地對孫祖霖揮手道別。

孫祖霖目送公車駛遠，很長一段時間無法回神。

他不禁懷疑，自己是不是還在作夢？

櫻子說他們之後可以時常見面，也願意帶他參觀校園，意思是說，今後他們還有機會相處。

孫祖霖突然很想用力捏捏自己的臉頰，好確認這一切並非出自於自己的憑空想像。

只不過，儘管神思恍惚，他仍察覺到一件十分弔詭的事。

不管是林語珍或是櫻子，她們跟他說話的時候，嘴裡都會不經意地喚出一個名字。

縱使只有一兩次，但他確實清楚聽見她們這麼叫他——

「阿祖。」

一個聽似熟悉，卻又陌生的名字。

◆

孫祖霖到家後，直接回房，躺在床上盯著天花板，久久不動。

良久，他起身走到櫃子前，從底層抽屜捧出一個有些灰塵的紙盒，再從中找出一本小冊子。

冊子裡夾著一張照片，照片裡的女孩正是坐在教室專注看書的櫻子，十五歲的櫻子。她穿著夏季制服，柔亮長髮垂落在雙頰，如此美麗的畫面，讓孫祖霖那時不惜冒險用手機偷偷拍下，再將照片洗出來，當作寶貝般珍藏。

孫祖霖非常清楚，像櫻子這樣的女孩，不是他這種人可以妄想的。

即便國中屢遭霸凌，他還是願意天天上學，就只爲了看她一眼。轉學以後，孫祖霖心裡一直對她念念不忘，每當想起櫻子時，便拿出照片痴痴凝望，想著也許再也沒有見到她的機會了。

然而現在那片櫻花，竟又在他眼前綻放。

她不但記得他，還那麼和善親切的對他說話。想起櫻子的笑容，孫祖霖才確定這眞的不是一場夢，更不是自己的幻覺。

孫祖霖胸口的騷動始終難以平息，腦中全是櫻子的身影……

開學這天，孫祖霖帶著忐忑的心情，跨進學校。

就算已經知道櫻子就讀的科系，他也沒有勇氣主動去找她，只能從校園裡眾多學生當中，試圖找尋她的芳蹤。

結果，他並沒有見到櫻子。

這一天，他也沒有跟新班級的同學有所互動，整節課都坐在角落的位子不吭一聲，下課鐘一響，馬上背起包包迅速離開教室，讓人根本察覺不到他的存在。

自從國中畢業後，孫祖霖就漸漸養成了這種習慣，甚至已經成為一種本能，總是習慣在別人注意到他前消失無蹤，認為只有這樣才不會招惹麻煩上身。

翌日下課，孫祖霖跟著一群學生往校門口移動，內心的失落全寫在臉上。

他好想再見到櫻子。

如果還能再聽到她的聲音，那該有多好？

如果現在她能在眼前出現，該有多好……

「孫祖霖！」

後方傳來清脆的女聲，他回頭一望，一個纖細的身影竄進視線之中。

「孫祖霖！」櫻子朝他揮手，又喚了他一次，快步向他跑來。

她綁著一條斜辮子，身穿藍白條紋上衣以及黑色牛仔褲，一抹淡淡的櫻色在她的雙頰暈開。

孫祖霖整個人都傻住了。

前一秒鐘才想著櫻子，下一秒她竟然就出現在自己面前，他差點就要伸手揉揉眼睛，以為自己是太過思念她，才會產生幻覺。

「嗨！」櫻子追了上來，喘了一口氣，笑容燦爛，「終於見到你了，前天我忘記跟你要電話，所以沒辦法聯絡你，幸好我們很快就再見面了！」

聽到櫻子這番話，孫祖霖此刻的心情已經無法只用驚喜來形容了。

他朝思暮想的女孩此刻就站在這，自己卻緊張得連好好回應都沒有辦法，只能滿臉通紅、渾身僵硬地像個木頭人一樣呆站著。

「我跟珍珍還有筑音現在要去吃飯，你要不要一起來？」

聞言，孫祖霖愣了幾秒，不敢相信櫻子居然向他提出邀請，「可是……」

「你有約了？」

他趕緊搖頭。

這時，原本走在後頭的林語珍和梁筑音也跟上來，林語珍一見是孫祖霖，帶著打量的眼光看了他一眼，「櫻子，你們在聊什麼？」

「我邀請孫祖霖跟我們一起去吃飯，可以嗎？」

林語珍瞪大眼睛，像是被嚇壞似的，梁筑音倒是很乾脆，直說OK。

孫祖霖無法拒絕櫻子，也不想拒絕，因爲他一直在等著這一刻的到來，每分每秒都期盼著能見到她。所以即便他和另外兩名女生並不熟，還是硬著頭皮應允。

一路上，林語珍的臉色始終不太好看，只要對上孫祖霖的視線，便立刻別過頭去，像是在賭氣般對他置之不理。

孫祖霖這才隱約察覺，他的出現讓林語珍感到很不自在。他本來以爲林語珍是嫌棄他，然而經過幾次目光交會後，他卻覺得林語珍不像是討厭他，反倒比較像在「害怕」他。

沒錯，林語珍在怕他。

孫祖霖意識到，她的眼神就和國三轉學前一天，全班同學盯著他的那種眼神一模一樣，充滿畏懼與不安……

他們選了一間日式餐廳用餐，櫻子坐在孫祖霖對面，親切地先將點菜單遞給他。

用餐時，不擅與人相處的孫祖霖，只能默默聽三個女生熟絡地聊天，他的眼神始終停留在櫻子身上，完全無法移開，甚至好幾次還和她的視線撞個正著。每當櫻子深深一笑，他的心臟就像是要從胸口跳出來一樣，臉上高溫久久不能消退。

「對了，阿祖……」下一秒，櫻子很快改口：「孫祖霖，下禮拜你要不要跟我們一起去烤肉呢？」

「咦？」

「下禮拜三晚上，我們熱舞社的社員要在學校附近的河堤烤肉，珍珍跟筑音也會來。」她微笑，「你也一起來參加，好不好？」

孫祖霖還來不及反應，林語珍慌忙扯住櫻子的手臂，壓低音量，「櫻子，妳在說什麼呀？妳真的要找他去嗎？要是他突然發飆，那我們怎麼辦？」

「不會啦，你看他現在不就好好的在跟我們說話嗎？」

「可是、可是他是那個……『阿祖』耶！櫻子，拜託不要啦，我眞的很怕……」

雖然餐廳人聲喧嘩，她們也刻意講得很小聲，但孫祖霖還是清楚聽見了那個名字。

又來了。

她們又叫他阿祖了。

爲什麼她們會這麼叫他？

爲什麼從林語珍驚懼的反應裡，他完全不覺得她和櫻子談論的那個人就是自己？

始終默不作聲的孫祖霖越來越好奇，也越來越不解了。

只見林語珍面露掙扎，咬緊下脣，最後彷彿再也受不了似地大喊：「不行，這樣憋著太痛苦了，快把我悶死了！」

她深吸一口氣，直盯著孫祖霖，戰戰兢兢開口：「孫祖霖，我想問你一件事，可以嗎？」

他愣了愣，緩緩點頭。

「那……我眞的要問了喔！你不要生氣，我只是想弄清楚而已，絕對沒有別的意思！」

孫祖霖微微頷首。

林語珍嚥嚥口水，語氣膽怯，輕聲問道：「你現在……到底是孫祖霖，還是阿祖啊？」

話音一落，一片沉默頓時蔓延開來，林語珍的直白讓櫻子也愣住了。

眾人的視線直直聚集在自己身上，孫祖霖一時之間也傻住了。

他不知道要怎麼回答，因爲他根本就不知道林語珍到底在說些什麼？

「那個……」半晌，孫祖霖神情歉然，摸摸自己的後腦勺，「我不太懂妳的意思，也不知道妳們說的『阿祖』到底是誰？」

聽了孫祖霖的回答，林語珍跟櫻子都面露驚訝。

尤其是櫻子，她的神情異常認眞，「孫祖霖，你不知道阿祖是誰嗎？」

他用力搖頭。

「怎麼可能？你該不會是在裝傻吧？」林語珍質疑。

「沒有，我眞的不知道，我是孫祖霖沒錯，但我眞的不知道你們口中的阿祖是誰？」他越解釋，就越覺得不對勁。難道她們在開什麼玩笑嗎？

但她們臉色十分嚴肅，絲毫不像在開玩笑的樣子。

「孫祖霖，難道你對國三轉學前三個月所發生的事……一點印象都沒有嗎？」櫻子再度問道。

孫祖霖一怔。

爲什麼櫻子會突然提起這件事？

多年來他百思不得其解，離奇消失的那三個月……難道她們知道些什麼嗎？

「不會吧，你眞的都不記得了？」林語珍吃驚地張大嘴巴，「這麼說，那個謠言是眞的？孫祖霖你眞的有雙——」

「珍珍！」櫻子打斷她的話，「好了，我們別聊這個了，趕快吃吧，餐點都涼了。」

林語珍低下頭喝了一口飲料，不再多說。

儘管孫祖霖腦中亂成一團，但只要一抬頭，就看到櫻子溫柔地對自己微笑，也不好意思繼續追問。

這頓飯他吃得心神不寧，完全無法不去想她們剛剛說的那些話。

「不好意思，居然還讓妳請我吃飯。」在餐廳門口，孫祖霖向櫻子道謝。

「不用客氣，難得嘛！如果你還是覺得不好意思，下次就換你請我吧。」櫻子輕笑，「還有，我們說好了，下禮拜一定要來烤肉唷！」

櫻子美麗的笑顏讓孫祖霖頓時語塞，直到與她們分開，他才依依不捨地目送櫻子的背影逐漸遠去。

他在心中暗下決心，有件重要的事，他非得弄個清楚不可。

孫母聽到開門聲，一見是兒子回來，立刻上前關心：「寶貝，怎麼這麼晚才回來？」

「喔，我跟朋友……出去吃飯。」

「真的？」孫母笑顏逐開，「這麼快就交到朋友了？學校生活開心嗎？」

孫祖霖沒有回話，尷尬地點了點頭。

「媽，妳這樣問，好像哥剛升上小學一年級似的。」坐在客廳沙發上玩手機的孫芸插話。

「妳這孩子怎麼這樣，媽媽關心哥哥有什麼不對呢？」孫母拍拍孫祖霖的肩，「祖霖，吃些媽切的水果吧！下次若要跟同學吃飯，記得先打電話回家講一聲，知道嗎？」

母親一轉身，孫祖霖就往沙發一倒，吐了一大口氣。

回想今天與櫻子相處的種種，孫祖霖彷彿踩在雲端，渾身輕飄飄地，幸福到讓他覺得很不眞實。

但是，他心裡還是有件事想問清楚……

「來，寶貝，吃吧。」孫母端著切好的蘋果回到他面前，孫祖霖不發一語地盯著母親看。

「怎麼了？」

「那個，媽……」他緩緩起身，猶疑片刻才又開口：「我想問妳一件事情。」

「好呀，怎麼了？」孫母笑吟吟地在他身邊坐下。

「我想問……」孫祖霖舔舔乾燥的嘴脣，深吸一口氣，「妳知道阿祖是誰嗎？」

母親臉上的笑容頓時凍結。

原本在玩手機的孫芸，也猛地朝他望去，臉上滿是驚愕。

客廳突地陷入一片詭異的沉寂。

母親和妹妹的反應，立刻讓孫祖霖察覺不對勁，忍不住接著問：「我國三失去記憶的那三個月……是不是跟這個名字有關係？那時候……」

孫母驀地站起，「祖霖，媽媽不知道你在說什麼。」她極不自然地扯了個笑，「你是在哪裡聽到這個名字的？」

「在哪裡不重要，媽，重點是——」

「別說了！」孫母忽然激動地大喊：「媽媽說不知道就是不知道！我之前不就告訴過你，那三個月你人都在醫院，根本沒發生什麼事嗎？你後來不是也答應我不會再問了，爲什麼現在還要提起？」

孫母突如其來的失控情緒，讓孫祖霖登時啞口無言。

她緊抓著孫祖霖的手，很快恢復原先的和藹語氣：「寶貝，乖，聽媽媽的，從今以後別再提那些事了，過去的事就讓它過去，現在什麼都別想了，好嗎？」

面對母親帶著懇求的殷切目光，孫祖霖只能點頭答應。

他隨後看向妹妹，孫芸立刻低下頭繼續滑手機，沒再多看他一眼，像在刻意躲避他的注視一樣。

這股不尋常的氛圍讓孫祖霖更加確定，事實絕對不是像孫母說的那樣。

除了母親，他現在相信，連妹妹都清楚當年發生了什麼事，她們都知道「阿祖」，也知道那三個月的「眞相」。

他有預感，自己這一問，就像是打開了潘朵拉的盒子，即將揭開那不爲人知的祕密。

一個可能讓他至今擁有的一切，走向毀滅的祕密。

第三夢　寶貝

孫祖霖是她賭上生命，全心呵護的心肝寶貝。

孫母在二十九歲時冒著生命危險，誕下了全家期待已久的長子。由於早產的緣故，孫祖霖的個子及體重都比一般嬰兒要來得小，他虛弱地躺在保溫箱裡，五官皺成一團，臉色慘白，像是連呼吸都停止似的一動也不動。他出生時連哭都沒哭一聲，嚇得孫母擔心地淚流不止，害怕下一秒就會失去兒子。

孫祖霖是她最引以爲傲的寶貝。

他從小就十分乖巧，最喜歡黏在母親身邊。每每見到兒子抬頭仰望她的小小笑臉，孫母就覺得像看見了天使，感到無比平靜安寧。

孫母的父親是職業軍人，她從小就和弟弟、妹妹在父親的極權控制下成長，加上父母親感情不好，他們的生活可說是過得痛苦不堪，恨不得能及早脫離父親的掌控，逃離那個毫無溫暖的家。

孫母結婚後，便暗自發誓，要傾盡全力打造一個最完美的幸福家庭，使人人稱羨，她要當一個與自己父母截然不同的母親，不僅爲了丈夫及孩子，也是爲了彌補自己自童年以來心中的缺憾。

不過由於孫母身體狀況不佳，直到結婚第三年才終於懷上孩子。生下了兒子後，孫母更是將所有心力都花在孫祖霖身上，只想無時無刻給他最好的一切。

她的世界完全以他為中心，圍繞著他打轉。

只要是為了孫祖霖，無論遇到多麼艱苦的事，她也沒有一句埋怨；只要她的孩子能夠健康快樂的長大，再辛苦都值得。

在孫母心中，孫祖霖永遠是她最乖巧可愛，最美好天真的小寶貝……

「媽媽。」

孫祖霖十五歲那年，當時才小四的孫芸，有天突然神祕兮兮地跑到孫母身邊，「媽媽，我跟妳說唷，哥哥在學校好像被別人欺負了耶！」

正在洗碗的孫母先是愣了一下，看著女兒在一旁眨巴著大眼睛，不禁噗哧一聲，宛若聽見了什麼笑話。

「小芸，別胡說八道，哥哥怎麼可能被欺負呢？」

「可是我剛剛……」

「不可以亂開玩笑，妳哥哥他這麼討人喜歡，怎麼會被欺負呢？不能再這樣亂講，否則媽媽會生氣的，知道嗎？」

孫母根本無法想像，她那如同天使般善良的寶貝，怎麼可能會遇到這種事情？

就算那時兒子變得比從前沉默寡言，更容易暴躁不耐，又經常把自己關在房間不出來，她也認為那只是孩子到了青春期，需要自己獨處的空間，等過了一陣子就會沒事了。

「可是，可是……」孫芸眼神流露出焦急，「剛剛我用爸爸的電腦，看到網路上有一部影片，裡面有個人很像哥哥，而且我同學他們都看過了！」

雖然孫母依然不信，但在女兒的強力要求下，她還是跟著一起進到房間，站在筆電前。

三分鐘的短片裡，只見五名國中生正在惡整一個手無寸鐵的瘦弱少年。

他們剝光他的制服，再用塑膠水管牢牢捆住他，被凌辱的少年哭得越是聲嘶力竭，那群國中生就越樂不可支；他們拿掃把在他身上又戳又打，最後還拎起水桶，將髒水往他頭上澆，完全無視對方痛苦的哀求，玩得欲罷不能。

儘管影片裡所有學生的眼睛全被打上了馬賽克，無法辨別他們的長相，但孫母卻臉色慘白，全身不住地顫抖。

她的心臟像是被人猛地攫住般難受，痛得她癱軟在地，差點就要昏厥過去。

就算看不清楚長相，但那身影和哭聲，確確實實就是她的寶貝啊！

親眼見到兒子遭到霸凌的那一天，孫母崩潰了。

她不敢相信這個事實，也拒絕接受。

比起生氣或難過，她更多的情緒反而是害怕，甚至沒有勇氣詢問兒子，也不敢告訴丈夫，只能半夜獨自坐在客廳垂淚，不知該如何是好。

驚慌和無助如鬼魅般糾纏著她，無盡的恐懼及黑暗就要將她吞噬。

孫母怎麼也想不透，爲何她的寶貝會遭遇到這種事？爲什麼他們要這樣對待她善良的孩子？

她可憐的祖霖要怎麼辦……接下來她到底該怎麼做才好？

即便過了多年以後，每當孫母憶起這段往事，她的心仍會因爲懊悔而隱隱作痛。

假如時光能夠倒轉，那時她絕對會馬上告訴丈夫眞相，用盡一切力量將兒子從煉獄裡解救出來。

然而孫母並沒有這麼做，一切就錯在於她沒有即刻阻止。

當時她怎能料想得到，因爲打擊過大而遲遲無法正視問題的自己，才是眞正害了兒子的幫凶？親手將這個家推入萬劫不復深淵的人，甚至就是自己。

那天，從學校打來的那通電話，就是一連串事件的開始。

一接到消息，孫母連家門都顧不得鎖，十萬火急地趕去學校，見到男教官，她立刻上前抓住對方，歇斯底里大叫：「祖霖呢？我的寶貝呢？我的兒子怎麼了，是不是那些孩子又欺負他了？祖霖他——」

「孫太太，冷靜一點，孫祖霖沒事。」男教官連忙安撫她，「他現在很安全，請您放心。」

孫母一心只想趕快見到兒子，跟著教官來到訓導處一看，發現幾位老師僵立在門口，個個面色蒼白，像是目睹了什麼駭人的景象似的。

「孫太太，孫祖霖就在裡頭。」訓導主任向她愼重叮嚀，「但是請您小心一點，您的兒子他……有點不對勁。」

孫母擰起眉頭，這些人是怎麼回事？裡面又不是什麼妖魔鬼怪，她要小心什麼？不過她才沒時間在乎他們的想法，隨即匆匆跑了進去。

偌大的辦公室裡沒有別人，只有一名男孩靜靜地坐在椅子上。

他的上半身溼透，白色制服上還沾滿怵目驚心的鮮血，就連手臂上也都是乾掉的血漬，左手緊握著一支尖銳的東西，上頭更是一片鮮紅，甚至還在滴血！

男孩溫順地坐在位子上動也不動，只是靜靜地望著遠處，臉上沒有一絲害怕的模樣。

這一幕不禁令孫母看呆了，不敢再走上前，急忙回頭對身後的訓導主任問：「這是怎麼一回事？我兒子他到底發生什麼事了？」

「孫太太，您兒子在上自習課時，跟班上幾個同學一起去了廁所，之後許多學生都聽見廁所傳來陣陣尖叫聲，我們接獲通報趕去察看，結果發現……」

「發現什麼？一定是他們正在欺負我兒子對不對？我這次一定要為祖霖出一口氣，他們在哪？」孫母激動不已。

「孫太太。」主任沉聲回答：「那些孩子都已經送進醫院去了。」

「醫院？」孫母愣了愣。

主任緊皺眉頭，「是的，那五名學生當時全部陷入昏迷，而且都受了傷，其中一位徐同學傷勢最為嚴重。我們趕到的時候，看見孫祖霖……正把現在手上握著的那支筆……狠狠朝他的眼睛猛插！」

說到這裡，主任不由自主打了個冷顫，孫母則一時之間不知該作何反應。

她再次看向兒子，心裡只有一個念頭，就是趕緊把他帶離這個地方，離得遠遠的，永遠不要回來。

她腳步踉蹌，來到孫祖霖身邊，喚了他一聲。

孫祖霖轉過頭來，孫母緊緊將他擁入懷裡，淚水奪眶而出。

「寶貝，別怕，媽媽來了。」她心疼地摸摸他的頭，「沒關係，媽媽知道不是你的錯。你放心，媽媽會帶你離開這裡的，不管別人說什麼，媽媽都會相信你；不管你變成什麼模樣，媽媽還是一樣愛你，別怕，一切有媽媽在，媽絕對不會再讓你被別人欺負——」

「眞的嗎？」

他開口說話的刹那，四周的空氣彷彿凝結了。

孫母呆了半晌，慢慢鬆開孫祖霖，不可置信地瞪大雙眼。

「可是，媽……」男孩的聲音低沉粗啞，脣角緩緩上揚，「我不想離開。」

不對。

祖霖怎麼會對她露出這種笑容？

這根本就不是祖霖的聲音，就連他看她的眼神也是十分陌生。

她忽然覺得眼前的男孩，除了長相以外，根本不像是她的寶貝兒子。

她的祖霖才不會笑得如此陰冷，令人不寒而慄。

「祖霖，你……」

「媽媽。」他幽幽開口：「我不是祖霖喔。」

「你在胡說什麼？你不是祖霖，那誰是祖霖？不要跟媽開這種玩笑！」

「我沒有在開玩笑。」他偏頭，脣邊仍掛著一抹笑，「媽的寶貝兒子，已經消失了。」

孫母訝異地盯著他，一句話都說不出來。

男孩伸出沾滿血跡的雙手，看著母親。

「媽，我們回家。」他站起身，淡淡地笑了，「帶我回家吧。」

過度震驚的孫母，突然一陣腿軟，整個人跌坐在地。

男孩及時抓住母親的手，掌心傳來的力道之強，完全不像是他這副瘦弱身軀所能擁有的。

意識到這點，恐懼感漸漸在孫母心底擴散開來，她不禁對自己產生這樣的想法而感到難以置信。

她居然在害怕自己的兒子。

「你……」孫母腦袋一片空白，覺得一切荒謬至極，她已經無法分辨自己究竟身處現實還是夢境，只能怔怔然問：「你說……你不是祖霖，那你是誰？」

「阿祖。」男孩輕笑，眼神深邃，直直望進母親眼底，「媽，我是阿祖。」

她再也發不出半點聲音。

此時此刻，連她自己都幾乎相信，眼前這個人，眞的不是她的兒子！

她的寶貝，到底去哪了？

事情怎麼會變成這樣？

眼前的這個人，又是誰？

◆

從醫院及警察局返家後，圍坐三人的餐桌出奇地安靜。

孫芸偷偷覷著對面的母親和旁邊的哥哥，誰也沒有出聲。

媽媽低著頭，臉色慘白，雙眼無神。

哥哥的模樣也有點古怪，只見他不停用筷子戳著盤裡的紅燒肉，一口都不吃，像是很厭惡一樣，但那明明是他最愛吃的食物呀！

孫芸扒著飯，最終仍抵不過好奇心，打破沉默：「媽媽，妳的眼睛好紅，是不是在哭？」

語畢，孫祖霖繼續玩著食物，目光卻也落向了母親。

「沒有，媽媽沒哭。」孫母笑容僵硬，迴避兒子的視線，「快吃吧，吃完快回房間寫功課，知道嗎？」

「喔。」孫芸低應，轉頭和哥哥聊天：「對了，哥哥，我跟媽媽之前看了一部影片，裡面有個人很像你，可是他一直被大家欺負，我有很多同學看過——」

「小芸！」孫母厲聲喝斥：「別說話，快點吃飯！」

母親的怒氣讓孫芸嚇了一大跳，再也不敢吭聲。

沒多久，家裡電話響了，孫母匆忙跑去接，說沒幾句就哭了出來：「老公，你在哪裡？趕快回家好不好？」

孫芸好奇地看向母親。

「眞的有急事，拜託你今天先別加班，趕快回來，我眞的不知道該怎麼辦才好……」

孫母緊抓話筒，痛哭失聲。

孫芸從未見過這樣失控的母親，頓時也不安起來。

當她收回視線，發現哥哥正注視著自己。

「妳剛才說什麼影片?」他的嗓音好低好低，像是一個陌生人的聲音。

「就、就是……」她有些被他的眼神嚇到，「很像哥哥你……被班上同學欺負的影片，網路上的瀏覽人次很高，連我同學都有看過。」

聞言，他瞥了眼還在講電話的母親，起身離開餐桌。

「哥哥！」

孫芸慌忙站起，孫祖霖只是淡淡重覆母親的話：「吃完飯快回房間寫功課。」

踏進二樓的房間，他沒有開燈，直直朝著書桌走去。

打開筆電，他準確地輸入一串密碼，點開桌面的Word檔，裡面全是孫祖霖先前所打出來的詛咒文句。

螢幕照亮那張面無表情的臉，他眼裡盡是漠然，彷彿這些東西與自己毫無相干。

他上網搜尋孫芸說的影片，點擊觀看，影片中的場景是在學校廁所裡，畫面中五名國中生不斷欺凌一個瘦弱少年，無視他痛苦的哭喊與求救，有幾個原本想進來上廁所的學生，也被這場面嚇得逃之夭夭。

沒有人對少年伸出援手。

影片結束，他關掉視窗，回到Word檔，忽然房門外傳來一陣腳步聲，他闔上筆電。

「祖霖。」孫父敲門，「祖霖，你在裡面吧?爸爸進去了!」沒等兒子回應他就打開房門，見房裡一片昏暗，孫父打開電燈。

眼見兒子沒什麼異樣，他回頭對妻子不耐地說：「不是好端端的嗎?什麼兒子不知道去哪了?莫名其妙！」

「不是、不是，他眞的不是……」孫母拚命搖頭，抓著丈夫的手哭個不停。

孫父嘖了一聲，上前搖搖孫祖霖的肩膀，「祖霖，你媽到底在說什麼？你怎麼——」

接觸到他的目光，孫父瞬間噤聲。

孫祖霖像是看見什麼髒東西一樣，瞳孔明顯映著清冷的鄙夷。

「不要碰我。」

孫父傻了，眼前這個人明明就是他的兒子，爲什麼講話的語調和神情，卻像個陌生人一樣？

「我說了叫你別碰我。」他嫌惡地皺眉，「把你的髒手拿開。」

孫父錯愕地將手移開，身後的孫母更是緊張不安。

「祖霖，你知不知道你現在在跟誰說話？」

面對臉色鐵青的父親，他非但沒有一絲畏懼，甚至還輕蔑地笑了一下。

他的態度徹底激怒了孫父，「你笑什麼笑？我是你爸爸，你居然敢用這種語氣跟我說話！」

他微微偏頭，冷冷應答：「對我還有孫祖霖而言，你根本就不算是一個父親。你不覺得自己的所作所爲很噁心嗎？」

兒子的話令孫父氣得當場破口大罵：「胡說八道！你到底在說些什麼？你吃錯藥了啊？我做了什麼噁心的事，你倒是說說看啊！」

他挑眉，「你以爲你一直以來偷偷幹的骯髒事，孫祖霖都完全不知情嗎？你還眞以爲自己隱藏得天衣無縫？」

孫父僵住，孫母突然一個箭步衝過來抓住他的手，崩潰哭喊：「祖霖，你不要再說了，拜託你快點恢復正常，你不是一直很乖巧嗎？爲什麼會變成現在這樣——」

「爲了活下去啊。」

他們驚愕地望著他。

「讓我出來的，就是孫祖霖他自己。」他幽幽開口：「他想活下去，可是現實卻逼得他無法生存，所以才改由我來替他活著。」

孫父猛力攫住他的手臂，「鬧夠了沒？你以爲這樣捉弄我們很有趣嗎？惡作劇也該適可而止，你再這樣我就——」

孫父還未說完，他就一個轉身，以迅雷不及掩耳的速度從桌上筆筒抽出剪刀，朝孫父臉上用力一劃。

雖然孫父及時後退，卻還是慢了一步，只見鮮血從他的臉頰緩緩流下，讓孫母當場嚇得驚叫出聲！

「我再重覆最後一次，孫祖霖已經不在了。」他將尖銳的刀鋒指向孫父，冷聲警告：「這是他的決定，也是他保護自己的方法，就算你們現在逼孫祖霖回來，他也沒辦法繼續活著，不管最後是被凌虐到死還是選擇自殺，你們見到屍體只是早晚的事！」

孫母跌坐在地，一陣茫然。

孫父則是一臉呆滯，不知所措地站在原地。

在房門外目擊一切的孫芸，也被這一幕嚇得嚎啕大哭。

「祖霖……到底發生了什麼事？」孫父聲音沙啞，「你怎麼會變成這個樣子？」

「他永遠都不會告訴你們的，爸爸。」他瞇起雙眼，「因爲親手把孫祖霖推進地獄的人，就是你們喔。」

「什麼？」

「想不到吧？」他冷哼一聲，隨後開始瘋狂大笑，「你們最疼愛的寶貝，永遠的乖兒子祖霖，其實一直都想親手殺了你們呢！」

他想毀掉所有令他痛不欲生的人。

每一個傷害他的人，最好全都從這個世界上消失，永遠消失……

第四夢 回眸

「孫祖霖！」

後方一聲清脆的呼喚，讓走在校園裡的孫祖霖倏地停下腳步。

回頭只見櫻子在不遠處朝他揮手，快步走到他面前，「好久不見，你現在要回家了嗎？」

她燦爛的笑顏令孫祖霖登時有些暈眩。

櫻子現在對他的態度，像是在對待一個久別重逢的的好朋友一樣熱情。

孫祖霖覺得一切就像在作夢，他從未想過他們會有重逢的一天，更難以想像櫻子竟會待自己如此親切。

「沒、沒有，我等等還有一堂通識課要上。」

「你選了什麼課？」

「嗯……自然生態維護與發展。」

「喔，我去年有上過，教這門課的老師年紀已經很大了，總是半瞇著眼睛上課，弄得大家也昏昏欲睡。不過，他常常課上到一半就會突然點名，所以千萬別中途落跑唷！」

聽完櫻子叮嚀，孫祖霖馬上連連點頭。

她微微一笑，「我下堂課的教室，正好和通識大樓同一個方向，我們一起走好嗎？」

「喔，好、當然好！」孫祖霖胸口一緊，呼吸急促起來，「對了……妳那兩個朋友呢？」

「珍珍沒課，先回家了。筑音今天比較忙，要打工到晚上。」

「晚上？」

「是呀，而且是到半夜呢！她平日在便利商店打工，假日則是在餐廳當服務生。因爲家境的因素，她必需自己打工賺取學費與生活費，很辛苦的。」

孫祖霖想起對梁筑音的第一印象，乾淨的五官，清秀的長相，穿著風格及個性如同男生般爽朗乾脆，眼神也給人一種精明聰慧的感覺，想不到原來她還這麼獨立。

能與櫻子這樣聊天，是孫祖霖以前從沒想過的事。不過他卻始終提不起勇氣直視櫻子，光是在她身旁保持鎮定，就足以耗去他全部心力。

「對了，孫祖霖……」櫻子略帶歉意地開口：「上次突然問你那些問題，眞的很不好意思，希望你別生珍珍的氣。」

孫祖霖一時沒有會意過來，過了一會兒才想到，上禮拜和她們出去吃晚餐時，林語珍曾經問他「現在是孫祖霖還是阿祖」。

其實他對這件事仍然感到十分困擾，加上那次詢問母親後，她激動的反應，更讓他滿心好奇，卻又不敢多問，就怕母親再度情緒失控。

孫祖霖連忙擺擺手，「不會啦，我沒有生氣。」

猶豫幾秒，他舔舔乾燥的嘴脣，吶吶吐出一句：「我可不可以……問妳一個問題？」

「當然可以。」櫻子微笑。

「在我轉學前的三個月……其實妳知道那時候發生了什麼事，對不對？」

儘管他自己問出口後都覺得這問題有些怪異，然而櫻子卻絲毫沒有流露出納悶之色，反而在沉默片刻後，輕輕頷首。

孫祖霖又問：「那妳可不可以告訴我，那時我眞的像我媽說的一樣生了一場大病，在醫院躺了三個月嗎？那時候的我是不是有哪裡不一樣？」

「你沒有住院。」櫻子定定回道：「可是那時候的你除了外表沒有改變之外，其他全部都不一樣喔。」

他吃驚地半張著嘴，想再多打探一些，上課鐘卻已經響起。

「先去上課吧，如果你還想知道什麼，下次見面我們再聊。」

「嗯，謝謝。」雖然孫祖霖十分急於知道眞相，但想到現在終於有機會得知，即便心裡忐忑，他還是覺得鬆了口氣。

「對了，孫祖霖，上次說的熱舞社烤肉就在明晚喔，明天你下課後打給我，我們再一起過去，怎麼樣？」她嫣然一笑。

看著櫻子明亮的笑容，孫祖霖不假思索，很快點了點頭。

兩人道別後，孫祖霖匆匆走進通識大樓。

在他踏入電梯前，櫻子突地停下腳步，回頭望向孫祖霖。

她專注凝視著他的身影，直至孫祖霖完全消失在視線裡。

進了教室，孫祖霖立刻找了個最靠近角落的空位坐下。

這時一名體型矮胖，滿頭白髮的教授，拖著緩慢的步伐走上講台，頭也不抬地對大家說：「各位同學好，首先跟大家說明一下，我們這堂課不用考試，所以……」

一聽到沒有考試，學生們不約而同發出一陣歡呼聲。

教授接著說：「期中期末大家只要交報告就好，兩個人一組，請同學儘早找好組員。」語畢，教室一片鼓噪，得知不用考試的消息，同學們無不面露欣喜之情。

反觀孫祖霖卻是愁眉苦臉，對他來說，分組報告比考試還要痛苦百倍，他根本不認識其他同學，光是想像要跟陌生人相處，就令他感到渾身不自在。

正陷入苦惱之際，他的後肩被人拍了一下。

一名臉上長滿雀斑的眼鏡男問他：「嘿，你有沒有組員，乾脆我們兩個一組如何？」

孫祖霖十分驚訝，沒想到居然有人主動邀他同組，「好……好啊！」

那男生問了孫祖霖的名字和系別，咧嘴一笑，開始自我介紹：「我叫張家揚，資管系大三。啊，下次我們坐一起好了，畢竟這樣要討論什麼也比較方便，順便交換電話吧，如果你有臉書或LINE就更好聯繫了。」

張家揚似乎是個健談的人，看起來也很好相處，就算自己不擅交際，但也不會對這個人感到反感，於是沒有考慮太久就留下手機號碼給他。

至於臉書跟LINE，平常除了家人，也沒什麼朋友會和他聯絡，所以他根本沒在使用。

教授才開始講課，已經有些同學打起了瞌睡，甚至還有人偷偷從後門溜了出去。

這位教授的語調沒什麼起伏，講課內容單調，甚至還會同一句話重述好幾次。

漸漸的連孫祖霖都快要撐不下去，連打了幾個呵欠，昏昏欲睡。

「那麼今天就上到這裡，大家應該沒有問題吧？」教授低頭，推推老花眼鏡，「接下來我們開始點名，叫到名字的，麻煩舉手出個聲。」

聞言，台下學生才好似突然驚醒！

大家沒想到教授會突然點名，錯愕之餘不免也有些慶幸，還有人幸災樂禍地嘲笑那些耐不住性子翹課溜走的同學。

張家揚呼了一口氣，直呼好險，孫祖霖才想到櫻子說得果然沒錯，這名教授眞的會上課上到一半忽然點名，但他點名的速度很慢，每點到一個同學，還會抬頭看是不是眞有人在。

過了好一陣子，才終於點到孫祖霖，他喊完聲，正想闔眼休息片刻，不料卻聽到一個熟悉的名字。

「下一位，于靜。」

孫祖霖不禁微微一顫。

他愣了愣，總覺得這個名字聽起來……有點耳熟。

孫祖霖抬頭，將全班掃過一遍，最後發現坐在另一邊牆角，某個嬌小的女生慢慢舉起右手，用微弱細小的音量應答：「有。」

因爲位子的關係，從他的角度只能看到她的側影，那女生有些駝背，厚厚的黑髮蓋住了她的臉頰，使孫祖霖看不見她的面容。

孫祖霖目不轉睛地望著她，就在這時，對方居然也轉頭朝他的方向看過來。

和那女生眼神接觸的瞬間，孫祖霖全身一僵。

他認出她了。

這個女生，是他國中的同班同學。

那個曾經也和自己一樣，遭到班上同學排擠欺負的女孩，于靜。

與她對上視線後，孫祖霖趕緊別開眼，莫名一陣心慌。

他萬萬沒想到會在這裡遇見她，而且他們還選了同一堂課！

于靜不停朝他這邊張望，會不會是剛才點到他的名字，她才發現了他的存在？

說不定于靜也認出了他……

過了一會兒，孫祖霖悄悄朝于靜瞄過去一眼，她已經轉過頭。

孫祖霖腦中一片混亂，只見于靜低頭不動，與周遭同學的吵雜聲形成強烈對比，孫祖霖不禁回想起國中時期的她，也是像現在這樣，安靜到幾乎沒有什麼存在感。

于靜的模樣沒有太大的變化，身形還是一樣纖細，依然頂著一頭厚重黑髮。

如今兩人同處一間教室，甚至讓孫祖霖有種回到國中時期的錯覺。

撐過不自在的兩個小時，終於下課了。他背著包包起身，眼角餘光卻瞥見于靜朝自己投射而來的目光。

他刻意迴避她的視線，逃難似地快步離開教室。

那晚孫祖霖回家後便早早休息，卻毫無睡意，只能盯著天花板發愣。

遇見于靜之後，他的心情就有些鬱悶。她讓他想起了過去不堪的回憶，于靜的存在只會提醒自己過去曾經多麼淒慘，即使已事隔多年，他仍無法忘卻當時那種極度恐懼自卑的心情。

于靜的出現，讓孫祖霖他不由自主回想起那段痛苦歲月。

他翻來覆去，始終無法成眠，只好焦躁地起身套上外套，走出房間。

深夜十二點，家人都睡了，孫祖霖心想，乾脆去附近的便利商店晃晃，也許散散步能讓自己放鬆一下。

回程途中，突然有人喚他：「孫祖霖。」

他嚇一跳，連忙四下張望，發現有一名短髮女生騎著腳踏車緩緩向他靠近。

「嗨。」梁筑音停在他面前，「果然是你，還好沒認錯人。你住在這附近嗎？」

孫祖霖瞪大眼睛，沒料到會遇上櫻子的朋友，愣了好一會兒才點點頭。

「這麼晚了，你還在外面？」

「因爲……我睡不太著，想出來買點東西透透氣……」他忽然有些緊張，畢竟對方是櫻子的朋友，他不希望自己給對方留下可笑笨拙的印象，「那妳……怎麼會在這裡？」

「我在另一條街的便利商店打工，剛剛下班，現在才要回家。」

櫻子說過今天梁筑音會打工到半夜，但此時的她看起來並不顯疲憊，精神似乎還不錯。

他不由得暗自佩服梁筑音，「妳辛苦了。」

「還好，習慣了。」梁筑音笑道：「對了，明天櫻子他們社團要在河堤邊烤肉，我記得她有邀請你，你會去吧？」

「嗯。」他頷首。

「那就明天見了！」她才往前騎了一小段，又剎車停下，從掛在腳踏車握把上的塑膠袋中拿出一樣東西，拋向孫祖霖：「這個給你。」

梁筑音輕笑，「店長剛剛給我兩罐綠茶，一罐請你喝，掰掰！」

待對方身影消失在夜色之中，孫祖霖才猛然想起，自己竟然忘記跟她道謝，連一聲再見也沒講。

那麼晚了，她一個女生自己回去，也該對她說聲路上小心才是……

他看著手中的綠茶，不禁有些感動，向來孤僻慣了的他，很少會有人主動對他釋出善意，櫻子的朋友果然跟她一樣善良。

感受著飲料傳至手心的沁涼，孫祖霖原本煩躁浮動的心情，也跟著漸漸平復下來。

翌日課程結束，孫祖霖跟著櫻子她們一起前往河堤。

現場約有十多位同學，氣氛非常熱鬧。雖然孫祖霖並不是社員，但大家看起來也毫不在意。

櫻子端著一盤香噴噴的肉片跟青椒走向他，在他身旁坐下，「這個給你，剛烤好的，趁熱吃吧。」

「謝謝！」他連忙伸手接過。

一名身形頎長的男生朝他們走來，「櫻子，這同學是誰？介紹一下吧。」

「他叫孫祖霖，是我的國中同學，這學期剛轉學過來，我們很久沒見面，所以就邀他一塊來玩了。」櫻子不疾不徐地介紹：「他就是我們熱舞社的社長，姜禹。」

「哈囉，叫我大禹就好了！」他揚起親切的笑容：「歡迎你，祖霖，玩開心一點喔！」

姜禹一走，旁邊的林語珍悄聲告訴孫祖霖：「我跟你說，大禹他現在正在追求櫻子喔！」

「咦？」他面容微僵。

「大禹在我們學校可是風雲人物，長得帥氣，舞又跳得好，愛慕者更是多到數不清。有些自覺沒勝算的男生知道大禹在追櫻子，統統都自動棄權了呢！」

「珍珍，妳別亂說話啦！」櫻子笑罵，輕推她一下。

「珍珍沒說錯呀，大家早就知道他對妳有意思了，是妳自己每次都裝傻逃避。」梁筑音眨眨眼。

聽著她們三人笑鬧談起姜禹，孫祖霖就算想參與，也無法自在反應。

孫祖霖抬眸望向姜禹，他正對身旁的一群人低聲說話。沒多久，那群人卻突然回頭朝他看過來，有幾個女生甚至還摀著嘴偷笑，眼底盡是藏不住的笑意。

孫祖霖不曉得他們究竟在笑些什麼，胃開始一陣翻攪。

無論如何，絕不會是什麼好事，想著想著，一股壓迫感在他心中蔓延開來。他們投來的眼神以及不明所以的笑容，讓孫祖霖冷汗直冒，緊張不已。

那些笑聲跟視線令孫祖霖感到越來越不舒服，恨不得找個隱密的地方躲起來，這樣就不會有人注意到他了……

「孫祖霖，你不吃了嗎？」櫻子的呼喚讓他回過神，此時只剩他們兩人，林語珍跟梁筑音都去拿烤肉了。

「咦？要、要啊！」其實他的胃十分難受，但又不想辜負櫻子的好意，只能硬將盤子裡的食物嚥下。

櫻子微笑，眼中焦距落在孫祖霖身上，再也沒有離開。

盯著眼前這張熟悉的臉孔，她的心緒再一次墜入那段深遠的回憶裡……

◆

一聲淒厲的慘叫劃破午後校園的寧靜。

正在看書的櫻子嚇了一大跳，與坐在附近的同學面面相覷。其他班級的學生也跟著騷動起來，幾名老師匆忙往聲音來源處跑去，偷偷跟去湊熱鬧的同學也不在少數。

幾分鐘後，一名男同學慘白著臉衝回班上，大聲嚷嚷：「喂！出事了，徐清他們那幾個全部被救護車載走了！」

全班一陣譁然，紛紛追問：「爲什麼？怎麼會這樣？」

「我也不知道，反正我剛剛跟到廁所一看，發現裡頭地板全都是血，徐清他們倒在地上動也不動，好像死了一樣……」男同學一臉餘悸猶存，渾身發顫。

大家聽得目瞪口呆，隨即有人想起剛才被徐清帶走的孫祖霖，「那孫祖霖人呢？」

一提到他，男同學顫抖得更厲害，連講話都斷斷續續：「那傢伙……根本已經瘋了！他居然拿筆猛插徐清的眼睛，就這樣一直插、一直插……」他舉起手模仿孫祖霖攻擊的樣子，「其他人也全被他揍得鼻青臉腫，還昏了過去，我還聽第一時間趕到現場的老師說，有幾個人被發現時，頭還塞在馬桶裡……」

大家還未能完全反應過來，就有其他學生陸續跑回教室證實這個消息。在救護車離開不久後，連警察都來了。

所有人不安地議論紛紛，心想孫祖霖應該是被逼到了絕境，才會抓狂到喪失了理智。恐慌以驚人的速度傳播開來，學生個個人心惶惶，教官也對全校廣播，請所有學生待在教室不得隨意離開，更不准接近三樓廁所。

班上同學沒有一個人還能保持心情平靜，包括櫻子。她回頭望向孫祖霖的座位，遲遲無法回神。

被送進醫院的五人傷勢不輕，不是被打到腦震盪，就是全身多處骨折。其中更以徐清的情況最爲嚴重，他的左眼近乎失明，手腳也被打斷。精神遭到重創的他，清醒後一張開眼就滿臉驚恐，大吼大叫，似乎在昏迷前受到十分恐怖的凌虐，除了有漫長的復健之路要走，甚至還要進行精神方面的治療。

沒多久事情便爆發開來，因爲這起事件，學校頓時成了全台關注的焦點。

經由媒體大肆渲染，孫祖霖先前遭到徐清等人霸凌的影片再度引起眾人注意，還在社群網站上被網友瘋狂轉貼，不但撻伐聲浪不斷，尤其在得知主謀徐清的母親任職教育部委員後，群眾憤怒的情緒更是沸騰到了最高點，一面倒支持孫祖霖。

眼見情況越演越烈，社會大眾甚至逼著政府跟學校開記者會給大家一個交代，使校園暴力事件成爲當時社會上最受注目的熱門議題。

雖然網路上的輿論跟譴責，多多少少連帶影響了班上同學的心情，但這卻不是最讓他們害怕的事。

因爲，孫祖霖回來了。

原以爲會被退學的孫祖霖，在事發兩個星期後，居然回到學校了。

當他背著書包出現在教室門口時，所有人都愣住了。

刹那間，整間教室似乎只剩下孫祖霖的腳步聲，他每走一步，身旁的同學馬上自動退開，沒人敢跟他對上視線。

等到孫祖霖走回自己的位子，櫻子才鼓起勇氣，朝他的方向看去。

只見孫祖霖隨意將書包往桌上一丟，一屁股坐下，翻開書包拿出課本。經過那件事後，他乍看之下和以前沒什麼兩樣，但她發現，他把原本掛在鼻梁上的眼鏡拿下來了。

櫻子看得入神，孫祖霖卻冷不防抬眼朝她冷冷一瞥，嚇得櫻子渾身一震，趕緊收回視線，心臟狂跳不止。

班上瀰漫著一股詭異的氣氛，不時仍有人向孫祖霖投以既恐懼又好奇的目光，觀察他的一舉一動，但他只是安分的待在座位上，沒有和任何人有所互動。

漸漸的，大家也放下戒心，不再將注意力放在孫祖霖身上。儘管如此，卻再也沒人敢像過去那樣嘲笑羞辱他。

早自習下課鐘聲一響，所有同學都暗自鬆了一口氣，終於能暫時擺脫這種令人窒息的氛圍，教室也恢復了一點聲音。

「欸，孫祖霖。」坐在他前面的男同學忽然轉過身子，緩緩問道：「我問你喔……眞的是你一個人把徐清他們打倒的嗎？」

話音一落，四周一片沉寂，眾人驚愕望向主動與孫祖霖說話的那名男生。

「哇塞，你眞的超強耶，居然可以把他們打得這麼慘！」男同學輕佻的玩笑語氣，就像和孫祖霖是多年好友一樣，「我跟你說，我早就受夠他們了！看到他們全部掛點，眞的超爽的！孫祖霖你超屌，幹得好！」

在場沒有一個人敢出聲。

男同學笑著笑著，發現孫祖霖用十分平靜的眼神看著自己，又繼續追問：「嘿，你可以告訴我是怎麼打贏他們的嗎？那五個人塊頭這麼大，你究竟是怎麼做到的？看不出來你力氣還滿大的嘛！」他一邊說，一邊伸手拍拍孫祖霖的手臂。

孫祖霖仍是面無表情，只稍稍瞇起了眼睛。

見對方始終無動於衷，男同學只好自討沒趣的轉身，口中喃喃碎念：「呿，還以爲有多厲害，結果還不是原來那副死樣子……」

下一秒，男同學的頭髮就被孫祖霖抓住，猛力一扯，他整個人霎時往後栽倒，神情痛苦。周遭同學見狀，害怕得群起尖叫。

孫祖霖俯身在他耳邊低語：「你眞的想知道我是怎麼打贏他們的？」

男同學嚇得發不出聲音，頭皮傳來一陣如同撕裂般的痛楚，痛得他五官扭曲。

「要不要直接示範一次給你看？這樣比較快。」孫祖霖淡淡說道：「反正醫院隨時都可以再增加一張病床，讓你跟那些傢伙作伴。」

孫祖霖的嗓音低沉，和他過去含糊不清又總是結結巴巴的語氣完全不同，簡直像是換了個人說話似的。

他口吻雖然淡漠，卻句句鏗鏘有力，讓男同學嚇得連連道歉。

孫祖霖一鬆手，那男同學不禁雙腿一軟，癱坐在地，還以爲自己會落得跟徐清一樣的下場，慘白著一張臉，差點就要哭出來。

從此再也沒有人敢將孫祖霖視爲空氣，也沒有人敢再故意向他挑釁。

有關他的謠言很快傳遍了學校，有人說這才是他的眞面目，只是隱忍太久才會爆發；也有人說他精神出了問題，出現了雙重人格。

無論如何，孫祖霖都不再是以前那個只會被別人踩在腳下的出氣包了。

大家也不再叫他孫祖霖，因爲他不允許別人這麼叫他。

他說，他是「阿祖」，而不是「孫祖霖」。

縱使他的轉變令人害怕，但他卻沒有再對別人做出像對徐清那樣殘暴的事，也沒有無故惹是生非，反而跟一般的學生一樣，過著規律上課、放學的正常生活。

某日午後，櫻子提著一袋錢，走進班導師的辦公室。

這個時段，辦公室裡只有他們兩人。

「老師，這次運動服的費用已經收齊了。」她將袋子放在桌上。

「嗯，好。」導師揉揉太陽穴，擰眉嘆了一口氣。

這段期間因爲孫祖霖的事，讓身爲班導師的他也飽受輿論批評，沉重的壓力讓他簡直快要喘不過氣，一看到孫祖霖就覺得焦躁萬分，頭疼不已。

「老師，那我先離開了。」櫻子才轉身，馬上就被導師叫了回來。

導師笑吟吟地將她拉近身邊，拍拍她的背，「櫻子，妳這次段考考得還不錯……」他的手緩緩往下移，停在櫻子的臀上。

「這陣子老師眞的好累，只有看到妳，心情才能稍微放鬆一些。幸好有妳在……」

櫻子面色僵硬，稍稍挪動身子，想避開導師的觸碰，然而對方又將她推向自己，使得她整個人幾乎貼在他身上。

「櫻子，妳好棒，眞的很棒喔。」他在櫻子的耳畔低喃，嘴脣輕磨她的耳垂，同時將手伸進她的裙子裡，「妳眞是個乖孩子，好乖好乖……」

櫻子渾身僵硬，緊咬下脣，完全無法動彈。

離開導師室，她馬上衝進廁所，拚命搓洗那個男人方才觸摸過的地方，搓揉的力道之大，讓她的皮膚漸漸泛紅。

櫻子呼吸急促，流著眼淚，身子顫抖不止。強烈的悲憤及恨意近乎淹沒她的理智，她咬緊牙根，握緊拳頭，恨不得親手將那個披著羊皮的狼推入萬劫不復的地獄！

但就算再憤怒害怕，她也只能躲起來暗自哭泣，絕望地想著，這種悲慘的日子到底要忍耐到什麼時候才能結束？

自從被導師性騷擾後，櫻子每次只要和導師獨處，就會全身緊繃，一陣反胃。

偏偏導師就是喜歡叫她幫忙做事，櫻子根本無法拒絕，只能默默吞忍一切。但最近導師的行爲卻是日漸變本加厲，甚至在自習課上，坐在教室後方改作業時，也會要櫻子在一旁幫他登記分數，更趁全班同學低頭讀書之際，明目張膽地輕捏櫻子的屁股，對她上下其手。

心力交瘁的櫻子，完全不敢向任何人求助，雖然她的人緣好、朋友多，卻沒有一個能讓她毫無顧忌地傾吐心事，她覺得既無助又難受，簡直就快要崩潰了。

某堂下課，櫻子一如往常在座位上看書，旁人眼中看似認真的她，實際上卻是心神不寧地胡思亂想。

忽然間，她感到有人走近自己身邊。

抬頭一看，她嚇得瞪大眼睛。

是孫祖霖。

他面無表情望著櫻子，語調沒有一點起伏：「放學六點，到保健室旁邊的廁所。」

孫祖霖一說完，立刻就走，因此並沒有人注意到他和櫻子說過話。

櫻子當下驚恐不已，還以爲自己招惹到孫祖霖，卻又想不出是哪裡得罪了他。

雖然不想去，但想到孫祖霖若發現她沒有赴約，不知道會對她做出什麼可怕的事情，所以一到六點，她仍是硬著頭皮獨自前往約定地點。

保健室位於一樓，由於地處學校邊緣，平常很少有學生經過，一旁的廁所更是隱密，平常根本沒什麼人在使用。

櫻子懷著忐忑不安的心情前往，看著廁所的方向，不禁又躊躇起來。她在心中暗自忖度，也許趁現在逃走還來得及。

才一萌生這念頭，前方赫然冒出一個人影，嚇得她差點叫出聲來。

孫祖霖從廁所走出來，一看見櫻子便命令：「過來。」

事到如今，想逃也逃不掉了。握緊書包背帶，她戰戰兢兢，緩步上前。

一踏進廁所，櫻子渾身一震，驚訝地張大嘴巴，又趕緊摀住，以免自己驚叫出聲。

除了他們，還有一個人在廁所裡。

那人的雙手被繩子反綁在背後，上半身被黑色垃圾袋套住，一動也不動地坐在地上，毫無反應。

孫祖霖來到她身後，冷冷開口：「知道是誰了吧？」

櫻子茫然看著癱坐在眼前的男子，過了半晌，才以顫抖的聲音回答：「難道……是我們班的導師？」

「對。」孫祖霖點點頭，「我事先放了安眠藥在他的水杯裡，再留下不具名字條找他過來，等他到了這裡，藥效也差不多開始發揮作用，趁他軟弱無力時，我再把他一棒敲昏，這樣比較方便下手。」

她聽得一愣一愣，還未回神，右手就傳來一股冰冷的觸感。

孫祖霖把某樣東西塞進櫻子手中，「接下來就交給妳了。」

低頭一看，她的手裡多了一根球棒。

櫻子這下眞的嚇壞了：「……這是什麼意思？爲什麼要交給我——」

他打斷她的話，語氣維持一貫的平靜，「妳想不想報仇？」

「咦？」

「這個變態幹出那麼多齷齪事，妳難道從沒想過要給他一個教訓？」他脣角勾起一抹似笑非笑的弧度，「我現在就給妳這個機會，讓妳好好報仇。」

櫻子面色慘白，不敢相信自己聽到了什麼。

她再也無法控制自己的情緒，崩潰大喊：「爲什麼……你怎麼會知道？」

「這傢伙一天到晚叫妳去幫忙，一隻手拿筆，一隻手還同時忙著在妳身上摸來摸去，難怪每次改作業都改這麼久。」孫祖霖嘴角的笑意又深了一些。

櫻子再也說不出半句話。

她萬萬沒想到，導師平時對她所做的一舉一動，竟然早就被孫祖霖看在眼底。

見櫻子沒有反應，他又拉起她另一隻手，使力讓她兩手牢牢握住球棒，隨即往後退到一旁。

「打下去。」

櫻子雙腿發軟，頻頻搖頭，「你在說什麼……這怎麼可以？我……」

「放心，我藥下得挺重的，他還要一段時間才會醒來，而且這裡是監視器的死角，沒人會知道是誰幹的。」

「可是——」

「妳都沒有想要把這傢伙徹底毀掉，或是起過殺了他的念頭？」孫祖霖目光冰冷，「妳不想讓這個變態得到他應得的下場嗎？」

他始終冷酷的態度，讓櫻子寒毛直豎，打了個冷顫。

她腦中一片空白，忍不住吞了口唾沫。

「妳想不想報仇？」

她的心跳越來越劇烈，呼吸也跟著急促起來。

櫻子不自覺地朝男人走近，睜大雙眼看著他。

「妳不想讓這個變態得到他應得的下場嗎？」

回想起這個男人的髒手游移在她身上的噁心觸感，櫻子用力咬住下唇，紅著眼眶，含淚握緊手中的球棒……

她希望這個人可以下地獄。

從此再也爬不起身，爲自己噁心的所作所爲，付出慘痛的代價。

她要眼前的禽獸從此在她的世界消失。

「櫻子，妳好棒，眞的很棒喔。」

一滴眼淚沿著櫻子細嫩的臉龐無聲滑落，她高高舉起了球棒。

她的眼裡不再有恐懼，只剩下深深的憎恨。

「打下去。」

耳邊迴響起孫祖霖剛才所說的話，櫻子最後的理智終於徹底被恨意湮滅。

她嗚咽一聲，像是發了狂似的，手持球棒朝導師的頭部狠狠揮下……

一個月後，導師重返學校教書。

遭到攻擊的當晚，學校警衛在巡邏時，發現他頭破血流倒臥在廁所裡，嚇得趕緊打電話叫救護車。因爲傷勢過重，需要住院觀察休養一段時間。

由於找不到犯人，這起事件當時更成爲學生之間熱議的八卦，討論究竟是誰下的手。

回到學校，導師站上講台，他左手的石膏還未拆下，臉色十分陰沉。

班上同學見狀，沒人敢開口講話。

「孫祖霖，上來！」

導師突如其來的命令，更讓氣氛爲之凍結。

「快點上來！」他暴喝一聲，孫祖霖才慵懶站起，踏上講台。

導師又接著吼道：「現在，跟全班同學道歉！」

聞言，台下所有同學頓時睜大眼睛，神情緊繃地望著兩人。

「你知道因爲你的關係，讓學校在這段期間承受了多少恥辱，老師們受到多大的輿論抨擊嗎？」導師盛氣凌人，毫不掩飾對他的厭惡。

「明天早上升旗的時候，你也得在司令台上對全校師生道歉！如果你還想繼續待在這個學校，就給我安分一點，不要以爲大家怕你，就可以爲所欲爲！我不吃你這一套，聽清楚了沒有？」

全班學生面色驚恐，不知所措。

其實他們心知肚明，導師是因爲無故被人毆打，又遲遲找不到犯人，心裡的鬱悶及憤怒無處發洩，才會拿孫祖霖開刀，畢竟孫祖霖帶來的壓力，早就讓他積怨已深。

「我在跟你說話沒聽見嗎？快點回答！」導師怒吼。

始終沉默不語的孫祖霖，終於抬起頭來。

他從離他最近的同學桌上拿起一瓶礦泉水，接著腳一抬，踩上導師平時講課坐的椅子。

導師一愣，孫祖霖已經轉開瓶蓋，將滿滿一瓶冰水，從他的頭頂慢慢淋了下去。

刹那間，導師的頭髮及臉上全都是水，頸部以上溼成一片，台下驚呼聲四起。

「道歉……？」孫祖霖手一鬆，空瓶子掉在地上，發出清脆的聲響，「我為什麼要道歉？」

由於太過震驚，班導一時反應不及，呆站在原地，也沒抬手抹去滿頭滿臉的水。

「真正該道歉的人，應該是你才對吧，白痴。」孫祖霖微微偏頭，「還有，我不是說過別再叫我孫祖霖，為什麼你就是聽不懂啊？」

孫祖霖正要離開講台，導師才終於清醒過來，猛力從後方掐住孫祖霖的脖子。

「你再說一次！再說一次！你說誰白痴？說啊，你說誰白痴？」他兩眼滿布血絲，幾近癲狂。

全班頓時亂成一團，沒多久，隔壁班的老師急忙趕來制止，而導師直到被其他男老師跟教官架出教室時，都還歇斯底里地瘋狂咆哮著。

櫻子自始至終都待在座位上，靜靜看著眼前這一幕。

不到一星期，導師就遭到學校革職，從此消失在大家面前。

櫻子回想起當時孫祖霖那毫不在乎的樣子，他只是揉揉脖子，冷眼目送導師被人架走。她聽著導師遠去的叫囂聲，不禁用力握緊雙拳。

她渾身上下都在發抖，心情激動，一陣難以言喻的強烈快感，讓她幾乎要無法抑止地笑出聲來……

那傢伙是罪有應得！他終於眞的在她眼前消失了！

過了幾日，櫻子正準備與同學一起放學回家，卻瞥見孫祖霖獨自走出教室。她遲疑片刻，她同學編了個理由，背上書包匆匆追了出去。

「孫祖……」櫻子頓了頓，做了個深呼吸，改口喊道：「阿祖，等等！」

他停下腳步，回頭。

櫻子站定，與他僅隔著幾步的距離。

她喘著氣，聲音有些發顫：「我還沒向你道謝……謝謝你。」她感激地微微鞠躬，「眞的，謝謝你！」

孫祖霖動也不動地注視著櫻子。

即使他最後沒有任何回應，直接掉頭就走，但那道冷峻的目光卻從此在櫻子腦海烙下印記，再也無法從她心上抹滅。

後來她才明白，那是專屬於阿祖的眼神。多年以後，她依然無法輕易忘懷那個眼神。

一股前所未有的悸動，就是從這時候開始，在櫻子心底悄然萌芽……

第五夢　兩人

熱舞社的烤肉活動在晚上八點半結束。

收拾工作進行得差不多時，眾人清完垃圾準備回去，社長姜禹手裡拿著一頂安全帽，走到櫻子身邊，「櫻子，我送妳回家吧！」

林語珍和梁筑音相視一笑，孫祖霖則是愣愣地望著櫻子和姜禹。

這兩人外型眞的十分登對，總是能輕而易舉吸引住大家的目光。

強烈的自卑感湧上孫祖霖的心頭，他喉嚨苦澀，心情複雜，卻又沒辦法將視線從他們身上移開。

「對不起，姜禹，今天我沒辦法坐你的車。」櫻子委婉回絕，「我想和孫祖霖一起回去。」

其他人聞言，紛紛回頭朝他們的方向看過來，姜禹掛在臉上的笑容一僵。

「櫻子，可是妳家離這裡很遠耶，搭捷運要坐超久的！」林語珍瞠目，沒想到櫻子居然會爲了孫祖霖而拒絕姜禹。

「我知道，可是我還有一些話想跟孫祖霖單獨說。」櫻子對孫祖霖露出溫柔甜美的微笑，「我們一起走吧，好嗎？」

孫祖霖簡直不敢相信自己的耳朵。

「好吧，畢竟你們從國中之後就失去聯絡了，多聊聊也是應該的！」姜禹立刻恢復原先的陽光笑容，親切地對孫祖霖說道：「祖霖，下次我們再一塊出來玩吧！」
姜禹轉身，孫祖霖還在發怔，櫻子拉了拉他的衣袖，「我們走吧。」
他們就這樣在眾人的注視下離開河堤。
一路上，孫祖霖的心狂跳不止，覺得自己彷彿身處夢境，絲毫沒有半點眞實感。
櫻子竟然拒絕姜禹，選擇跟他走在一起？
「孫祖霖？」
她的呼喚使他猛然回神，結結巴巴回應：「什……什麼事？」
櫻子噗哧一笑，「你不要緊張，放輕鬆點，我不會吃了你的。」
孫祖霖臉一熱，尷尬到說不出話來。半晌，他呑了呑口水，主動開口：「對了，妳有什麼話……要跟我說？」
她微微一笑，「你之前不是說想知道阿祖的事情嗎？」
孫祖霖瞪大雙眼，「妳願意告訴我嗎？」
「嗯，我可以把我所知道的全部告訴你，不過，我希望你也可以告訴我一件事。」
「什麼事？」
「之前你說不曉得阿祖是誰，那就表示你對於那三個月所發生的事，完全沒有印象，對不對？」她再問：「那你後來是怎麼『恢復』的呢？」
孫祖霖怔了一會兒，低頭回想，「其實……我也搞不清楚是怎麼一回事。我只記得那天我原本人在學校廁所，突然之間就失去了意識，等到我醒過來時，就發現自己躺在家裡的床上了。後來我媽告訴我，我在醫院整整昏迷了三個月，所以才沒有那段時間相關的記憶。」

「原來如此。」櫻子緩緩點頭，好奇問道：「可是，你說你那時候『突然間失去意識』，那在失去意識之前，你還記得當時發生了什麼事嗎？」

孫祖霖不自覺打了個冷顫，那段恐怖記憶，至今在他腦海中依舊鮮明清晰，他猶豫了一陣才下定決心說出口：「那個時候……我正被徐清他們欺負，他們在廁所裡對我做了許多過分的事。」

語落，他忍不住抖著嗓音問：「妳還記得……那個人嗎？」

「嗯，我記得。」她直直望向孫祖霖，表情認眞。

櫻子堅定的眼神，讓他忐忑不安的心情安定了下來，「我記得自己當時拚了命掙扎，想要逃走，可是他們人多勢眾，我根本逃不掉。」

他吞了一口口水，「當時我還以爲自己會死在他們手裡，所以很緊張，很害怕。不知道是不是因爲這樣，最後才會昏過去。」

其實這起事件進展到這裡，聽起來都還算是合乎常理。

只是令孫祖霖始終不解的是，爲什麼之後徐清他們會變成那樣？爲什麼在他醒來以後，生活會產生如此巨大的轉變？

他眞的很想弄清楚眞相，卻苦無門路。

直到與櫻子重逢，從她口中得知當年他所不知道的事，孫祖霖才終於有了釐清眞相的機會。

櫻子聽完，先是沉思片刻，隨後才說：「所以你的意思是，當時的你，應該是在面臨極度恐懼的壓力之下，才會變成那樣的是嗎？」

「我不確定……不過，我想有可能是這樣沒錯。」他摸摸頭，神情尷尬，「我只知道這些，除此之外的記憶就一片模糊了……抱歉。」

「沒關係，你不用道歉，眞正該道歉的是我，害你想起這麼不愉快的事，眞的很對不起。」櫻子給了他一個體貼的微笑。

一段沉默之後，她輕輕開口：「孫祖霖，你可不可以再答應我一個厚臉皮的請求呢？」

「咦？什麼？」

她認眞地注視著他，「可以讓我成爲你的好朋友嗎？」

聞言，孫祖霖張大嘴巴，簡直不敢相信自己的耳朵。

「我想彌補過去無法幫助你的遺憾，從現在起，當你的知心朋友。希望我們可以互相傾吐心事，一起哭一起笑。」她眼神誠懇，情感眞摯，「我想了解你。」

他一句話都說不出來。

這到底是怎麼回事？

「如果你肯答應，那麼我也會把阿祖的事，一字不漏地全說給你聽。」櫻子歪著頭，眼裡閃過一絲俏皮，用像是撒嬌的口吻說：「就當作是交換條件嘛，好不好？」

要不是怕被櫻子當成怪人，孫祖霖眞想立刻用力捏捏自己的臉頰，證明這一切眞的不是夢。

他趕緊點頭，深怕一猶豫，櫻子會以爲他想拒絕。

櫻子燦然一笑，白皙雙頰因爲喜悅而浮上一片櫻色，「謝謝你！」她伸出右手，「今後還請多多指教唷。」

孫祖霖呆呆地盯著櫻子纖細的手，鼓起十足勇氣，才能強裝鎮定地和她握手。

他們繼續往前走，今晚的夜空如墨般漆黑，不見一顆星星。

櫻子開始向他仔細述說，關於那三個月以及那個叫做「阿祖」的人出現之後，引起了怎樣的軒然大波，還有當初事件爆發後，對學校及同學帶來了什麼影響。

孫祖霖聽得十分入神，久久不發一語。

如果是由其他人口中聽到這些話，他肯定半分也不信，但因爲對方是櫻子，就算聽著再怎麼難以置信，他也絲毫沒有半點懷疑。

聽完櫻子的話，孫祖霖心思紊亂，若有所思地回到家裡。

「寶貝回來啦，烤肉好玩嗎？」孫母一如往常來到門口迎接他。

孫祖霖怔怔凝視著母親，沒有回應。

「怎麼了？玩得不開心？」

「沒、沒有。」他移開視線，「我要去洗澡了。」

在被母親發現異狀前，孫祖霖快步踏上二樓，卻正好在走廊碰上從浴室出來的妹妹。

他二話不說立即抓住她的手，直接將她拖進房間。

門一關上，孫芸掙脫他的手，抱怨：「很痛耶，哥你在幹麼啦？嚇我一跳！」

「噓，妳小聲一點，別讓媽聽見。」孫祖霖沉聲叮嚀，面色凝重，「孫芸，我有重要的事問妳，妳一定要老實回答我，知道嗎？」

她擰眉，滿臉困惑，「什麼事啊？」

「妳知道阿祖是誰對不對？」

孫芸一愣。

「我國三昏迷不醒的那段時間，其實根本就不在醫院裡，對吧？這一切都是爸媽編出來的謊話吧？那三個月我是不是變了個人似的，舉止完全不像是原來的我？因爲我當時變成了阿祖，所以媽聽到我追問起那段過去才會那麼緊張，而我們之所以會搬家也是這個緣故，對不對？」

孫祖霖再也克制不住內心的焦慮，面對明明知情的妹妹，他再也無法繼續保持冷靜。他想釐清事實，卻又害怕聽到眞相。聽完櫻子所說的話後，他只感到深深的惶恐，只想弄清楚在自己的身體裡，是否眞的曾經有另一個人的存在？

孫芸別開眼，明顯在躲避他的視線。

「媽警告過我……叫我無論如何都不准說的……」她低下頭，眉頭緊蹙。

「妳老實告訴我，我絕對不會讓媽知道的！」孫祖霖苦苦哀求，「孫芸，算我求妳，告訴我實話，當年到底發生了什麼事？把妳知道的統統告訴我，好不好？拜託妳……」

她咬著下唇，身子微微顫抖。

「孫芸！」見她猶豫，他又喚了聲。

不料她卻抬眼瞪著他，語氣不悅：「就算你現在知道了，又能怎樣呢？」

孫祖霖僵住。

「沒錯，那三個月，哥你確實變成了另一個人，醫生還說，那是你的第二人格！」孫芸咬牙，語氣激動：「就因爲『他』，害得媽完全崩潰，日夜哭泣，爸也天天責怪媽，最後乾脆連家也不回。從阿祖出現的那一天起，這個家就完全變了，變得一片死寂，簡直像地獄一樣！就是你讓我們無法喘息，日子過得痛苦不堪，每一天對我和媽而言都是折磨！」

他沒料到會從妹妹口中聽到這番話，心中一沉。

「雖然那個人當時害我們家幾乎四分五裂，甚至害媽變得神經兮兮……」孫芸深吸一口氣，情緒略爲平復，「可是現在，我發現我自己沒辦法恨他。」

「……什麼意思？」

「因爲那時候的哥哥，跟現在不一樣。」孫芸面無表情，「他不屑跟著爸媽繼續爲了這個虛僞醜陋的家演戲。」

孫祖霖茫然，「孫芸，妳到底在說什麼？」

「這個家有多做作多噁心，哥你明明也很清楚！」她忍不住吼了出來：「但阿祖不一樣，他不會裝成一副什麼都不知道的樣子，假裝一切正常地安然度日，更不會乖乖陪著媽營造幸福家庭的假象；以前我還小所以不懂，可是現在我長大懂事了，雖然也對這種生活感到厭惡，卻還是只敢跟哥你一樣當個膽小鬼，陪媽繼續演戲下去。」

面對妹妹突如其來的憤怒，孫祖霖完全不知所措。

「如今我才發現自己沒有辦法恨阿祖，反而氣他爲什麼不在那個時候就毀掉這個家！那樣的話，我現在就不用承受這些痛苦了！」

她頓了頓，眼眶泛紅，「等我高中一畢業，就要離開家裡。」孫芸堅決地說：「我沒有辦法像哥你一樣，繼續裝得若無其事，留在這個讓人窒息的家！」

孫芸跑出房間，留下孫祖霖呆立原地。

過了一會兒，他才回過神來，打開筆電，開始搜尋當年相關的新聞報導。

最後他找出了六年前的新聞資料，發現那起事件曾經在社會上引起不小的騷動，也讓校園霸凌的議題，在當時成為全民關注的焦點。

他對於這些報導完全不知情，想必也是父母極力封鎖消息的緣故。

得知眞相的這一夜，孫祖霖的心思紊亂，腦中不斷迴響著孫芸的話。

所以，櫻子說的全都是眞的。

那個阿祖……確實曾經出現。

這種他只在電影或小說裡看過的情節，居然活生生發生在自己身上！

自己的第二個人格……

「因為那時候的哥哥，跟現在不一樣。」

他靜靜盯著電腦螢幕，打開了Word檔案。

從國中時期開始，孫祖霖就有把Word當成日記打字抒發心情的習慣，至今仍然沒有間斷。

盯著眼前的空白頁面，他實在無法忽視心底的恐懼。

他忍不住雙手發顫，慢慢敲打鍵盤，螢幕上出現了一段文字。

那是孫祖霖最想知道，卻又害怕得到答案的問題。

阿祖，你是誰？

◆

隔天下課，孫祖霖前往學校的圖書館，想查閱更多有關心理學的資料。

只要是有關於多重人格的書，他一本也沒放過。抱著一大疊書，他隨意挑了個空位，開始認真閱讀起來。

翻開第一本，他讀著雙重人格的定義，不自覺喃喃念了出來：「個體兼具兩種或兩種以上的不同人格，每一個人格會在某種特殊的時間內主宰個體，人格轉換時，通常和社會壓力有關，個體的意識狀態會產生急遽的轉變。往往原來的人格並不清楚有另一個人格存在，但另一個人格會意識到原來人格的存在，並表現出與原有人格截然不同的自我（註）……」

意思是，他不知道阿祖，但阿祖卻知道他的一切？

當年失去意識的前一刻，孫祖霖只記得自己對於迫在眼前的死亡威脅，感到前所未有的懼意。

註：內文中有關雙重人格之解釋，摘自《心理學（含概要）》一書，程薇 編著。

那種無能爲力，只能等待死亡降臨的感覺，讓他心中累積的壓力越來越緊繃，越來越無法忍受。

徐清用力將他的頭壓在馬桶裡，放聲倒數，他的恐懼在那時也到達了最高點。所以……在徐清倒數完的一剎那，阿祖出現了？

孫祖霖繼續往下讀：「……每個人格具有不同的記憶、態度與行爲。精神分析認爲個體在童年所遭遇的痛苦經驗被壓抑在潛意識中，成年後遇到相類的情況，個體會採象徵性的方式，形成解離性的症狀……透過解離狀態，創造內在堅強的角色或象徵性的逃離來應付創傷情境。」

創造內在堅強的角色……

才看完一個段落，孫祖霖感到一陣虛脫，彷彿渾身力氣被抽光一樣。

忽然他的肩膀被人拍了一下，轉頭一看，只見一個男生笑嘻嘻地對他打招呼：「孫祖霖，你也來看書啊？」

孫祖霖知道對方是誰，卻一時之間想不起他的名字。

那人接著說：「我是張家揚啊，跟你修同一堂通識課的那個啦！」

他才點了點頭。

「你在讀什麼書？該不會是在準備瞇眼老伯的報告吧？」張家揚拉開椅子，在他對面坐下。

「瞇眼老伯？」

「就是我們通識課的老師啊，他講課不是老瞇著眼睛嗎？我都是這麼叫他的。」張家揚拿起桌上的書，翻了一下，「哇，都是心理學的書，你有修這方面的課喔？現在又還沒到期中考，你未免也太拚了吧？」

「我只是無聊隨便看看而已！」孫祖霖有些心慌，趕緊將書從他手上奪回。

「雙重人格？你對這個有興趣喔？」張家揚注意到他正在讀的章節。

「不是，我只是……」他還在想著該如何解釋，又聽到另一個人呼喚他的名字。

櫻子跟林語珍一起走了過來，「好巧，你也在這裡呀？」

「呃……嗯。」孫祖霖沒料到會遇見櫻子，緊張得渾身僵硬。

「你好像在忙，那我就不打擾你們了。」櫻子望了一眼他對面的張家揚，「不過，五點半的時候，可不可以麻煩你來舞蹈教室一趟？」她揚起脣角，「我有東西想交給你，方便嗎？」

「好，沒問題！」孫祖霖二話不說，立刻答應。

「太好了，到時候見，掰掰。」

她們一離去，張家揚驚訝地瞪大眼睛，「哇，孫祖霖，你居然認識羅玲櫻？」

「我們是國中同學。」

「是喔？怪不得你們很熟的樣子。她可是我們學校有名的校花呢，眞羨慕你！」他笑著站起身，「好啦，那我也不吵你了，你慢慢看書，我走了。」

孫祖霖的目光再度回到書本上，但他的腦袋一片混亂，怎麼樣都無法靜下心來。

一股沒來由的壓迫感，讓他胸口感到異常沉重，難以喘息……

◆

五點半，孫祖霖準時到達舞蹈教室。

幾名熱舞社的成員正在裡頭練舞，卻不見櫻子蹤影。

他不好意思進去，只好站在外頭等，一道高眺身影朝他迎面走來。

「咦？祖霖，你怎麼會在這裡？」姜禹好奇。

「喔……那個，我在等人。」

「櫻子嗎？」見孫祖霖點頭，姜禹一笑，「我剛剛有碰到她，她說臨時有事要去系辦一趟，晚點才會過來。進來等吧，別站在門口吹風。」

語畢，姜禹拉著孫祖霖走了進去。

在節奏強烈的音樂聲中，孫祖霖不太自在地坐在角落。

看著姜禹俐落的舞姿，以及指導他人的那種領導者風範，讓同樣身爲男生的他，都不禁被對方的風采深深懾服。

沒想到在這世上，居然會有這麼完美的人。

姜禹和櫻子一樣，都是讓他望塵莫及的存在。其實不只他們兩個，在這裡的每個人，身上所散發出的那種耀眼光芒，都讓他覺得自己與大家格格不入。

沒多久，姜禹注意到始終安靜坐在一隅的孫祖霖，旋即走到他面前，朗聲道：「祖霖，你也一起來跳吧。」

「咦？」

「我聽說你舞也跳得不錯，來吧，切磋一下！」其他社員一聽，紛紛圍了過來。

孫祖霖連忙搖頭：「我不會跳舞，我真的不會！」

「別謙虛了，既然來了，就秀一下吧！」姜禹硬是將他拉到中央，清出一塊場地讓他發揮。

他從前方的鏡子中看到所有人都聚集在自己後方，還鼓噪地熱烈鼓掌，等著看他表現，讓他登時不知所措，連手腳都不知該往哪裡擺。

成為眾人的注目焦點，使孫祖霖雙腿發軟，加上震耳欲聾的音樂，更是幾乎要把他逼到絕境。

他直冒冷汗，渾身僵硬，想奪門而出，雙腳卻像是生了根似地無法動彈。

「孫祖霖，快跳呀！」

「趕快跳給我們看哪！」

一聲又一聲的催促，孫祖霖明白此時再也沒有退路。

最後，他用怪異又笨拙的動作慢慢舉起手，扭動四肢，試著模仿姜禹剛才的舞步。

不一會兒，背後傳來眾人的疑惑細語：「他在幹麼？」

「不知道，我也看不懂他在做什麼？」

「他那是在跳舞嗎？」

孫祖霖半舉起的手停在空中，只覺雙頰滾燙，一陣暈眩襲來，那些夾雜在音樂聲裡的竊竊私語，讓他忽然有股想要嘔吐的衝動。

鏡子裡的每一個人都在笑，連正在講手機的姜禹，也邊看著他邊笑。

孫祖霖再也待不下去，踉蹌地抓起背包逃出教室，卻在門口不慎撞上正要走進來的櫻子。

櫻子嚇了一跳，見他面色慘白，詫異地問：「孫祖霖，你怎麼了？」

「沒、沒事，我……」他連聲音都還是抖的。

「剛才我臨時有事，沒辦法準時過來，抱歉讓你久等了。」

孫祖霖搖搖頭，表示沒關係。

她接著將一套包裝整齊的黃色衣服遞給他，「這是之前我們社團辦活動時，特別訂製的T恤，我想送一件給你。這件T恤的材質不錯，可以快速排汗，很適合運動時穿，穿起來很舒服喔！」

櫻子溫柔的笑容，使孫祖霖的情緒漸漸平穩了些。

接過衣服，他輕聲向她道謝。

櫻子這時又問：「你現在要回家了嗎？要不要跟我還有珍珍她們去吃飯呢？」

「可是妳不用練舞嗎？」

「沒關係，難得翹一次，不會怎樣的。等等我再打給大禹，跟他說我身體不舒服就行了。」她勾起唇角，淘氣一笑，「珍珍跟筑音已經在校門口等了，我們現在過去吧。」

四人會合後，決定去吃涮涮鍋。

突然間，孫祖霖眼角餘光瞄到不遠處一個瘦小的女生身影，他心頭一震，愣了一下。是于靜。

她似乎在跟蹤他們，目光也不時投向他們這裡。不久，櫻子她們也察覺到了，于靜才匆匆別過臉，快步往公車站牌的方向走去。

在涮涮鍋店裡坐定後，林語珍問：「欸，孫祖霖，你還記得剛才在校門口看到的那個女生嗎？」

「什麼？」

「她也跟我們讀同一所國中呀，而且還跟你和櫻子同班耶，你對她沒有印象嗎？」

「喔……」孫祖霖遲疑了一下，「我記得。其實我之前就認出她了，她跟我修同一堂通識課。」

「眞的？是我也修過的那堂課嗎？」櫻子眨眨眼。

「對。」

「孫祖霖，好心提醒你，最好還是別跟于靜走太近比較好喔！」林語珍表情古怪，「你不覺得她行爲很詭異嗎？以前國中的時候，我就聽過別人說她這裡——」她指指自己的腦袋，「有問題。」

「怎麼說？」梁筑音不解。

「我也搞不太清楚，不過有人說她曾經生過一場大病，因爲發高燒把腦筋燒壞了，精神才會變得不大正常。櫻子跟孫祖霖，你們應該有聽過吧？國中時她老愛在自己座位上拚命寫一些莫名其妙的東西，還有人看到她常待在學校沒人去的角落，一個人在那邊自言自語！我最怕這種人了，完全不知道她在想什麼，光是跟她四目相接，就讓我渾身發毛！」

林語珍說著，抖了一下。

孫祖霖沒有附和，只是對著鍋裡沸騰的湯水發怔，再也沒有食欲。

這天晚上，他再度失眠了。

十一點多時，孫祖霖到外頭散步，因爲想事情想得太過入神，不自覺走到了下一條街口。

他回想著今天在舞蹈教室發生的事，同時也想起了于靜。

在熱舞社經歷的難堪，以及于靜的臉孔，都讓孫祖霖想起了國中那段不堪的回憶。滿腹焦躁跟苦悶卻無處宣洩，他一心只想逃走，躲到看不見他們的地方，也許這樣就能擺脫這些令他煩心的事了……

「謝謝光臨！」

驀然傳來的清亮嗓音，伴隨便利商店門口開關的清脆叮咚聲，打斷了孫祖霖的思緒。

一對情侶從一旁的便利商店走出來，孫祖霖往內一探，遲疑了幾秒後，決定走了進去。

「歡迎光臨。」站在櫃檯內的店員一見到他，面露意外神色，驚喜地向他打招呼：「嗨！」

「嗨。」孫祖霖有些靦腆，「妳……在這間店打工？」

「是呀。」

「可是，妳才跟我們吃完晚餐，就馬上來打工，會不會很累？」

「喔，不是的，其實我今天晚上本來休假，但吃完涮涮鍋以後，接到店長的電話，說他臨時有急事，希望我能來幫他代兩個小時的班，等一下店長就會回來了。」梁筑音頭一偏，「你又在大半夜出來閒晃啦？」

孫祖霖尷尬地摸摸後腦勺，「呃……對，我今天走得比較遠，剛剛在外頭看到妳在裡面，所以……」

梁筑音露出了然於心的笑容。

對於自己居然產生想主動跟她打招呼的念頭，孫祖霖自己也感到也相當驚訝。

他發現除了櫻子之外，梁筑音是目前唯一一個可以讓他好好安心說話的異性。雖然多少還是會有點緊張，但或許是因為她爽朗乾脆，加上又十分健談，讓孫祖霖跟她在相處時感覺不到一絲壓力；倘若對方是林語珍，他恐怕就沒有辦法如此自在。

「你又失眠了？」梁筑音好奇，「是不是有什麼煩惱？」

「咦？」

「吃涮涮鍋的時候，你看起來就沒什麼精神，而且一副心神不寧的樣子。」

他還沒來得及回應，身後就有人要結帳，同時也有其他顧客走進店裡。

「抱歉，孫祖霖。」

「沒關係沒關係，妳忙，我不打擾妳工作。」他趕緊搖頭，馬上讓位給後方的客人，走到書架前，隨意瀏覽雜誌。

孫祖霖意興闌珊翻了一會兒，可能是晚餐喝了太多火鍋湯的關係，他漸漸覺得有些口渴，於是走到飲料櫃前想挑罐飲料喝，看著看著，卻又發起呆來。

他想起櫻子，想起姜禹，還有其他熱舞社的社員。

今天他在那群人面前出了這麼大的糗，說不定櫻子也會聽他們提起這件事，以後他該拿什麼臉面對大家呢？

憶起當時尷尬的情況，孫祖霖就感到好似有一雙無形的手在絞著他的胃，尤其是那些社員的眼神和笑聲，讓他現在一想起來仍覺得緊張想吐。

孫祖霖意識到，國中那段往事對他所造成的陰影依然存在，並沒有因爲時間過去而消失遺忘。

而于靜的出現，更加提醒他以往過得多麼悲慘……

「孫祖霖。」梁筑音拍拍他的肩，打斷他的沉思。

她噗哧一笑，「你又在發呆了，我叫你都沒有聽見！」

他臉一熱，連忙賠不是：「對不起，我不是故意的。」

「呵呵，沒事啦。店長回來了，我現在要離開了，要不要一起走？」

「喔，好啊！」他幾乎反射性地回答。

返家途中，梁筑音看到孫祖霖拿著剛買的一瓶可樂，隨口問：「你喜歡喝可樂啊？」

孫祖霖頓了頓，吞吞吐吐回答：「我……平常沒在喝可樂。」

「那你爲什麼要買呢？」她覺得很意外。

「老實說，我也不知道。剛剛在選飲料時，我明明想買別的，但不知道爲什麼最後就拿起可樂去結帳了……」

梁筑音瞧了他一眼，忍俊不住：「孫祖霖，你眞奇怪。」她把自己手上的綠茶遞給他，「那我們交換吧，我這瓶也還沒開過。」

快到家時，孫祖霖這次沒有忘記要關心她，「妳一個人這麼晚回去，沒問題嗎？」

「嗯。我只有這個月比較晚下班而已，平常都是白天的班。等等我男友會在前面路口接我，他今天也打工到很晚，而且他上班的地方離這裡不遠。」

孫祖霖這才知道，原來梁筑音有男朋友。

不過像她這樣隨和好相處的女生，就算有男友，也不是什麼奇怪的事。

他與梁筑音道別，回家往床上一躺，心情也輕鬆了些，先前那種難受的壓迫感也跟著消散。

孫祖霖忽然覺得，擁有「朋友」，似乎是一件很不錯的事。

櫻子對他的好，孫祖霖都看在眼裡，只要熱舞社有舉辦活動，櫻子一定會邀請他參加。

姜禹人也很好，非但沒有因爲孫祖霖上次當眾出糗而瞧不起他，反而比之前更加友善，甚至還經常主動找他聊天，讓他有種被重視的感覺。

久而久之，原本對人際關係一直存有恐懼感的孫祖霖，漸漸心生動搖。

雖然他不太喜歡主動與別人接觸，但隨著跟熱舞社這些人相處的時間增長，他的想法有了些改變，更是打從心底羨慕他們，羨慕他們可以如此耀眼，引人注目。

那樣的光芒太過璀璨，因此孫祖霖有時會不小心在這些光芒中迷失了自己。

每當身處於他們之中，他就會忍不住妄想，自己其實跟他們是一樣的。

那些人對待孫祖霖的方式，讓他覺得他們是屬於同一種「階級」的人，同屬一個群體。

那是一種孫祖霖未曾體驗過的感覺，一股虛榮感不禁在他心中日漸膨脹。

孫祖霖同時發現，原來在他的內心深處，是希望被別人注意、關心的，甚至渴望被喜歡、肯定。

孫祖霖覺得自己原有的世界漸漸改變了，從前總是被當作空氣、受人欺負的他，如今不只擁有像櫻子及姜禹這樣出色的朋友，還能融入他們的世界，這是過去的他從來不敢想像的。

這種生活實在感覺太過幸福，就像一場不真切的美夢。

像是一腳踏入了別人的夢境，美好得讓他不忍離開。

「嘿，祖霖，你現在有沒有空？」

某日黃昏時分，熱舞社成員在忙著練舞，姜禹走到孫祖霖身邊，「可以出來一下嗎？我有話要跟你說。」

孫祖霖點點頭，跟著姜禹走到沒什麼人煙的體育館後門。

「祖霖，我問你。」姜禹開門見山，「你喜歡櫻子嗎？」

孫祖霖瞪大雙眼，嚇了一大跳。

「不說話？那就是默認了？」姜禹露齒一笑，「那你想跟她在一起嗎？」

孫祖霖感到自己整張臉都在發燙，一時不知該如何作答。

「這麼問好了。」姜禹雙手抱胸，倚著牆，「你覺得，櫻子會願意跟你在一起嗎？你覺得你跟櫻子相配嗎？」

孫祖霖覺得氣氛有些不對勁，姜禹雖然嘴角帶笑，眼底卻沒有半點笑意。

「雖然很不想這麼說，不過爲了你好，我覺得該是時候告訴你了。」他拍拍孫祖霖的肩，「其實我們整個熱舞社，沒有任何一個人是歡迎你的。」

孫祖霖呼吸一窒。

「因爲你是櫻子的國中同學，大家看在櫻子的面子上，才會對你好聲好氣。但是，你也不能就這樣一直賴在她身邊啊，你跟我們根本就不是同一掛的，我實在不明白你成天黏著她做什麼？難道你以爲櫻子會喜歡你，甚至跟你在一起嗎？」

「我……我沒有這麼想，只是……」姜禹冰冷的語氣讓孫祖霖心中一片涼意升起。

他不能反駁，也不敢反駁，孫祖霖忽然有種莫名的預感，只要自己一旦做出激烈的反應，就會有事情發生。

「眞的沒有？」姜禹問。

「眞的，眞的沒有！」孫祖霖慌忙擺手。

姜禹冷哼一聲，好看的臉孔閃過一抹陰冷，「也是啦，你應該不會這麼不自量力，對吧？」

「我想也是啦，你哪有那個狗膽？」

孫祖霖霎時打了個冷顫。

「你該不會打算繼續利用櫻子對你的好，一直死皮賴臉地待在我們熱舞社吧？」姜禹步步進逼，「你不會這麼厚臉皮吧？」

明明只有姜禹一個人站在他面前，孫祖霖卻聽見耳邊傳來其他人的聲音。那是一連串的訕笑聲。

孫祖霖腦中浮現之前在舞蹈教室裡，倒映在鏡子中一張張嘲笑自己的面孔。他們就站在孫祖霖身後，笑嘻嘻地覷著他。

「怎麼會有一股尿騷味？從哪裡來的？」

孫祖霖嘴脣發顫，強烈的作嘔感湧上喉頭。

他再也忍不住了，摀著嘴巴，拔腿衝向一旁的草叢一跪，開始嘔吐起來。吐了一會兒，他定睛一看，卻發現自己根本沒吐出半點東西。

「老師，是孫祖霖尿褲子了啦！」

看到孫祖霖這股狼狽的模樣，姜禹不但沒有半點憐憫，反而走近他身邊，拍拍他的肩，用無奈的口吻說：「好啦，同學，別裝了，你就是用這一招來博取櫻子的同情對吧？耍心機也要懂得適可而止，你也該回到本來的位置了。其實我知道你這種人心裡在想什麼，你想跟我們一樣對不對？我是因爲好心才讓你嘗嘗這種虛榮感，這可是你的榮幸，我從來沒有對別人這麼好唷！」

「快點喝啊，可以喝到我的尿，可是你的榮幸喔！」

孫祖霖用盡力氣想站起身，離姜禹越遠越好。

他好害怕眼前這個人，姜禹簡直就是另一個徐清！

不，他甚至比徐清還要可怕！

那張陽光的笑容之下，竟然埋藏著如此恐怖的一面，原來姜禹就跟徐清一樣，都打從心底瞧不起他。

他們看他的眼神就像在看螞蟻，彷彿不費吹灰之力就可以將他踩死。

「夠了沒？別再裝模作樣啦，我可沒這麼輕易被你騙倒。」姜禹拉他起來，孫祖霖急欲掙脫，一個沒站穩，跌坐在地，外套也跟著被拉開一半，露出裡面的衣服。

姜禹定睛一瞧，詫異問道：「你怎麼會有那件上衣？」

孫祖霖想起，自己今天穿在外套裡的是櫻子送他的黃色T恤。

「這是我們熱舞社的社服，爲什麼會穿在你身上？」姜禹目光銳利，「你偷的？」

「不是，我沒有偷！」孫祖霖急了，脫口說出：「這是櫻子她……送給我的！」

姜禹的表情變了。

他的眼神冷酷，笑容徹底從臉上消失。

姜禹眼中所流露出那份強烈的憎惡，讓孫祖霖明白，姜禹是眞的動怒了。

他必須得趕緊離開。

然而孫祖霖四肢癱軟，全身無力，根本站不起身，隨著姜禹逐步逼近，他只能蜷曲著身子，不住地瑟瑟發抖。

沒想到姜禹的眞面目竟是這般冷酷無情，孫祖霖實在無法不打從心底懼怕他，不知道接下來他會對自己做出什麼殘忍的事來。

他好害怕！

見孫祖霖畏畏縮縮的模樣，姜禹發出鄙夷的哼笑，一個跨步上前抓住他：「喂，你要去哪裡？我話還沒說完！」

「你在說什麼啊？我還沒玩夠呢！」

沸騰到頂點的恐懼，讓孫祖霖再也控制不住，尖叫出聲。

彷彿看到什麼恐怖東西似的，他慘白著一張臉，不斷伸手朝前方瘋狂揮舞，眼前隨即陷入一片黑暗，當場昏厥了過去。

在失去意識之前，姜禹的陰冷面孔及那些刺耳的笑聲，依舊迴盪在孫祖霖耳邊，怎樣也揮之不去……

◆

孫祖霖猛地睜開眼睛，眼前視線模糊，他朝身邊摸索一番，終於找到眼鏡戴上。

等到他一看清楚四周的環境，嚇得驚坐而起。

這裡是他的房間。

怎麼回事？他是什麼時候回到家的？

他不是跟姜禹在學校嗎？

孫祖霖腦子一片混亂，一度以爲是自己睡迷糊了，他懷疑也許自己只是作了個很長的夢。那只是夢境，不是眞的。

尚未完全清醒的他，恍恍惚惚地走到書桌前，看一眼手機上的時間，現在已經是晚上九點了。

他打開筆電，輸入密碼，發現桌面的畫面，竟是停留在Word檔上。

孫祖霖疑惑地操作滑鼠，將頁面往下拉到最後一頁，猛然一僵！

他呆愣了將近半分鐘，立即衝到房門前轉動門把，確定已經上鎖，才又回到筆電前，盯著螢幕不放。

在這個家裡，除了他以外，應該不可能有其他人碰過這台電腦。而且密碼也只有他一個人知道，別人根本開不了。

孫祖霖思索了一會兒，背脊一陣發涼，恐懼感跟著在心底擴散開來。

他不敢置信地瞪著眼前的筆電，呼吸急促，終於得出一個結論。

這裡不只有他一個人。

那個人，就在這裡。

他出現了。

阿祖，你是誰？

那是孫祖霖之前打在Word檔案中的一句話。

原本一片空白的下一頁，此刻卻在最底端，清清楚楚地顯現出鮮明的四個紅字……

「我就是你。」

第六夢　月光

才跨出校門，孫芸的手機就響了。

發現是哥哥打來時，她眉頭微蹙，接起之後，另一頭傳來的聲音卻讓她爲之一愣。

她忍不住再次看看螢幕上的來電顯示，確定是哥哥的電話並沒有錯。

孫芸問道：「喂？哥，是你嗎？你怎麼——」

下一刻，她神情驚訝，張大了嘴，再也說不出半句話來。

她坐上計程車火速趕到哥哥的大學，一下車站發現他坐在校門口。

孫芸愣愣地望著他，心跳得厲害，一時分不清自己究竟是在緊張，還是在害怕。

她小心翼翼接近，停在對方面前，卻不敢太靠近。

「哥？」

聽到呼喚，原本正在低頭玩手機的哥哥，抬眸迎上孫芸的目光。

孫芸發現孫祖霖沒有戴眼鏡，但他近視很深，如果沒戴眼鏡，根本什麼都看不清楚，連路都沒辦法好好走。

然而現在他的視線，卻能不偏不倚地直直對上她的眼。

孫芸用力吞了一口口水，嗓音發顫：「你……是我哥嗎？」

聞言，他冷笑一聲，用方才孫芸在手機裡聽到的低沉嗓音回：「那就看妳願不願意承認我是了。」

孫芸臉上血色盡失。

「你眞的……是阿祖？」她圓睜著眼，不敢置信，「爲什麼？爲什麼突然會這樣？我哥哥他怎麼了？爲什麼你——」

話才說到一半，孫芸注意到，哥哥穿在外套裡的那件黃色上衣，竟沾著幾滴像是血跡的紅漬，她愕然問：「哥，你身上那些……是血嗎？你受傷了？」

阿祖低頭一看，不以爲意，「喔，這沒事。」

「可是……」

「沒什麼，反正不是我的血。」他收起手機，起身走到公車站牌下，仰頭一望，「所以我要搭幾號車才能回家？」

得不到孫芸的回應，阿祖回頭，發現她仍不安地站在原地，他哂笑，「眞的那麼怕我？」

她一驚，趕緊搖頭。

「那就過來幫我看看，我根本搞不懂這裡到底是哪裡？」

孫芸深呼吸，鼓起勇氣走到他身邊，看了一會兒，指向中間的站牌路線：「哥，你要坐這個號碼的公車，搭到第七站，再走十分鐘，就可以到家了。」

「喔，既然妳來了，順便帶我走一次吧。」他悠然問：「什麼時候搬家的？」

「就在哥你國三……『原來的哥哥』回來之後的隔天，爸媽就馬上幫我們辦理轉學手續，沒幾天就搬走了。」她結結巴巴地回。

阿祖一笑，「還眞迅速。」

公車來了，孫芸跟阿祖相繼上車，並肩而坐。

孫芸完全不敢正視他，直到現在，仍不敢相信阿祖會出現在自己眼前。她不明白，都已經過了那麼多年，為什麼阿祖還會突然出現？

當時孫芸才小四，對阿祖的印象已有些模糊，但她依然清楚記得，這個人曾經帶給一家人多大的痛苦。

當年那三個月後，阿祖在某一夜突然「消失」，孫祖霖卻「回來」了，孫芸也以為哥哥已經康復。這讓幾乎就要瀕臨破碎的家，漸漸開始回到正軌。

雖然表面上看似回歸平靜，不過生活中卻處處可見阿祖所留下的痕跡。

孫母不但比從前更加關愛孩子，對兒子的寵溺更甚；孫父也一改過去的嚴厲形象，變得和善可親。

一切看似完美和諧，不過隨著孫芸逐漸長大懂事之後，才發現實際上根本就不是這麼一回事。

其實這個家並沒有變得比以前好，也沒有更加幸福，孫芸發現，這個家的問題依舊存在。不光只是父母，甚至連她跟孫祖霖，也都拚了命地為了隱蓋那些醜陋眞相，而繼續上演一家和樂融融的可笑戲碼。

時間就這樣一年過了一年，每個人都裝作毫不在意，假裝平靜安穩地度日。

然而現在，阿祖卻回來了。

這些年來父母極力維持的假象，會不會隨著阿祖的出現再次崩裂？

尤其是孫母，她有辦法再次承受打擊嗎？能接受這個事實嗎？

種種猜測讓孫芸光是想像，就覺得心中一片冰涼。她的家，又會變成什麼樣子呢？

陷入無盡恐慌的孫芸，緊握雙手，幾乎快將唇咬破。

孫芸太過專注於想著這些事，渾然不知自己不安的模樣，早已被坐在身旁的阿祖，透過玻璃窗倒影收進眼底。

到站後，兩人下了公車，阿祖直接走到街上的自動販賣機前買了罐，仰頭喝了一大口。

這一幕讓孫芸怔愣片刻，對於阿祖的存在，也有了更深刻的真實感。

她記得阿祖很喜歡喝可樂，當年那段時間，他幾乎天天隨手一罐可樂，但偏偏可樂卻正好是孫祖霖討厭的飲料，孫祖霖從小就不愛喝汽水。

雖然那陣子孫母也深深懼怕著阿祖，從不敢正視他，可是孫芸有時卻會看見母親默默將可樂往冰箱裡放……

「哥。」她抿抿唇，輕聲低喚：「我可不可以問你一件事？」

「什麼？」

「這幾年……你其實一直都在『他』的身體裡，對不對？是不是所有的事，你都知道？」

「所有的事是指什麼？」

「就是……從我們搬家之後，哥他所發生的任何事。」

「大致上都知道，我知道你們搬家，可是不曉得正確的時間點，有一部分的記憶很零碎，沒有以往清楚。像現在回家的路和地址那些瑣碎的細節無法確定，不過大部分的事情並沒有受到影響。」

「大部分的事像是什麼？」

「就是孫祖霖耳朵聽到的聲音，心裡感覺到的感受。」他指指腦袋，嘴角一揚，「只要是關於這傢伙的事，我幾乎都很清楚。」

孫芸訝然張口，感到不可思議，忍不住又問：「那爲什麼現在……你又出現了呢？」

這次阿祖沒回答，只是淡淡笑了一下。

孫芸心底發寒，不安的感覺越來越強烈。

踏進家門，一陣飯菜香味迎面飄來。

看著阿祖俐落地脫鞋，輕鬆自在地進屋，孫芸這下只覺得頭皮發麻，暗叫不妙。

她自己都還沒有心理準備面對這一切，更何況是孫母？

孫芸越想越害怕，衝向客廳抓住阿祖，哀求：「哥，可不可以先別讓媽知道？至少今天先不要，好不好？拜託你……」

「祖霖，你回來了嗎？還是小芸？」

孫母的聲音傳來，孫芸猛然一顫，抓著哥哥的力道跟著加重。

阿祖靜靜望著她發抖的手，將她拉開，「告訴她我不舒服，先回房間休息了。」

他的身影一消失在樓梯口，孫母也從廚房走出來，「咦？小芸，只有妳一個人嗎？剛剛怎麼好像聽見妳哥哥的聲音？」

「喔，哥他……他說身體不太舒服，好像感冒了，所以先回房休息。」她乾啞著嗓音回答。

「怎麼會這樣？嚴不嚴重？」孫母著急地就要上樓查看，孫芸趕緊阻止：「媽，哥說他想好好睡一覺，還叮嚀我們不要上去打擾他！」

「這樣啊……」孫母一臉擔憂，「那媽媽就先幫他留飯菜，等他醒來之後再熱給他吃。小芸，過來幫媽媽，妳爸爸也差不多要下班回來了。」

「好。」孫芸總算鬆了一口氣。

待孫父回家，三人一塊吃晚餐時，孫芸不禁瞄向坐在對面的父母。

孫父今天的心情不錯，從頭到尾都笑容滿面地與妻子說話，也讓晚餐席間氛圍一片融洽。

孫芸相信，任誰看到這一幕，都會認爲這是一個幸福的家庭。

然而她的心卻始終懸在半空，食不下嚥。

看見母親的笑容後，深深的無助感湧上心頭，猶如濃厚的烏雲揮之不去。

「祖霖應該已經醒了吧？」孫母洗好碗，準備將飯菜端上樓給兒子。

在客廳的孫芸見狀，馬上跳起來，急忙從母親手中拿過餐點，「媽，我來，我拿去給哥就好！」

「咦？今天怎麼對妳哥這麼好？」孫母輕笑，「那就麻煩妳拿上去了，小心點。」

孫芸小心地把飯菜端至二樓，一到哥哥房門口，她挪出一隻手輕輕敲門，湊近門邊喚：「……哥，可以開一下門嗎？」

門迅速被打開了。

然而看著孫芸端上來的飯菜，阿祖一副興趣缺缺的樣子，也沒想要伸手去接，孫芸只好自己端了進去。

她把餐點放到書桌上，注意到一旁的筆電。

「哥，你剛剛在用電腦？」她記得孫祖霖曾在自己的筆電設下密碼，避免讓其他人登入使用。

「嗯。」阿祖坐在床上，似笑非笑，「那傢伙已經知道我的存在了，還在word檔案裡問了我一個問題，所以我就順便回了一些話給他。」

孫芸不自覺打了個冷顫，不敢問他究竟回了什麼給孫祖霖。

「哥，那你接下來……要怎麼做呢？」這才是她現在最擔心的問題。

「妳希望我怎麼做？」

她僵直著身子，大氣都不敢喘一下。

「妳不是很氣我嗎？」阿祖淡淡開口：「氣我沒有在以前就毀掉這個家。」

孫芸驚愕地朝他看去。

「妳不是一直很想揭穿這個家裡所有人的假面具嗎？」他眼神平靜，「只要妳開口，我現在就可以讓妳得償所願。」

她的腦中一片空白。

孫芸完全沒想到，自己之前曾對孫祖霖說過的話，阿祖居然會知道……

他真的全都有聽到！

這時，阿祖霍地起身往房門外走，孫芸大驚，馬上橫身擋住他，「哥，不要！」

「為什麼？」

她六神無主，眼眶一紅。

「妳不也知道嗎？」他微微偏頭，表情冷漠，「爸爸外遇，對象還是公司的秘書，而妳媽媽明明早已知道這件事，卻為了維持幸福家庭的表象，容忍丈夫出軌，甚至還裝作毫不知情，繼續苦守著這個家，每天等待家人回來，還微笑著說自己有個幸福的家庭……」

孫芸再也忍受不住難過的情緒，放聲大哭。

壓抑多年的苦悶在這一刻爆發了出來，她牢牢抓著哥哥的手臂，彷彿將要溺斃之人抓住最後的浮木與希望。

那些說不出口的痛苦和傷痛，全部化為溫熱的淚水，一顆顆滴落在阿祖的手上。

阿祖話音淡漠，「妳真的希望我毀了這個家？」

孫芸用力搖頭。

「那妳要我怎麼做？」

「哥，她是我……」孫芸泣不成聲，「她是我們的媽媽啊！」

阿祖不語。

她忍不住哽咽：「我不在乎爸媽離婚，只擔心媽會崩潰，對她而言……這個家就是她的全部，是她的生命。我怕她失去後會承受不住打擊，她會活不下去的，我真的很害怕……」

「所以，妳要我消失？」

孫芸一頓，又搖了搖頭。

「我不知道……我不知道到底該怎麼做才好，我不希望媽痛苦，可是又怕再這樣下去，我會比媽先瘋掉。」她不甘心地哭嚷：「哥太狡猾了，居然一個人躲起來不願面對，太狡猾了！」

阿祖知道，孫芸口中指的哥哥，並不是他。

飯菜已經涼了，阿祖一口也沒吃。

他沒什麼食欲，只覺得有些疲累。

孫芸離開後，一股濃濃睏意朝他襲來。阿祖將門鎖上，往床上一倒，不一會兒就沉沉睡去。

這一天，阿祖與孫芸相處的時間，只有短短的三個小時。

而這個祕密，也在孫祖霖當晚醒來後，隨著這三個小時的空白記憶一同被隱藏起來。

直到他在筆電裡，親眼看見阿祖回給他的訊息，才終於證實阿祖的存在。

那一刻，孫祖霖彷彿聽見阿祖正發出冷笑，在他體內宣示：

「這個身體，再也不是你一個人的了。」

◆

隔日一早，孫祖霖下樓，孫母已經爲他準備好早點。

他不太餓，只是盯著桌上食物出神，過沒多久孫父也在餐桌旁坐下，好奇問：「祖霖，怎麼這麼早起？今天不是星期六？」

「嗯……自然而然就醒來了。」他搖頭，其實他幾乎整夜沒睡。

孫父點點頭。

「爸呢？今天要加班？」

「是啊。」孫父微笑，拿起桌上報紙翻看。

孫母走到兒子身邊，將手貼覆在他額上，擔憂地問：「寶貝，好一點了沒？還有沒有哪裡不舒服？」

「啊？」

「你昨天一回來就說身體不舒服，所以才早早回房間休息，不是嗎？」孫母倒了一杯牛奶給他，「小芸說你感冒了，叫我們別上去吵你，昨天晚餐也是她拿上去給你的呀，結果你一口都沒吃，媽媽好擔心。」

孫祖霖呆了半晌，接著孫芸下樓的腳步聲傳來。

「奇怪，今天是怎麼回事？平常週末都愛賴床的兩個孩子，怎麼都那麼早起？」孫母笑，「小芸，趕快來吃早餐，媽媽今天有做妳最愛吃的三明治喔！」

孫祖霖沒聽到妹妹的回答，轉頭看去，只見孫芸僵立在樓梯口臉色發白，宛若看見什麼恐怖的畫面一樣，眼神滿是驚恐。

她緩緩走向孫祖霖，目光緊緊盯在他身上。

孫祖霖被她看得很不自在，忍不住問：「怎麼了？」

聽到他的聲音，孫芸怔了怔，吐了一口長氣。

她定睛一看，發現哥哥戴著眼鏡，原先映在她眸中的恐懼這才漸漸消散，她默不作聲，拉開椅子坐了下來。

孫父發現她雙眼腫如核桃，關心地問：「小芸，妳的眼睛怎麼腫腫的？」

「喔，沒有啦，昨晚沒睡好。」她囁嚅，面色略顯僵硬。

「是不是又玩手機玩到三更半夜啦？這樣眼睛遲早會壞掉喔。」孫母說。

孫祖霖心想，妹妹那副模樣，明明就像哭了一整晚。

從昨晚到現在的這一段空白……他非常確定，只有孫芸可以給他答案。

孫父出門後，孫母也開始打掃家裡，他們兄妹則坐在沙發上看電視。

孫祖霖不時偷瞄妹妹，只見她面無表情地滑著手機，過沒多久，她霍地起身上樓，不到一分鐘又背著包包跑下來。

「媽，我要跟同學出去逛街，午餐不在家裡吃了！」

「出門小心點，不要太晚回來。」

「知道了。」

孫芸步出客廳，孫祖霖隨即追上，在門口及時拉住她：「孫芸，等一下！」

「幹麼？」她眉一擰。

「昨天……我怎麼了？媽早上說，妳昨晚回來時告訴她我感冒，才回房休息。那段時間我到底怎麼了？妳知道對不對？」

孫芸注視著他，「哥，你真的一點印象都沒有？」

「我只記得我明明人在學校，醒來後就發現自己已經回到家裡了……」他語氣懊惱，

「中間發生的事我完全不記得，一點印象也沒有。」

她深吸一口氣，語調平靜，「因爲那時阿祖出現了。昨天放學的時候，他用你的手機打給我，說不曉得該搭哪一路公車回家，叫我過去帶他。」

孫祖霖傻了，以爲妹妹在開玩笑，但她的表情十分嚴肅。

「眞的嗎？」他想起昨晚在Word檔看見的留言，「阿祖他……眞的出現了？」

他的身體無法控制地顫抖：「那他還有跟妳說些什麼嗎？」

「阿祖說，你已經知道他的存在了。」孫芸淡淡回應，「而且還說，只要是你的事情，他幾乎都知道。」

「這個身體，再也不是你一個人的了。」

孫祖霖雙腿發軟，費了一番力氣才穩住身子。

「可、可是，如果昨晚眞的是他回到這個家的話，難道爸媽都沒有發現不對勁？」

「是我拚命哀求阿祖不要讓爸媽知道，他才裝病回房休息的。」孫芸一嘆，「不然你覺得我們家今天早上，還有可能那樣和樂地吃早餐嗎？」

他無言以對。

孫芸轉身離開，走沒幾步又停了下來，沒有回頭。

「哥，你知道阿祖昨天晚上跟我說了什麼嗎？」

「什麼？」

「他說……他願意幫我。只要我開口，他就可以馬上毀掉這個家。」孫芸一字一句慢慢說道：「之前我對你說過的那些話，他眞的都有聽到，而且一直惦記在心裡。我們家所有人的祕密，他全部都知道。」

孫祖霖頓時有些呼吸困難。

他的心跳實在太過劇烈，連自己都聽得一清二楚，「那妳……怎麼回答他？」

見到他蒼白的面孔，孫芸露出苦澀的笑容。

「就算這個念頭在我腦中出現了無數次，可是當阿祖這麼一問的時候，我還是卻步了。」

她望進他的眼底，「你知道爲什麼嗎？」

孫祖霖搖搖頭。

「因爲我知道，阿祖眞的會這麼做。當時看到阿祖的眼神，我就知道，只要我點頭，他就會親手讓我們的家再次走向毀滅……」她抿脣，「他不是隨便說說，而是認眞的，所以我才會這麼害怕，也發現自己其實根本無法冷眼旁觀這個家分崩離析。爲了媽媽，在最後一刻，我還是退縮了。」

兩人沉默了一會兒，誰也沒有開口。

「哥。」孫芸出聲：「對於阿祖，你是怎麼想的？」

他的身體一顫。

「我覺得……他很危險，也很恐怖，怎麼可以這麼輕易說出……要毀掉這個家這種話？他的一言一行，都讓我覺得很瘋狂，也很荒謬。」孫祖霖艱難地說：「老實說……我很怕他。」

「所以，哥你並不希望我們家眞的四分五裂，對嗎？」

「當然不希望啊！」

孫芸搖搖頭，扯了一抹淒然的笑。

「可是我們卻毫無辦法，什麼都不敢做，哥跟我都是膽小鬼。」她微微別過頭，「雖然我也很怕阿祖，可是老實說，昨晚是我第一次對家人傾吐心事，也是第一次在家人面前這樣痛快哭泣。昨晚和阿祖談過之後，我才發現在這個家裡，居然還有人願意聽我說話。」

孫祖霖的目光無法從孫芸身上移開。

「所以這次能夠再見到阿祖，我其實有點高興。在他面前，我不需要說謊，也不用假裝堅強。這種可以暢所欲言的感覺，讓我很安心。」

「妳說……安心？」孫祖霖難以置信。

「對，因爲這是我第一次發現，自己原來還有家人可以依靠。雖然阿祖曾經做出很可怕的事，但是不曉得爲什麼，他的存在，反而讓我有一種前所未有的安全感……」

語畢，孫芸轉頭離去，留下孫祖霖一人杵在原地。

「因爲這是我第一次發現，自己原來還有家人可以依靠。」

妹妹的這句話，久久盤旋在他的腦海中，揮之不去。

孫祖霖體內忽然湧上一股作嘔感，一時之間聽到這麼多超乎想像的事情，令他難以即刻消化，只能拖著沉重的步伐返回房間。

他才躺下沒多久，一股濃烈的睡意隨之降臨，他開始覺得四肢沉重，漸漸地連眼皮都撐不開了。

孫祖霖昏昏然進入了夢鄉。

在夢裡，他看見一道刺眼白光在黑暗中閃動。

那道光芒越來越亮，最後慢慢顯現出兩個人的影子。

他發現自己坐在一台汽車的後座，前方坐著兩個人，他們的談笑聲不時傳入耳中。

孫祖霖很快聽出其中一人是父親，而坐在副座的長髮女子，伸手握住了孫父放在排檔桿上的手。

「孩子們睡著了嗎？」孫父小聲對女人說。

「好像都睡了呢。」女人語帶笑意，回頭朝後座一瞥，背光太強，讓孫祖霖看不清楚她的臉。

「時間夠嗎？」她問孫父。

「別擔心，他們媽媽今天和朋友有約，晚上才會回來，所以時間很充足。」孫父說完，將手挽住她的後腦勺，親密擁吻。

瞄見父親與母親以外的女人脣貼著脣，孫祖霖不敢作聲，而坐在安全座椅上的妹妹，始終睡得香甜。

那年孫祖霖七歲，孫芸兩歲。

後來他告訴父親，說自己看到他和阿姨在車裡接吻時，父親立刻換上一臉嚴肅。

「祖霖。」孫父摟住兒子的肩膀，仔細叮嚀：「這件事不可以告訴媽媽喔。如果你告訴媽媽，媽媽就會很傷心、很生氣，那你就是個壞孩子，因爲你讓媽媽不高興，明白嗎？」

孫祖霖怯怯不安，「媽媽知道的話，眞的會生我的氣嗎？」

「對，所以只要你不說，媽媽就不會生氣，那你就不是壞小孩了。」孫父摸摸他的頭，溫柔哄道：「乖，跟爸爸約定，絕對不告訴媽媽，也不告訴別人。永遠當個乖孩子，好不好？」

乖孩子……

孫祖霖看著父親對他露出笑臉，下一刻，父親的臉卻瞬間碎裂成飛散的碎片。

接著白光隱去，一片暗黑襲來，父親的話，如回音般無止盡地在他耳邊迴響。

「永遠當個乖孩子，好不好？」

◆

孫芸傍晚回到家時，孫母正一如往常在準備晚餐。

客廳沒人，孫芸以爲哥哥出門了，沒想到下一秒就看見他步伐輕快的下樓，繞進廚房。

正在切菜的孫母一見兒子打開冰箱，微笑道：「寶貝肚子餓了吧？媽快煮好了，再忍一下唷！」

「沒有可樂嗎？」他回道。

孫母切菜的動作倏地停住，孫芸聞聲，也驚愕地望向廚房。

「算了，我自己去買。」阿祖關上冰箱，無視孫母震驚的神情，瞄了一眼鍋裡的食物，冷笑一聲：「又吃紅燒肉，這傢伙都不怕吃出病來啊？」

眼見阿祖穿過客廳就要出門，孫芸忍不住喊道：「哥！」

這一聲讓孫母驟然回神，立刻從廚房衝了出來。

「等一下！」她面色慘白，「這是怎麼回事？爲什麼你會突然出現？祖霖人呢？我兒子呢？」

孫芸手足無措，不知該如何是好。

「我的兒子呢？」孫母失控大吼：「你把我的兒子藏到哪去了？」

「妳的兒子……」阿祖抬頭佯作思考，撇撇嘴：「現在應該還在作惡夢吧？」

孫母怔住，瞪大眼睛。

「好啦，等等再說，我先去買可樂，快渴死了。」

「站住，你不准走！」孫母迅速回身，從廚房拿出一樣東西，孫芸嚇得當場尖叫：「媽，妳在幹麼？」

看見孫母手中的菜刀時，阿祖原本懸在嘴邊的笑意消失了。

「你現在立刻滾出祖霖的身體，馬上把我兒子還給我！」她情緒激動，厲聲威脅：

「你給我消失，快點給我消失！」

「媽，妳冷靜一點，他是哥啊！」孫芸急了，連忙上前安撫孫母。

「他不是妳哥，妳哥是孫祖霖，我也只有他這麼一個兒子，除此之外的人都跟我們沒有關聯，更不是我們的家人！」孫母將刀鋒對準阿祖，繼續咆哮：「你不是我兒子，你是魔鬼，你是惡魔，一個只想破壞我們家庭的惡魔！」

阿祖靜默半晌，慢慢揚起微笑。

「媽，妳是不是忘記最重要的一點了？」他悠悠啟口：「如果我眞的是惡魔，那妳有沒有想過，是誰讓孫祖霖變成惡魔的？」

孫母渾身一僵。

「不就是自認最疼愛兒子的妳嗎？」他輕笑，「妳的兒子會變成今天這副模樣，就是因爲妳當年沒有把他從惡夢中拯救出來，眼見兒子遭遇那麼淒慘的事，妳卻選擇逃避，不肯面對，才會讓事情演變成現在這種局面。眞正把孫祖霖逼到絕境，甚至親手把他推入地獄的人，不就是口口聲聲說最愛兒子的妳嗎？」

語畢，孫母像是石化般，動也不動。

彷彿只要他再說一句，再笑一聲，她就眞的會步入崩潰……

「哥，你不要再說了！」孫芸哭喊：「拜託你，不要再刺激媽了！」

「祖霖……」孫母失神地喃喃說道：「媽媽已經發過誓了，不管發生什麼事，媽媽都會保護你，這一次，我絕對要好好保護你……」

「媽？」母親不對勁的神態讓孫芸感到不安。

「媽媽不會再讓你受到任何傷害，不管是誰想傷害你，媽媽一定……一定會跟他拚命……」她牢牢握緊手裡的刀子，看著阿祖的眼神飽含冷冷恨意，「無論是誰想要從我身邊把你帶走，媽媽絕不允許，就算死，也絕對不會讓他得逞！」

等到孫芸驚覺不妙已經來不及，只見孫母正持著菜刀朝阿祖拔腿衝去！

孫芸想也沒想就往哥哥面前奔去，搶先擋在他身前，等孫母看見刀子上的血，整個人才猛然清醒，卻發現女兒已經倒地不起，鮮血從她的腹間汩汩流出。

「小芸！」孫母大驚，跪倒在地痛哭：「小芸！小芸！」

見妹妹癱在血泊中動也不動，阿祖只是站在原地冷冷旁觀，表情淡然。

此時孫父回到家中正好撞見這一幕，趕緊上前查看，「這是怎麼回事？小芸怎麼會這樣？」

「老公，怎麼辦？怎麼辦？小芸她，小芸——」孫母歇斯底里地抓住丈夫，語無倫次。

孫父大吼：「快叫救護車啊！」

孫芸很快被送到醫院，經過幾個小時的搶救，才確定脫離險境。

得知女兒清醒，孫母一心急著想看女兒，卻因為精神耗弱昏了過去，因此孫父得在另一間病房照顧她。

趁父母不在的空檔，阿祖走進妹妹的病房。

孫芸有些訝異地看著他，卻沒說什麼。

阿祖拉了張椅子在病床旁坐下，沒多看妹妹一眼，只是望向窗外天上的滿月。

「幹麼要替我擋那一刀？」他目光不動，語氣裡沒有半絲心疼或憐憫。

「……我也不知道。」孫芸茫然開口。

停頓幾秒，她打破沉默：「哥，我想問你一件事。」

「什麼？」

「你愛我們嗎？」她淌下眼淚，一滴滴淚水浸溼了枕頭，「在你心裡，我們究竟是什麼樣的存在？你愛我嗎？愛爸媽嗎？」

阿祖沒有回答，只是撇了撇嘴角。

「其實我之前就有想過……當初哥為什麼會『生病』？是不是那時經歷了太多痛苦的事，真的被逼到了絕境，才會變成那樣子？」孫芸吸吸鼻子，微微哽咽：「會不會早在那時，哥就已經被逼得崩潰了呢？」

阿祖閉上眼睛。

「這個家以後會變得怎麼樣呢？」她雙唇輕顫，「我們到底會變成什麼樣子呢？」

面對孫芸的疑問，阿祖仍沒回應，依然望著窗外的明月。

皎潔的月光灑入病房，溫柔的光芒使這一刻寧靜無比，但映入阿祖眼底，卻成了一片清冷的白。

「我們到底會變成什麼樣子呢？」

當時，沒有人能告訴他們答案。

月光映出了兩人的影子，也映出了兩人內心的徬徨與孤寂。

第七夢　樂園

「櫻子，大禹跟孫祖霖到底去哪了？怎麼這麼久都還沒回來？」林語珍一臉疑惑，從方才看見姜禹帶著孫祖霖離開，已經過了二十分鐘了。

「會不會在談什麼重要的事？」梁筑音問。

「他們會有什麼重要的事好談？啊，我知道了，搞不好是大禹爲了櫻子，正在向孫祖霖宣戰也說不定喔！」

「珍珍，妳別亂說啦。」櫻子失笑。

「我才沒有，八成是妳這陣子跟孫祖霖走太近，大禹因此不爽，才會找他去談一談。」

櫻子跟梁筑音相視而笑。

「妳們不相信？我現在就去看看，跟妳們打賭，絕對是我說的那樣！」林語珍二話不說走了出去，櫻子跟梁筑音輕笑，沒多久卻聽見林語珍的尖叫聲！

她們和其他社員趕緊跑出去一探究竟，最後在附近的體育館後門找到了林語珍，也發現躺在地上奄奄一息的姜禹。

姜禹滿臉是血，鼻青臉腫，已經陷入昏迷。幾名男生連忙合力把他送到醫護室，櫻子焦急地拉住林語珍，「珍珍，孫祖霖呢？妳有看到他嗎？」

「沒有，我只看到大禹躺在這裡，沒發現孫祖霖。」她聲音顫抖，臉上仍然餘悸猶存，「到底發生什麼事了？」

櫻子急忙打電話給孫祖霖，卻無人回應。

她四處尋找孫祖霖，不一會兒，就在教學大樓的走廊上看見某個熟悉的身影。

櫻子隨後也注意到，所有從孫祖霖身邊經過的學生，全都一臉驚恐，彷彿見著什麼嚇人的畫面一樣。

櫻子一邊向他跑去，一邊呼喊他的名字，對方卻像是沒聽見似的繼續往前走。一追上他，櫻子拉住他的手，擔心地問道：「孫祖霖，等等！你跟姜禹剛才怎麼——」

孫祖霖停下腳步，緩緩轉身。

一觸及他的視線，櫻子一愣，再也說不出話來。

孫祖霖面無表情，直直盯著她，與平時總是害羞而飄忽不定的眼神完全不同。

但她卻覺得，這種目光似曾相識。

這和深藏在她心裡多年的那個眼神，一模一樣。

櫻子的呼吸急促起來，心跳也越跳越快。

「放開。」

這不是孫祖霖的聲音，這個聲音很低沉、淡漠，近乎冰冷。

櫻子僵硬地鬆開手，看著他朝洗手台走去。

他轉開水龍頭，開始清洗手上的血跡，也不忘抹去幾滴沾到臉頰上的鮮血。

櫻子深呼吸，拚命壓抑激動的情緒，小心翼翼走到他身邊，輕聲問：「你有受傷嗎？」

他沒多加理會，直到一包面紙竄進視線，他眼中才微微一動，看向櫻子。
兩人對視片刻，他接過櫻子遞過來的面紙。
這時櫻子終於鼓起勇氣探問：「你是阿祖，對不對？」
聞言，他的眼眸平靜無波，讓人無法猜透心思。
這一刻，櫻子開始害怕，害怕是自己弄錯了。
「請你告訴我。」她幾乎是在哀求，「拜託你……告訴我好嗎？」
「妳希望我是嗎？」
對方的反問，讓櫻子胸口一震，雙頰泛熱。
光是他的一句回應、一個眼神，就足已讓她完全失去方寸……
「我希望……你是。」櫻子神情堅定，聲音忍不住微微顫抖：「因為，我一直很想再見你一面。」

◆

星期一午後，張家揚從系辦走出來，正準備去上下一堂課。
前往教室的途中，他發現孫祖霖坐在戶外的咖啡座看書，便上前拍了一下他的肩膀。
「孫祖霖，你在幹麼？」
正在翻書的阿祖頓了一下，抬眸望著他。
難得看見沒戴眼鏡的孫祖霖，張家揚起初只覺得他好像跟平常有點不太一樣，但也沒多想，低頭瞧了一眼他正在閱讀的書，「你還在看心理學的書？又在研究多重人格？未免太認眞了吧！」

「因爲包包裡面有，我就拿出來翻翻。」

張家揚一愣，「等等，你的聲音……怎麼會變這樣？感冒了嗎？怎麼跟平常聽起來不太一樣？」

「我不是孫祖霖。」

「什麼？你不是孫祖霖，那你是誰？」

「阿祖。」他不疾不徐地應：「孫祖霖的第二人格。」

兩人相視幾秒，張家揚噗哧一聲，無法抑止地放聲大笑。

「喂，同學，你很誇張耶！怎麼會突然說自己有第二人格啊？好啦，我知道有些人可能會覺得這玩意聽起來很酷，可是這是一種病，是不正常的耶！你該不會是讀這個讀到走火入魔了吧？」

面對張家揚的嘲弄，阿祖始終沒有什麼表情的臉，慢慢浮現了一抹笑容。

「說不定孫祖霖是眞的因爲有這種病，才會一直拚命研究這些東西的啊。」

這句話讓張家揚一時語塞，他盯著眼前的孫祖霖，心裡疑惑越來越深。

眼前這個人跟他所認識的孫祖霖實在相差太多，除了面孔外，幾乎沒有半點地方相像，原本總是低著頭避免與別人四目相交、畏首畏尾的孫祖霖，現在卻是神情冷漠，連講話的口氣，也像是變了個人似的。

張家揚遲疑一陣，「孫祖霖……你有雙胞胎哥哥或是弟弟嗎？」

「沒有。」

眞的很奇怪，如果孫祖霖現在是在整他，那演技未免也太好了吧？

「喂，你不要嚇我！」張家揚在他身邊坐下，認眞打量孫祖霖，努力想找出破綻，「你不是故意演戲騙我的吧？到底是眞的還假的？」

「要信不信隨便你，你可以滾了吧？」

「等等，別這樣啦，這實在太詭異了！」張家揚連忙問道：「好吧，那假如你眞的是孫祖霖的第二人格，那原本的孫祖霖去哪了？什麼時候才會回來？」

「不知道，也許下一秒，或者一個鐘頭後。」阿祖嘴角淺淺一揚，「也有可能這輩子，再也不會回來。」

他的笑容讓張家揚不自覺打了個冷顫，「爲什麼孫祖霖會變成這樣？是最近才開始的嗎？」

阿祖沒有答腔，只是忽然疲倦地低頭揉揉眼睛。

「等他哪天回來，你再自己問他。」阿祖收好書，站起身，轉身要走。

張家揚見狀馬上問道：「欸，你要去哪裡？」

阿祖沒多加理會張家揚，逕自朝學校後門的方向走去。

同一時間，獨自站在走廊的櫻子，正心神不寧地對著手機發呆。

自從上星期在學校與多年不見的阿祖重逢，她的心情便十分複雜。

週末原本想打電話給他，卻始終提不起勇氣，因爲她不能確定，接電話的人究竟會是孫祖霖，還是阿祖？

如果是孫祖霖，她還可以關心他的情況；但若是阿祖，她一定什麼話都說不出來。她還沒想到，該跟阿祖說些什麼……

「因爲，我一直很想再見你一面。」

那天，阿祖並沒有回應她。

她不曉得他究竟記不記得自己？是不是已經忘記，他曾經將她從煉獄中解救出來？

櫻子那時只能眼睜睜看著阿祖走出她的視線，因此她現在感到非常懊悔，懊惱自己沒有好好把握與他相處的機會。

今天是星期一，他應該會來學校上課。

她深吸了一口氣，正決定要撥給他，林語珍跟梁筑音卻在這時出現。

林語珍拍拍她的肩，「櫻子，妳在幹麼？我叫妳好幾聲了耶。」

櫻子放下手機，乾笑，「抱歉，怎麼了嗎？」

「妳應該還沒去看大禹吧？晚點我們一起去醫院探望他好不好？筑音說她今天不用打工。」

「喔，好呀。」

「櫻子，那妳聯絡到孫祖霖了嗎？」梁筑音也問。

「嗯……還沒呢。」

「到底是怎麼回事？難道眞的是孫祖霖把大禹打成那樣的嗎？那傢伙什麼時候變得那

麼厲害了啊？」林語珍一說完，梁筑音就笑著輕斥：「這不是重點吧？」

櫻子暗暗吁了一口氣，不經意地望向樓下來來去去的學生，沒多久，卻在人群中發現一個熟悉的人影。

她睜大雙眸，全神貫注緊盯著那道身影。

一確定是那個人，櫻子的心狂跳不止，不顧已經上課鐘響，拔腿就往樓下衝！

櫻子緊追著那人，直到與他相隔一小段距離，才放慢腳步，不動聲色地繼續跟著對方。

最後，他走進鄰近學校後門的醫護室裡。

櫻子站在外頭猶豫了一會兒，還是決定跟了進去。

放眼望去，裡頭沒有其他人，只有孫祖霖一個人躺在床上，以乎已經睡去。

櫻子躡手躡腳走近，仔細觀察他的面容，床邊的小茶几上並未擺放著孫祖霖習慣戴著的黑框眼鏡。

一股強烈的直覺，讓她當下幾乎可以確定，眼前這個人就是自己思念已久的阿祖。

她深深凝視著他的睡顏，情不自禁伸手輕觸他的臉……

櫻子露出幸福的微笑。

「我眞的……」她喃喃自語：「很想再見你一面，阿祖。」

櫻子慢慢俯身貼近，在他的脣上輕輕落下一吻……

過了大約半個小時左右，孫祖霖醒來，發現自己似乎躺在一個陌生的地方，第一個反應就是伸手找眼鏡。

他翻找的聲響，弄醒了在一旁假寐的櫻子。

她望著孫祖霖匆忙找尋眼鏡的模樣，柔聲說：「會不會放在背包裡呢？」

突然聽到櫻子的聲音，他嚇了好一大跳，連忙拉開背包翻找，果眞找到了眼鏡。

一戴上，櫻子美麗的笑顏清晰地映入眼簾。

「我……怎麼會在這裡？」孫祖霖滿臉疑惑。

「你不記得了？是你自己走進這裡的呀。」

孫祖霖撫著額，陷入思索。

奇怪，他明明是在家裡跟孫芸談論關於阿祖的事，回到房間以後，他忽然覺得很累，想再補眠一下……

怎麼一覺醒來，又在學校裡了？

他像是忽然想到什麼似的，轉頭問櫻子：「今天是幾號？」

「二十號。」

孫祖霖倒抽一口氣，果然又有一段時間不見了！

然而這次，他已不像一開始那麼手足無措，因爲他確信自己之所以又會出現一段空白的記憶，原因只有一個。

阿祖又出現了。

見孫祖霖臉色難看，櫻子朝他走近。

「孫祖霖。」她緩緩開口：「大禹他住院了。」

他一凜，茫然抬頭。

「上禮拜五，你們離開舞蹈教室，後來珍珍去找你們，結果就發現姜禹渾身是傷，倒在體育館後門，而你卻不見蹤影。」櫻子眼神溫柔，「是不是你跟姜禹之間發生了什麼事？爲什麼最後會變成那樣呢？」

孫祖霖漸漸回想起當時姜禹嘲諷的神情，甚至姜禹還對他說了很多殘酷的話……他頓時渾身發涼，不敢再細想下去。

「我……不知道。」他神色慌張地搖頭，「我眞的什麼都不知道，完全搞不清楚到底發生了什麼事？我現在——」

「沒關係，孫祖霖！」櫻子突地用力握住他的手，「我相信不是你傷害姜禹的。」

「咦？」

「不管發生什麼事，我都會站在你這邊。」她凝視著孫祖霖，一字一句堅定地說：「就算眞的是你做的……我也相信，那絕對不是你的錯！」

她的話令孫祖霖一愣，「……爲什麼？」

櫻子微笑，「這還用說嗎？我不是告訴過你，想要當你的朋友，而且是能和你一起哭一起笑的知心朋友。既然這樣，只要是你說的話，我當然該全心全意的相信，不是嗎？」

櫻子始終牢牢緊握他的手，臉上掛著溫柔的笑容，讓孫祖霖久久說不出話。

他的天使，親口對他說會全心全意相信他，櫻子的話語深深撼動了孫祖霖的心，甚至讓他的眼眶漸漸溼潤了起來。

這是孫祖霖這輩子聽過最美的話。

美好到讓他覺得不敢相信，那句話是櫻子對自己說的……

通識課的下課休息時間，孫祖霖在座位上托腮放空。

突然然眼前一片模糊，他立刻回過神，發現是張家揚抽走他的眼鏡。

「喂，你幹麼？」

「你眞的有近視嗎？」張家揚挑眉。

「當然有，沒戴眼鏡的話，我根本什麼都看不到，還給我啦！」

「我不信，你站起來走個五步我就還你。」他故意走遠。

「還我啦！」孫祖霖慌忙起身，急著朝他伸手，一不注意腳卻拐到了課桌，當場摔了一跤，聲音之大，讓附近的學生全看了過來。

「哇靠，這麼大張的桌子在你面前，你居然沒看到！」張家揚傻眼，將眼鏡還給他，「好吧，我相信你了。」

孫祖霖又氣又窘地戴回眼鏡，張家揚隨即向他賠不是：「好啦，對不起，我只是想確認你是不是眞的有近視而已，你平常有戴隱形眼鏡嗎？」

「沒有，我只要一戴隱形眼鏡，眼睛就會發炎。」他悶聲回。

聞言，張家揚更是不可思議地看著他，終於肯定，眼前的孫祖霖確實不是那天他所遇到的阿祖。

孫祖霖現在不只講話的語氣不一樣，就連聲音也恢復了以前的樣子。而且張家揚記得很清楚，當時近距離觀察阿祖的時候，他並沒有發現對方有戴隱形眼鏡。

難道人格一換，連身體狀況也會跟著改變嗎？

「你現在眞的是孫祖霖沒錯吧？」

「當然啊……不然呢？」

「喔，我沒別的意思啦，只是現在的你，跟我那天看到的阿祖，實在相差太多了，所以我才……」

孫祖霖一聽，震驚地望向張家揚，「你見過阿祖？」

「對啊，上星期我看到你坐在戶外咖啡座那裡，就跑去跟你打招呼，結果你跟我說你不是孫祖霖，而是阿祖……」張家揚滿臉狐疑，「你都沒有印象嗎？」

孫祖霖搖頭，「那他……有跟你說什麼嗎？」

「他說，他是你的第二人格。我原本以爲他在耍我，但後來發現眞的不對勁，要不是你們外貌一樣，我還以爲我是在跟另一個人說話呢！」張家揚認眞盯著孫祖霖發白的臉，「所以……這是眞的？因爲這樣，你才會一直看心理學的書，對不對？」

孫祖霖答不出話來，他萬萬沒想到，居然連張家揚都已經親眼見過阿祖，甚至還跟他說過話。

阿祖似乎越來越常出現了，這樣的情況讓他深感不安。

這次孫祖霖一「回來」，就得知妹妹重傷住院，孫母則是情緒不穩，留在醫院休養，而父親也一天比一天更晚回家。

家裡的氣氛，彷彿又回到國三那一年。他有預感，這絕對是阿祖的緣故，一定是他又做出了什麼可怕的事，全家才會如此不得安寧。

孫祖霖壓抑不了自己對阿祖的恐懼，又無法抑止想了解他的好奇心，他眞的很想知道，爲什麼在事隔多年之後，阿祖會突然出現？

他的腦袋昏昏沉沉，思緒混亂得不得了。

瞇眼老伯的課結束，張家揚便提議一起去書店逛逛，表示自己願意幫他搜尋更多雙重人格的相關資料。

張家揚的熱心讓孫祖霖有點受寵若驚，也不好意思拒絕。

兩人走出教室，張家揚說要先去廁所，孫祖霖則在教室門口等他。

他心不在焉地低頭滑手機，忽然一個微啞的細嫩嗓音飄進耳裡：「孫祖霖。」

他循聲望去，看見站在旁邊的女生，手上一停。

于靜面色尷尬，有些手足無措，卻還是很努力地想擠出一絲笑容。

「好久……不見。」她艱澀開口，聲音隱隱發顫，彷彿光是吐出一個字，就要耗費她不少力氣。

「我是于靜，你……還記得我嗎？」

孫祖霖怎樣也沒想到于靜會主動來跟他搭訕。

由於太過突然，他一時不知該作何回應，只是愣愣注視著她一會兒，才默默頷首。

于靜這次的笑容明顯了些，像是很高興的樣子，同時卻也害羞地垂下了頭。

孫祖霖實在不解，爲什麼她會突然對自己臉紅？

下一刻，于靜忽然朝他走近一步，雙脣微張，一副欲言又止的模樣。

就在這時，張家揚回來了，孫祖霖宛若看見救星般立即向他跑去，對于靜抛下一句：

「抱歉，我另外還有急事，先走了！」語畢，便拉著張家揚匆促離開，頭也不回。

張家揚好奇地往于靜的方向頻頻張望，「那個女生是誰？你朋友？」

「不是！」他想也沒想就脫口而出：「……她不是我朋友。」

張家揚正想開口詢問，前方忽地傳來櫻子呼喊孫祖霖的聲音。

櫻子朝他們迎面走來，燦爛的笑顏讓她看起來容光煥發。孫祖霖一見到她，原本緊繃的情緒，立即放鬆了許多。

「真巧，我正想打給你呢。」櫻子對孫祖霖說，接著看向一旁的張家揚，「這位是你同學？」

張家揚馬上自我介紹：「我跟他修同一堂通識，我叫張家揚，資管系大三。」

「我叫羅玲櫻，是英文系的，很高興認識你，叫我櫻子就行了。」櫻子親切回應，隨即又說：「對了，既然這樣，那也邀請張同學一塊來吧。」

孫祖霖和張家揚面面相覷，完全不明白櫻子話裡的意思。

櫻子解釋：「是這樣的，珍珍她舅舅在遊樂園工作，前幾天送了我們幾張免費的入場券，所以我跟珍珍還有筑音打算這星期六一起去玩，原本也想邀請孫祖霖，但既然碰巧遇到張同學，乾脆我們五人一塊去玩，你們說好不好呢？」

「真的可以嗎？」張家揚又驚又喜。

「當然沒問題，孫祖霖，你呢？」

「好，我可以！」他點頭如搗蒜。

「那就這麼說定了，我再跟珍珍她們說一聲。星期六早上八點半，我們就約在車站大廳集合，好嗎？」

「沒問題，我們一定會準時到的！」張家揚的開心完全藏不住。

等到櫻子離開，孫祖霖目送她的背影遠去，才發現張家揚正一臉賊笑瞧著自己。

「看夠了嗎？」

「哪有……沒有啦！」

「少來，明明都看到呆了，你喜歡羅玲櫻對吧？」見孫祖霖滿臉通紅說不出話，張家揚又拍拍他的肩哈哈笑道：「托你的福，週末可以去玩了。不過這樣會不會打擾到你們？如果你不喜歡，我不去也沒關係喔。」

「沒關係啦，一起去吧！」畢竟多個伴，對自己來說也比較不會尷尬。

「嘿嘿，謝啦。不過，羅玲櫻她……知道你的『問題』嗎？」

孫祖霖點頭，並且告訴他，櫻子在國中時就已經見過阿祖。

這讓張家揚十分訝異，沒想到原來阿祖以前就出現過了，忍不住問起詳情。

孫祖霖認為，既然張家揚已經知道這個祕密，也與阿祖正面接觸過，繼續否認隱瞞也沒有意義，於是在前往書店的途中，將自己國三那年發生的事，以及轉學到這裡之後，阿祖再度出現的事，一五一十告訴了他。

只不過對於當年發生的那些不堪往事，孫祖霖僅是輕描淡寫帶過，沒多加詳細說明。如今親口對別人述說那段過去，就像是再逼他重新面對一次一樣痛苦。

所以，當他再次看到于靜時，才會下意識想逃避，只想離她越遠越好。

孫祖霖不想再讓往事，擾亂自己的心思，不願再想起，以往那如同地獄般的絕望日子。

週六早上，孫祖霖、張家揚與櫻子她們準時在車站會合。

到了遊樂園，三個女生興致高昂，玩得不亦樂乎，無論多刺激恐怖的遊樂設施，都堅持要玩過一遍。

其實孫祖霖從小就不敢玩刺激的遊樂設施，光是坐過一次海盜船就已經全身虛脫，雙腿發軟，過不了多久便臉色發白癱坐在椅子上，想吐的感覺不斷湧上喉頭。

「喂，祖霖，你沒事吧？」張家揚拿了瓶水給他。

「孫祖霖，你也太遜了吧？這樣就不行了，等等怎麼跟我們玩大怒神？」林語珍兩手插腰。

一聽到大怒神，孫祖霖簡直嚇壞了，急忙搖頭，「抱歉，還是你們去玩吧，我坐在這裡等你們就好……」

「可是，你這樣等於什麼都沒玩到耶。」梁筑音偏頭。

「就是嘛，白白浪費一張票！」

「算了啦，珍珍，孫祖霖也不是故意的，眞的不舒服就別逼他了。」櫻子體貼地說：「沒關係，孫祖霖，你先休息吧，不要勉強。」

「好吧，既然孫祖霖沒辦法玩，那就幫大家保管東西吧！」林語珍二話不說，直接把包包塞到他手上。

就這樣，孫祖霖留下來看顧包包，目送一行人雀躍的背影離去。

他感嘆自己眞是沒用，落寞地吁了一口氣，自己在櫻子面前居然是這種膽小怯弱的德行，實在是太丟臉了。

他揉揉太陽穴，做了幾次深呼吸，想讓不適感慢慢消退。同時，他也靜靜觀望眼前遊客來來去去的身影。

那些洋溢著燦爛笑容的臉孔，讓孫祖霖覺得這裡的每個人看起來都好開心，好像都沒有煩惱，也沒有事情需要煩心……

他不禁看出了神。

在這個充滿歡樂笑聲的地方，孫祖霖只能一個人孤孤單單地坐在這裡，彷彿那些美好的一切全然與他無關。

「奇怪，人呢？」

等到櫻子他們回來，卻發現孫祖霖不見蹤影，只留下眾人的包包在椅子上。

林語珍生氣罵道：「孫祖霖在搞什麼呀？哪有人把東西丟在這裡自己跑不見的？要是被別人偷走的話，那該怎麼辦？」

「會不會是去廁所了？」梁筑音問。

張家揚連忙跑到附近的廁所找了一遍，氣喘吁吁地回報，「他好像不在廁所，我叫了幾聲都沒人應。」

櫻子也面露擔憂，放下手機，「他關機了，好奇怪，怎麼會這樣？」

「別急，我再去找找看，說不定他人還沒走遠！」張家揚對她們說，開始四處尋找他的蹤影。

約莫十分鐘後，張家揚終於在旋轉木馬前找到孫祖霖，不禁鬆了一口氣，上前喊道：「喂，祖霖，你怎麼自己跑到這邊來啦？害我們都找不到你！」

發現對方無動於衷，張家揚伸手拍了拍他的肩，「欸，你怎麼——」

下一秒，他冷冷回眸，張家揚登時怔住，手還停在半空中。尚未反應過來，就聽見一個低沉的聲音說：「把你的手拿開。」

「哇！」張家揚嚇得倒退一步，瞪大雙眼，「難道……你是阿祖？」

他沒有應聲。

「嚇我一大跳，你怎麼會突然跑出來啊？」

「走開。」阿祖回頭低斥。

這時，張家揚才注意到他的異狀，他面色陰沉，眼神透出深深的疲憊感，聲音也更加粗啞。

此刻他身上散發出那種不容許任何人接近的氣息，甚至比張家揚第一次見到他時，還要更爲強烈。

櫻子她們隨後趕來，林語珍一見孫祖霖，忍不住指著他開罵：「喂，你很不負責任耶，居然丟下我們的包包自己跑來玩！」

張家揚匆匆奔回她們面前，緊張地低語：「別喊他，他不是孫祖霖！」

「啊？他明明就——」

「什麼意思？」櫻子很快聽出有異。

「他……」張家揚回頭再朝他望了一眼，悄聲說：「他是阿祖。」

櫻子屏住呼吸，心臟怦怦地急速跳動了起來。

「你在說什麼啊？阿祖……」林語珍神情也漸漸變了，白著一張臉，抓住櫻子慌張道：「等等，該不會是國中時出現過的那個阿祖吧？他不是消失了嗎？爲什麼現在突然……啊！難不成大禹上次受傷，就是被阿祖打的嗎？我記得以前欺負孫祖霖的那些人，最後都被打超慘的！櫻子，這到底是怎麼一回事？」

櫻子沒有回答，正欲往阿祖那兒走去，張家揚一個箭步擋在她面前，「現在先別過去比較好，那傢伙有點怪怪的，等一下再去叫他吧！」

「沒關係。」櫻子隨口應了句，仍跑了過去。

閃爍著絢爛燈光的旋轉木馬，承載了許多孩童的開心笑聲，宛如另一座小小樂園，瀰漫著滿滿的幸福快樂。

櫻子走到阿祖身邊，發現他的視線始終停留在旋轉木馬上。

她深吸一口氣，低喚：「阿祖，你要不要跟我們一起去吃點東西？」

對方沒有反應。

櫻子再問：「還是，你有想玩什麼嗎？你應該是第一次來這裡吧？要不要……」

「離我遠一點。」

阿祖冷淡的回答，讓櫻子怔愣幾秒，隨即又溫聲笑問：「好吧，既然這樣，那我幫你買點吃的好了，你有沒有想吃什麼呢？」

他緩緩回過頭，一道銳利冰冷的目光直直朝她掃來，「妳聾了嗎？馬上從我的眼前消失。」

那不帶溫度的眼神，讓櫻子當場被震懾住，再也不敢出聲。

阿祖冰冷的回應及櫻子受傷的神情，讓兩人之間的空氣爲之凝結，降至冰點。

而這一幕，正好被站在後方的張家揚，清清楚楚地看在眼裡。

第八夢　眼淚

五人最後走出遊樂園時，氣氛緊張沉悶。

阿祖走在最前方，張家揚和櫻子跟在他身後，林語珍則是從頭到尾不敢接近，拉著梁筑音不安地落在最後頭。

眼見櫻子的臉色仍不太好，張家揚便知道，剛才在旋轉木馬前阿祖毫不留情的拒絕，似乎帶給她不小的打擊。

即使如此，她依舊痴痴凝視阿祖的身影，眼神中所蘊含的情感，更是讓張家揚心生納悶，深感不解。

無論怎麼看，那都不像是在關心一個普通朋友的眼神。

一行人回到車站，阿祖連聲招呼都不打，直接調頭就走，張家揚才想追上，就被櫻子一把拉住。

「張家揚，不好意思，可以讓我跟他單獨說幾句話嗎？」

「櫻子，妳瘋啦？阿祖這麼恐怖，妳幹麼還要跟他講話？他不是孫祖霖耶！」林語珍企圖阻止她。

但櫻子並不理會，只是繼續懇求張家揚，「拜託你，讓我跟他單獨談談。」

張家揚見她這副模樣也不忍拒絕，只好點頭。櫻子馬上漾起笑容，迅速朝阿祖奔去，留下錯愕的三人呆立原地。

「天哪，櫻子到底在想什麼？她不要命了嗎？」林語珍不敢置信。

「不會有事嗎？」梁筑音也忍不住擔心地問：「到底是怎麼一回事？」

「其實我也搞不太清楚……」張家揚摸摸後腦，看著那兩人越走越遠，直至消失在他們的視線當中。

櫻子一路跟著阿祖，沒有停下。

阿祖步伐很快，讓她幾乎要用小跑步才能跟上，她想開口喊他，喉嚨卻像被東西卡住般發不出聲音。

直到拐進孫祖霖家的巷子，阿祖才終於停下腳步，轉身盯著她。

他面無表情，語氣毫無起伏，「妳要跟到什麼時候？」

「阿祖……」櫻子撫著胸口，喘了一口氣，音量略為提高，「我有話想對你說！」

雖然他的表情已不像在遊樂園時那樣可怕，但視線透出的冰冷仍是令人不寒而慄。

「別再繼續跟著我。」阿祖冷冷回道：「要是再被我發現，就算妳是女人，我也不會對妳客氣。」

見對方轉身離開，櫻子慌了，脫口說出：「阿祖，我喜歡你！」

眼前的人停下腳步。

「阿祖，我喜歡你。」櫻子又說了一次，渾身不住顫抖，「我從沒有忘記過你，我一直很想再見你一面，一直……很想像現在這樣，再跟你說說話……」強忍激動的情緒，她紅了眼眶，「我喜歡你，真的很喜歡你。」

良久，始終沒有回應的阿祖，緩緩回過身來。

聽了櫻子的眞心告白，他臉上波瀾不驚，僅淡淡地問：「講完了嗎？」

她一怔。

「我對妳一點興趣也沒有。妳跟蹤我這麼久，只爲了說這些話，未免也太無聊了吧？」

櫻子沒想到阿祖會這麼回答，「阿祖……難道你討厭我嗎？」

他輕笑一聲，眼裡卻沒什麼笑意。

「我說了，我對妳根本沒有興趣，所以也不會有什麼討厭或喜歡的情緒。」他直言，「妳對我來說沒有任何意義，就只是一個可有可無的人。」

阿祖殘酷的態度，深深刺傷了櫻子的心，令她深受打擊。

「一點意義都沒有嗎？難道我在阿祖的心裡，眞的一點位置都沒有？」她的聲音乾啞，「既然這樣……那麼國三的時候，你爲什麼要幫我呢？如果你不在乎，那——」

「誰說我那麼做是爲了妳？」他啼笑皆非，「我是因爲看那個變態不爽，發現妳也時常受到他騷擾，才好心順便讓妳一起出一口氣，痛揍他一頓。從那之後，我再也沒有注意過妳的事。只不過是處理掉那個傢伙，妳就以爲我喜歡妳？妳會不會太自戀了？」

櫻子眼角泛著淚光，「你眞的……只是因爲順便，才那麼做的？你眞的……從來沒有把我當一回事？」

阿祖唇畔的笑意漸漸消失。

看到櫻子美麗的臉龐因爲過度悲傷而顯得僵硬蒼白，阿祖瞇起雙眸，「我收回我一開始說的話。」

「什麼？」櫻子抬起淚眼望著他。

「我剛才說，我對妳沒有討厭或喜歡的情緒，但現在從我眼裡看來，妳已經是個惹人厭的存在了。」

語畢，阿祖頭也不回地離去，留下櫻子一人呆站原地。

◆

孫祖霖一早睜開眼睛，恍惚中發現自己竟躺在自己房裡的床上，嚇得瞬間彈坐而起。那天他雖然去了學校，整個人卻魂不守舍，無心上課。

孫祖霖明明記得他在遊樂園裡幫大家保管包包，卻在不知不覺間睡著，結果這一睡，又有整整兩天的時間不翼而飛。

他驚覺局面正在逐漸失去控制。

孫祖霖越想越不妙，這種情況跟以前完全不一樣。

以前的阿祖總是在他情緒激烈波動之下才會出現，然而這次在遊樂園，他只不過是打了一個盹，阿祖卻突如其來地現身。

現在的他，根本就不曉得阿祖什麼時候會出現，而自己又什麼時候才能再回來？

要是哪天，他醒來後卻發現已經過了好幾年，那該怎麼辦？

下課後，孫祖霖頹喪地步出教室，看著腳底下被夕陽餘暉拖出一道長長的黑影，突然懷疑起那道影子究竟是不是自己的？

身體逐步被另一個人控制，任誰聽了一定都會覺得荒唐可笑。

可是如今，他已不在乎別人的想法，滿腦子想著要是再這樣下去，說不定最後自己將會完全消失，再也無法回來……

忽然響起的手機鈴聲，打斷了孫祖霖的思緒。

他接起電話，另一頭的張家揚聽到他的聲音好似十分高興，立刻約他出來見面。

「謝天謝地，你終於回來了！」兩人一碰面，張家揚鬆了一口氣，「這兩天我完全不敢跟你聯絡，就怕是阿祖接的電話，剛才也考慮了好久才決定打給你，你是什麼時候回來的？」

「今天早上。」他咕噥，隨即問：「那天在遊樂園，發生了什麼事？阿祖有做出什麼不該做的事嗎？」

「是沒有，雖然阿祖突然出現把我們都嚇壞了，但是他並沒有對我們怎麼樣。不過那天他看起來有點奇怪，心情好像很惡劣的樣子，我們根本不敢和他多說一句話，後來大家就各自回家了。但我就不曉得羅玲櫻跟阿祖一起離開之後，後續發生什麼事了……」

「櫻子跟阿祖一起離開……這是什麼意思？」孫祖霖愣住。

「那天我們回到車站要分別的時候，我原本要跟阿祖一起走，她卻跟我說有話要找他談，希望我能讓他們單獨相處。」

講到這裡，張家揚頓了頓，正色說道：「祖霖，我有些話想告訴你，我覺得櫻子她——」

「阿祖！」

櫻子不知從何處冒了出來，猛力抓住孫祖霖的手臂，喘得上氣不接下氣。

孫祖霖發現她眼眶泛紅，愣了一下，「櫻子……妳怎麼了？」

聽到他的聲音，櫻子這才稍微平復情緒，放開了手。

「我……」櫻子稍稍退後一步，將長髮撥到耳後，笑容僵硬，「對不起，我沒事。」

「眞的？是不是哪裡不舒服？」孫祖霖擔心地關切，櫻子的模樣看來實在有些不對勁。

「沒有，眞的沒事，抱歉嚇到你了。」她望著他們兩人，「你們……都沒課了嗎？」

「嗯，我正想找祖霖一起吃晚飯呢。」張家揚應。

「這樣啊……」她的神情仍有些怔忡不安，之後又想到什麼似的匆匆開口：「對了，張家揚，我有事想跟你說，方便借一步說話嗎？」

聞言，張家揚與孫祖霖互望一眼，隨後張家揚跟著櫻子走到一旁。

確定與孫祖霖的距離遠到他聽不見他們的談話後，櫻子才開口：「張家揚，你現在常跟孫祖霖一起行動，對不對？」

「嗯……其實也還好，不過最近我們上完通識課，都會一起去逛逛書店，或是吃飯什麼的。」

「那我可不可以拜託你一件事？要是你看到阿祖出現，請你通知我。只要阿祖一現身，請立刻讓我知道，無論是什麼時候，在什麼地方都沒關係，請你一定要聯絡我，好嗎？」

櫻子的表情泫然欲泣，令張家揚一時語塞，滿肚子疑問問不出口。

他無法拒絕櫻子熱切的眼神，只好點頭。

見張家揚答應，櫻子這才放鬆地微微一笑，但她的雙頰始終血色全無，眼淚也在眼眶中打轉。

櫻子一離開，孫祖霖就憂心忡忡上前問道：「你們剛剛在說什麼？櫻子她到底怎麼了？」

「這個……我也不曉得該怎麼說才好……」張家揚神情複雜，苦惱地抓抓頭，「我說祖霖，關於阿祖的事，你有想過該怎麼辦嗎？」

「咦？」

「你應該也發現阿祖最近很常出現吧？這跟你以前的狀況不太一樣，不是嗎？難道你一點都不擔心？」

「怎麼可能？我當然擔心啊！」

「那你希望他消失嗎？」

一聽到這句話，孫祖霖一愣，不知該作何反應。

雖然阿祖的出現讓他很困擾，但他從未仔細思考過這個問題。

「你最好趕快想清楚，盡快決定要不要去看心理醫生，不然我擔心再這樣下去，事情會越發不可收拾，這樣對你跟羅玲櫻都不好——」

「等等，這跟櫻子有什麼關係？」孫祖霖打斷他的話。

「因爲我覺得……」張家揚低頭沉吟了下，「羅玲櫻很有可能喜歡阿祖。」

孫祖霖瞠目結舌，「什麼？」

「應該說，我能肯定她真的喜歡阿祖。」張家揚深吸一口氣，決定說出自己的疑慮：「我知道你很喜歡羅玲櫻，所以從我們自遊樂園回來後，我一直在想一件事，也很猶豫到底該不該告訴你。聽了你以前國中所發生的事，以及你回到這裡後碰上的一連串狀況，都讓我越想越覺得不太對勁。」

「哪裡不對勁？」孫祖霖皺眉。

「你說你國中被欺負時，羅玲櫻雖然沒有跟著大家欺負你，但基本上你們平常根本就沒有往來對吧？可是當她這次再遇見你，卻突然對你示好，積極想跟你當好朋友，甚至主動帶你融入她的生活，每天還無時無刻關心你的狀況……」

張家揚頓了頓，眉頭微蹙，「說實話，一開始聽你提起時，我就對她忽然對你那麼友善感到有些納悶，不過我也沒有繼續多想。直到前幾天在遊樂園，我看見她對阿祖的態度，才開始懷疑羅玲櫻接近你的真正目的。」

「真正目的？」孫祖霖完全聽不懂張家揚在說什麼。

「那天阿祖突然出現，羅玲櫻雖然吃驚，可是情緒卻異常激動，甚至在得知你變成阿祖後，笑著跑去找你。當時她的眼神，簡直就像看到愛慕已久的人一樣，眼裡完全只有阿祖，還不顧阿祖的警告，執意待在他的身邊。」

孫祖霖聽著，眼睛微微睁大。

「假如她以前曾經見過阿祖，照理說應該也明白他是個危險人物，一般人連閃躲都來不及了，怎麼可能還會想接近他呢？但若是她喜歡阿祖的話，那這一切就全都說得通了。所以我在想，羅玲櫻會對你那麼好，甚至親近你，很有可能從頭到尾，就是希望能夠再見到阿祖——」

「亂講，櫻子怎麼可能會這樣？你不要隨便亂說！」孫祖霖提高音量，再度打斷他的話。

「我知道你很難接受，所以才掙扎到底要不要告訴你。可是祖霖，你知道羅玲櫻剛才跟我說什麼嗎？她拜託我，在我跟你一起行動的期間，一旦阿祖出現，就要馬上聯絡她，不論何時何地，她都會立刻趕來。」

聞言，孫祖霖再也說不出半句話，腦中一片空白。

「除此之外，還有一件事，但這只是我的假設，如果你不想聽也沒關係……」

「你說。」孫祖霖心中一片迷茫。

「……我認爲，阿祖會在消失這麼多年後再度出現，可能跟羅玲櫻也有點關係。」張家揚一字一句清楚說道：「而且說不定打從一開始，就是她故意逼阿祖現身的。」

「故意……逼阿祖現身？」

「阿祖第一次出現，是在你國三被同學霸凌的時候；第二次，是在你被姜禹威脅的時候，你不覺得這兩種情況其實很相似嗎？而且你當時的心情，應該也很相像吧？」

孫祖霖不自覺地點點頭。

「我在遊樂園時聽林語珍提到，姜禹有可能是被阿祖打傷的，我因爲好奇姜禹後來的狀況，在羅玲櫻跟阿祖先回去後，向她打探了一下。結果林語珍告訴我，那陣子羅玲櫻常帶著你去社團，把你介紹給社員認識，還經常與你同進同出。」

張家揚呑了口口水，「她說她從沒看過羅玲櫻對一個男生這麼好過，大家都知道姜禹喜歡她，這一點羅玲櫻絕對也十分清楚，可是她還是常在姜禹面前毫不避諱地展現出對你的好，好到連其他人都不禁懷疑你們的關係，依此推測，姜禹絕不會對你有什麼好感，應該還有可能對你非常不爽才是。」

換一口氣，張家揚再提出質疑：「當時我一聽完，無論怎麼想，都覺得羅玲櫻的動機不單純，根本像是在故意激怒姜禹，好讓他吃醋、嫉妒，等他忍無可忍時，就會去找你麻煩，像國中那些欺負你的人一樣，為的就是要把你逼到絕境……」

「不可能！」孫祖霖終於忍無可忍大吼：「你為什麼要把櫻子講得這麼可怕？這根本是你自己的妄想，是你對櫻子有偏見吧！這些事情跟她哪有關係？」

講到激動處，他更是無法控制地拔高了音量，「這一切都是姜禹的問題，他一開始先假意對我親切，有次還突然對我說，聽說我很會跳舞，叫我在所有社員面前跳一段，等他最後露出真面目，我才明白他那時是存心讓我難堪，想害我丟臉，姜禹根本就是個表裡不一的雙面人！」

「你會跳舞？」張家揚驚訝地問。

「怎麼可能，我根本就沒有跳過舞！但這不是重點，我——」

「等一下、等一下！」他迅速舉起手打斷孫祖霖，「你不覺得很奇怪嗎？」

「啊？」

「你剛剛說，姜禹聽說你會跳舞，所以叫你跳給大家看？」

「對啊！」

「他是聽誰說的？」

張家揚這一問，讓孫祖霖登時語塞。

「如果你從來沒跳過舞，又怎麼會有人這樣說？若從過去就認識你，又剛好認識姜禹的人來看，在學校裡，應該就只有羅玲櫻跟林語珍兩人而已吧？」

「我說了，那是姜禹故意要讓我難堪才想出來的藉口，而且早在櫻子一開始邀我加入熱舞社的時候，我就已經告訴過她我不會跳舞了，她怎麼可能會這麼做？」孫祖霖再也聽不下去，「喂，櫻子跟你有仇嗎？你到底爲什麼要一直懷疑她？」

「抱歉，祖霖，你別激動，我只是……」

「不然我們現在就去找姜禹，把事情問清楚！」孫祖霖氣極，「我要讓你知道，你現在這些推測有多荒謬！」

不甘自己心目中美好善良的櫻子遭到汙衊，孫祖霖氣呼呼地拽著張家揚就要去找姜禹，只爲了還櫻子一個清白。

兩人一到舞蹈教室，很快便找到了右手打著石膏的姜禹，直到現在他的傷勢仍未完全復原。

孫祖霖強壓下內心洶湧的不安，正欲上前詢問，卻被張家揚一把拉住，「還是我去好了，你在這裡等我。」

張家揚和姜禹兩人站在教室門口，孫祖霖在附近，聚精會神地偷聽他們的對話。

「你要問我什麼？」姜禹很疑惑。

「我只是想打聽一些有關孫祖霖跟羅玲櫻的事，希望你別介意。你認識孫祖霖吧？」

「我警告你，別跟我提起那個人！」姜禹臉色大變，既憤怒又驚恐，「那傢伙平時裝成一副遲鈍愚蠢的樣子，實際上根本就是個殺人不眨眼的怪物！你自己看，我身上這些傷全是被他打的，眞搞不懂櫻子爲什麼要跟這麼恐怖的人走那麼近？」

「我對你受傷的事感到十分遺憾……不過我想問一下，之前有沒有人跟你聊起過孫祖霖的事？任何事都可以。」

「那傢伙的事？」

「嗯，比方說他的興趣背景、喜好之類的。他之前常來熱舞社對不對？那他一定也很會跳舞吧？」

「哼，我是聽說過他會跳，之前還想跟他切磋，結果他簡直就跟木頭人沒有兩樣，根本不會跳舞！」姜禹發出嗤之以鼻的冷笑。

「那是誰跟你說孫祖霖會跳舞的呢？」

姜禹警戒地盯著他，「你問這個做什麼？」

「沒有啦，只是好奇，既然他不會跳舞，怎麼還會有人這樣講？」

「就是櫻子跟我說的啊！」

孫祖霖呼吸一窒，渾身血液彷彿瞬間凝結。

張家揚一愣，片刻才開口：「是羅玲櫻跟你說的？」

「是啊，不信的話，你可以去問問其他社員，他們也有聽到櫻子這麼說！」姜禹冷哼：「櫻子告訴我時，我就好奇他到底是不是眞有那麼厲害，居然可以得到櫻子的大力贊賞，有次他來等櫻子，我就叫他跳給大家看看，結果他根本不會跳舞，眞不曉得櫻子當初幹麼要騙我？」

「當時是你們的練團時間嗎？」

「對啊，那天我們五點半練團，我叫孫祖霖跳舞時，櫻子正好打電話給我，說她臨時有事不能過來，後來孫祖霖也落跑啦，我看八成是他跟櫻子吹噓自己很會跳舞，要是櫻子那時在場的話，就能讓她親眼見識孫祖霖笨拙的舞步有多可笑！」

孫祖霖只覺雙腿發軟，腦中亂成一團。

「五點半的時候，可不可以麻煩你來舞蹈教室一趟？」

「我叫孫祖霖跳舞時，櫻子正好打電話給我，說她臨時有事不能過來。」

他想起，那天自己一從舞蹈教室衝出去，還跟櫻子撞了個正著，之後她還邀請自己跟林語珍她們一起去吃飯……

「可是妳不用練舞嗎？」

「沒關係，難得翹一次，不會怎樣的。等等我再打給大禹，跟他說我身體不舒服就行了。」

孫祖霖兩手抱頭，覺得一陣暈眩，好似整個世界都在旋轉。

櫻子爲什麼要說謊？

她明明已經來了，爲什麼又要在那時候打給姜禹？

當時他在鏡中看見姜禹正在講手機，難道跟他通電話的人，就是櫻子？莫非當下，櫻子已經站在外面，親眼看著那些人嘲笑他卻不出面阻止，反而任由他們羞辱他？

「……櫻子根本像是在故意激怒姜禹，好讓他吃醋、嫉妒，等他忍無可忍時，就會去找你麻煩，像國中那些欺負你的人一樣，為的就是要把你逼到絕境……」

「說不定打從一開始，就是她故意逼阿祖現身的。」

孫祖霖憶起方才櫻子衝到他面前時，那張極度焦慮又帶著渴求的面孔。

當時她嘴裡喊的，是阿祖的名字。

沒錯，他記得。

自己並沒有聽錯……

「……她拜託我，要是我跟你一起行動的期間，一旦阿祖出現，就要馬上聯絡她，不論何時何地，她都會立刻趕來。」

「但若是她喜歡阿祖的話，那這一切就全都說得通了。」

孫祖霖再也找不到任何可以相信櫻子的理由，那些她曾經對他說過的話，一一在耳邊響起……

「可以讓我成爲你的好朋友嗎？」

「我想彌補過去無法幫助你的遺憾，從現在起，當你的知心朋友。希望我們可以互相傾吐心事，一起哭一起笑。」

那時候櫻子的笑容看起來是如此眞誠溫柔，宛如天使。

難道那些話，全都是騙人的？

全是她爲了阿祖才編織出來的謊言？

她並不是眞心想對孫祖霖好，而是從頭到尾另有目的？

櫻子爲他所做的種種……一切都是刻意營造出來的假象？

櫻子的笑臉在孫祖霖腦海中逐漸扭曲，他再也承受不住打擊，崩潰地掉頭跑開。

他的世界，在這一刻徹底崩毀，化爲粉碎。

◆

孫祖霖隔日沒有去學校上課，整整三天足不出戶。

他沒有與櫻子聯絡，張家揚打給他也不接。

大部分時間，他都坐在筆電前，對著空白的Word檔發呆，什麼事也不做。

這幾天晚上，孫祖霖都會收到櫻子的來電跟訊息，卻任由手機響個不停，置之不理。

看著櫻子訊息裡的句句關心，他再也無法被那些文字感動，因爲他明白櫻子從頭到尾關心在乎的人，從來就不是自己。

夜已深了，明明身體很疲憊，眼皮也十分沉重，可是孫祖霖不想讓自己睡著。他很怕這一睡，自己就會永遠消失，再也無法醒來。

闔上筆電，孫祖霖走出房間，離開家門。

他想買點東西喝，看看能不能清醒些。踏進便利商店，聽到熟悉的叮咚聲，不知爲何，孫祖霖忽然想起某個人。

他轉身離開，往下一條街的便利商店走去。

「歡迎光臨。」站在櫃檯裡的梁筑音發現是孫祖霖走進來，面露訝異，「孫祖霖？」

「那個……晚安。」他摸摸後腦勺，吶吶道：「我來買飲料喝……妳這麼晚了還有班？」

「跟上次一樣，臨時代班。」她微笑，「孫祖霖，如果你不急著回去，可以等我十分鐘嗎？我快換班了。」

於是孫祖霖坐在店裡玻璃窗前的座位上，盯著外頭的夜色發呆。

換下制服的梁筑音走過來，用食指輕點他的肩，「久等了，你還沒買飲料喝？」

「喔……對，我還沒買。」孫祖霖探頭往櫃檯瞧，「那我買杯咖啡好了……」

「你不是失眠嗎？喝咖啡不就更無法入睡了？」

孫祖霖頓了頓，尷尬道：「其實我很想睡，可是現在我不太敢讓自己睡著……」

聞言，梁筑音靜靜凝視他片刻，「那我知道了，你想要喝美式還是拿鐵？我請你喝。」

「不用了，怎麼能再讓妳請？」

「別客氣，你等我一下。」

孫祖霖怔怔地望著她走到櫃檯。

一分鐘後，他們面前各自放著一杯咖啡，一罐綠茶，彼此之間卻隔著三個座位的距離。

梁筑音沉默了一會兒，開口：「孫祖霖，你爲什麼要離我這麼遠呢？」

「對不起，我沒有惡意。」他嚥嚥口水，「我只是……怕自己會不小心睡著。」

「想睡的話就睡吧，你的臉色好差，而且黑眼圈也很重呢。」她看著他，「該不會是因爲討厭我，才這麼說的吧？」

「當然不是，我怎麼可能討厭妳？」孫祖霖連忙否認，「我只是怕自己一旦睡著，醒來後就會變成另一個人……」

梁筑音停了幾秒才說：「你怕自己變成阿祖嗎？」

他沉默不語，卻也沒有太過驚訝，梁筑音果然也知道阿祖的事。

「孫祖霖，你不需要拒人於千里之外，就算你撐得再久，也不可能永遠保持清醒的。」梁筑音起身想接近他，他卻瞬間彈跳起來，踉蹌倒退一步。

「我是說眞的，妳別太靠近我。」他蒼白的臉上滿是不安，「請妳暫時跟我保持距離，拜託……我不想傷害妳！」

孫祖霖深怕自己要是不小心睡著，讓阿祖有機可趁出現的話，也許可能會對梁筑音做出什麼危險的事。

光是想像，他就不由得直冒冷汗，深怕梁筑音遭到波及。

梁筑音輕輕一嘆，「我知道了，那我們就保持這樣的距離說話吧。」她坐回原位，並沒有一絲不悅，「不過我還是希望你別勉強自己，這樣對身體不好。」

他微微頷首，沒再回話。

「我聽說你這幾天都沒去上課，櫻子聯絡你，你也沒有回應，她很擔心你。你和她看起來精神狀況都很不好。」她溫聲問：「你在閃避櫻子嗎？」

孫祖霖才要張口，放在眼前的手機就響了一聲。點開一看，是櫻子傳來的訊息。

阿祖，是你對不對？回我一句話好嗎？

求求你回答我，到底是不是你？

他盯著手機螢幕發愣，一顆心陷入谷底。

將手機放進口袋，他垂下頭，雙手掩面。

一股強烈的酸楚猛然從他胸臆擴散開來，讓他不知該如何是好。

「那你後來是怎麼『恢復』的呢？」

「所以你的意思是，當時的你，應該是在面臨極度恐懼的壓力之下，才會變成那樣的是嗎？」

淚水漸漸浮上眼眶，孫祖霖覺得喉嚨像是被哽住一樣，什麼話都說不出來。

他覺得自己好悲哀，是這世上最悲慘的人。

暗戀多年的女孩，喜歡的人是自己，卻又不是自己。

櫻子的訊息讓他終於確定，她從一開始就想再見到阿祖，才會關心他當年的情況。她那麼聰明，自然很快就能猜到，唯有讓孫祖霖再次遭受強烈的打擊，阿祖才有可能再度出現。

爲了阿祖，她可以不顧孫祖霖的痛苦和恐懼，選擇毫不留情的傷害他，處心積慮讓他消失。

原來，她一直是希望孫祖霖消失的……

「我想了解你。」

梁筑音靜靜望著孫祖霖滴落在桌上的眼淚，從包包裡拿出一包面紙，移到他手邊。

孫祖霖眼角餘光瞥見面紙，才驚覺自己在不知不覺間淚流滿面，連忙往臉上用力一抹。

「孫祖霖，你很喜歡櫻子吧？」

她溫柔的口吻，讓他一時之間無法回話，也爲自己不小心落淚的窘態懊惱不已。

「雖然我並不全然了解你跟櫻子之間的事，但在遊樂園那天見過阿祖後，聽了珍珍的說明，大概也明白了一些狀況。」

她深吸一口氣，緩緩說：「沒想到你以前曾經發生過那樣的事……現在你會感到手足無措，也是當然的。我想，是不是櫻子的某些行爲傷到了你，所以你才會處處躲著她？」

他眼前的視線模糊一片。

「孫祖霖，你了解阿祖嗎？」

「了解？」他不明白梁筑音話裡的意思。

「雖然阿祖是你的第二人格，但基本上你們還是同一個人，不是嗎？」她眼神溫和，「那你對他的了解有多少？在你眼中，阿祖是什麼樣的人？」

孫祖霖呆了好一會兒，目光慢慢移回面前的咖啡上。

「他……是一個各方面都跟我不一樣的人。」他吞吞吐吐地回：「我生性膽小，他卻很勇敢；我懦弱，但他卻很堅強。雖然他有些行爲讓我覺得很殘暴恐怖，可是我發現，這樣的他，反而比我更容易受到別人的需要和肯定……」

「你是說像櫻子嗎？」

他吸口氣，點點頭，「所以我眞的不明白，阿祖明明是那麼可怕的一個人，爲什麼身邊的人都喜歡他，需要他？」他握著咖啡，低垂著頭，「不過其實我多少也了解其中的原因……因爲我一無是處，沒有他那麼強悍，阿祖不像我只會乖乖任由別人擺布，就算生氣也不敢表達出來；某種程度來說，我覺得櫻子跟阿祖很像，她從以前就是個完美無缺的人，也總是吸引許多人的目光……所以，櫻子會被他吸引，我想我可以理解。」

「沒有人是完美的。」梁筑音微微一笑，「也不會有人一無是處。每個人都有好的跟壞的一面。假如阿祖眞的這麼危險可怕，只會做出傷害別人的事，我相信櫻子也不會想接近他。認識她這些年，我不認爲她是那種覺得對方很強悍、很厲害，就會盲目追隨的人。」

她喝了口綠茶，「櫻子會被阿祖吸引，我想可能是因爲阿祖曾經幫助過她，她曾親眼見識過阿祖好的一面；換句話說，或許阿祖其實並沒有你想像中那麼可怕，而你也未必如你自己所想得那麼糟糕。櫻子也是，若你一直都用完美的眼光看待她，對她來說，說不定也是一種壓力，甚至是傷害喔。」

孫祖霖驚訝地望著梁筑音。

「不要輕易否定自己的一切，你認爲別人比較需要阿祖，但我相信還是有人需要你的。雖然阿祖是另一個你，但也是你的一部分，難道你都沒有想過要試著去了解阿祖嗎？如果你願意放下戒心和恐懼去面對他，這樣對你會不會更有幫助呢？」

他確實從未想過這一點。

對阿祖的畏懼，加上家人避之唯恐不及的態度，讓他完全不敢觸及這方面的問題，更遑論主動了解。

「我……」孫祖霖喉嚨乾澀，「老實說，我確實不了解阿祖。一直以來只能從別人口中大概拼湊出他是怎樣的人。基本上，我們光喜好就不太相同，阿祖好像很喜歡喝可樂，而我從來不碰汽水之類的碳酸飲料，更不用說我們彼此個性的差異了……」

語落，他忍不住好奇地問梁筑音：「妳在遊樂園見到阿祖的時候，不覺得害怕嗎？」

「其實還好，雖然珍珍告訴過我他國中時做過的事，但可能因爲不是親眼所見，所以我並不會感到害怕。」

「那假如我現在就是阿祖，就坐在妳眼前，這樣妳也不怕嗎？如果他對妳做出什麼不好的事……」

梁筑音眼中閃過一道光芒，「前提是，我要先這麼對阿祖，他才會這麼對我吧？那天在遊樂園，他給我的感覺雖然不易親近，但也不像是會莫名其妙對別人動手的人。」她雙手交疊，唇角一揚，「假如阿祖現在眞的就在我面前，我想，我應該會先請他喝罐可樂吧！」

梁筑音的笑容，不知爲何竟讓孫祖霖原本紊亂的思緒，逐漸平復了下來。跟她聊過以後，他覺得輕鬆許多，甚至也跟著她一塊笑了。

那一夜，孫祖霖回到家一躺上床，濃濃的睡意讓他根本來不及多想，短短幾秒時間就睡得不省人事。

他就這樣一覺到天明，睜開眼已是天色透亮，梁筑音請他喝的咖啡還好端端放在自己房間裡的書桌上。

這是他難得睡得安穩，也沒有惡夢干擾的一夜。

他梳洗一番就出門上課，仍然沒有和櫻子聯絡。

昨晚與梁筑音聊過之後，孫祖霖也請求她不要告訴櫻子曾在便利商店碰到他的事，也別透露他現在不是阿祖。

櫻子的訊息沒有間斷過，他知道她是眞的急了，也許因爲自己的冷漠，更讓櫻子確信他現在就是阿祖，因爲若是孫祖霖，絕不可能會如此冷淡對待她。

事實上的確如此，孫祖霖偶有幾次心有不忍，還是會接起她的電話，但卻總是沉默不語。

他就這樣聽著心愛的女孩在電話另一頭，一遍又一遍哭喊著阿祖的名字。

她喊得有多淒涼，孫祖霖的心就有多刺痛，最後只能默默切斷通話，對著無盡的黑夜嘆息。

兩個禮拜過去，孫祖霖沒有再接到櫻子的電話。

直到有天張家揚告訴他，櫻子住院了。

這個消息讓原本像個無魂軀殼的孫祖霖，終於有了些反應。

「我上午碰到林語珍，她說櫻子昨晚住院了，原本要通知你，但這陣子都聯絡不到你。」張家揚面色凝重，「你要不要去醫院看看她？」

孫祖霖愣了愣，沙啞道：「櫻子……怎麼了？」

「聽說是發高燒，但目前狀況如何不太清楚。」張家揚嘆，「林語珍說今天下課會跟梁筑音去探望她，還說若我有碰到你，叫我告訴你一聲。如果你擔心的話，我可以陪你一起去探視她。」

半晌過後，他才慢吞吞地點了點頭。

兩人前往醫院的途中，一片陰霾的天空下起了毛毛細雨。

此刻孫祖霖只覺得心情沉重，跨出每一步都要耗去他不少力氣。

抵達醫院，他們站在櫻子的病房門口，遲遲沒有進去。

張家揚望著表情黯淡的孫祖霖一會兒，伸手敲了敲門。

門一開，林語珍跟梁筑音已經在裡頭，而櫻子躺在病床上。孫祖霖從未見過那樣憔悴的櫻子，向來美麗的她，如今卻像朵凋謝的花，不但臉上毫無血色，人也瘦了一大圈。

一見他們出現，梁筑音便俯身在她耳邊說：「櫻子，孫祖霖跟張家揚來了。」

聞言，原本閉著眼睛像在歇息的櫻子，猛地睜開雙眼朝門邊望去。她的視線一停在孫祖霖身上，立刻紅了眼眶。

「阿祖……」櫻子連忙拔掉點滴，急著下床往孫祖霖那兒走去，林語珍跟梁筑音見狀，及時拉住她。

林語珍焦急喊：「櫻子，妳在幹麼?妳燒還沒退耶，快點躺回去休息啦！」

櫻子使力掙脫她們，跑上前緊緊抓住孫祖霖的手，不容他閃躲。

「讓我見阿祖。」不顧自己身子虛弱不堪，櫻子對他苦苦哀求：「孫祖霖，求求你，讓我見阿祖一面，讓我見他……求你讓阿祖出來，讓我跟他說話！」

她們想阻止櫻子，櫻子就抓得更用力，甚至將孫祖霖的手臂抓出了血痕，她激動哭喊：「讓我見阿祖，拜託你讓我見他！阿祖！阿祖！阿祖……」

張家揚連忙將櫻子拉開，孫祖霖愣愣盯著櫻子，呆立原地。

看見櫻子如同著魔般歇斯底里，他實在不知道該怎麼去面對這樣的情況，只想就此消失，逃離這一切。

後來，他先行離開病房，獨自坐在醫院大廳，直到聽見有人喚他，才慢慢抬起空洞無神的雙眼。

梁筑音對他淡淡一笑，在他身旁坐下，將一罐綠茶放到他手中。

「櫻子已經冷靜下來了。」她關心，「你還好嗎？」

他點點頭。

「醫生說她是因爲壓力大導致睡眠不足，抵抗力下降，又不小心著涼，才會發燒倒下。晚一點她情緒完全穩定之後，你再去看她吧。」

孫祖霖緩緩頷首。

「我跟珍珍都沒想到，櫻子的情況會這麼嚴重。」她輕聲安慰，「所以我知道你心裡一定更不好受。」

孫祖霖鼻頭倏地一酸。

「好好跟她談談吧。也許最後，能夠讓櫻子完全敞開心房的人，不一定是阿祖呢。」

梁筑音這番話讓孫祖霖愣了一下，還來不及反應，她輕拍他的肩，隨即離去。

等他回神時，發覺自己已經走回到病房前。

他猶疑著，最後還是鼓起勇氣走了進去，裡頭只剩下櫻子。

坐在床上的她低頭看著自己的手，像在沉思，也像在發呆。

孫祖霖做了個深呼吸，打破沉默：「櫻子……妳還好嗎？要不要喝點水？」

見她沒有回應，他繼續說道：「不然，還是妳想吃什麼？我去幫妳買……」

「你對我很失望吧？」櫻子頭也不抬，面無表情地開口：「也很恨我吧？」

他怔了怔，「不，沒有這回事。我——」

櫻子抬起頭，怒目瞪視著孫祖霖，下一秒就拿起身旁的玻璃水杯朝地面一砸，碎片瞬間飛射到他的腳邊。

「你不是已經知道了嗎？」她吼道：「我之所以接近你，全是爲了阿祖，我從頭到尾都在利用你，甚至不惜一切傷害你，只爲了讓你消失。這樣你還不恨我？」

孫祖霖愣愣回應：「……或許妳有什麼不得已的苦衷，才會做出這樣的事吧？從以前到現在，妳一直都是個很善良完美的人，我相信妳不會故意傷害別人的……」

「完美？」她冷冷一笑，「你知道嗎？我最恨別人這麼形容我。」

孫祖霖渾身一震。

「我根本一點都不完美，也不善良。我很醜陋、很邪惡，也很有心機。」櫻子顫抖，淚水不住滾下，「我眞的受夠每個人都像你一樣，對我那麼小心翼翼，也受夠每個人總是認爲我多美好多優秀！你那種巴結討好，認爲我什麼都好的眼神，我看了就想吐！」

孫祖霖啞口無言。

「我知道你喜歡我，也知道大家都認爲我應該跟姜禹在一起，他雖然表面上是個好人，但我很清楚他私下的個性有多惡劣，所以我知道他絕對不會容忍你的存在。我故意利用這一點，讓他找你的麻煩，甚至欺負你，就是要等著看你被逼到走投無路。爲了能夠再見到阿祖，我根本就不在乎你的感受！我就是這麼冷血自私，不是你們想得那樣溫柔善良！」

櫻子喘著氣，哽咽起來：「別把你們的期望加諸在我身上，我不完美，也不想完美！從以前到現在，沒有人願意了解我眞正的樣子，你們想要的就只有那個永遠乖巧的羅玲櫻！我眞的很孤單很寂寞，從來都沒有人察覺我的痛苦，大家只會不斷奉承、諂媚我，你們只希望我永遠善良完美，沒有半個缺點！」

孫祖霖愣然承受櫻子的憤怒，不一會兒她又接著說：「只有阿祖跟你們不一樣，他不會對我有所掩飾，也不會對我說謊，更不會和大家一樣崇拜我。我眞的很想像他那樣無拘無束地活著，不必在乎別人的眼光，只要用最眞實的樣貌活著就好。只有跟阿祖在一起，我才感覺自己是眞實活著；只有在他面前，我才能好好做我自己，自在的呼吸！」

語畢，櫻子再也忍不住，放聲大哭，「只有阿祖不一樣，只有他跟你們不一樣……」

他望著哭得聲嘶力竭的櫻子，沒再出聲，黯然地步出病房。

孫祖霖離開醫院時，外頭的雨勢已經很大，他在大雨中緩步走著，幾乎看不清楚眼前的路。

「那時候的哥哥，跟現在不一樣。」

「只有阿祖不一樣……只有他跟你們不一樣……」

「但阿祖不一樣，他不會裝成一副什麼都不知道的樣子，假裝一切正常地安然度日，更不會乖乖陪著媽營造幸福家庭的假象。」

「他不會對我有所掩飾，也不會對我說謊，更不會和大家一樣崇拜我。」

「因爲這是我第一次發現，自己原來還有家人可以依靠。雖然阿祖曾經做出很可怕的事，但是不曉得為什麼，他的存在，反而讓我有一種前所未有的安全感……」

「只有跟阿祖在一起，我才感覺自己是眞實活著；只有在他面前，我才能好好做我自己，自在的呼吸！」

孫祖霖總算醒悟了。

不管是孫芸還是櫻子，她們眞正需要的人從來就只有阿祖，而不是軟弱無用的他。她們一直以來在乎的，從來就不是孫祖霖這個人……

「喂，祖霖，你怎麼走了也不跟我說一聲？」張家揚這時撐著傘跑來，將另一支傘拿給他，「你這樣淋雨會感冒啦——」

「別管我！」孫祖霖轉身把傘打落，大聲咆哮：「我消失的話，大家都會高興吧？早在國三那年我就應該死在徐清手裡，而不是苟且偷生活到現在，早在那時我就該死了，不該活下來的！」

張家揚被他激動的反應嚇得一時不知該作何反應。

「……你呢？接近我有什麼目的？」孫祖霖冷冷瞪視著張家揚，「想看我崩潰嗎？還是等著看好戲？你究竟想得到什麼？跟我說啊！」

「祖霖，等等，你別誤會。」

「我沒有誤會，每個突然接近我的人都別有目的，根本沒有一個人眞正在乎我！你到底想從我身上得到什麼？給我說清楚！」

「我從沒想過要從你這裡得到什麼，只是想幫你。」

孫祖霖冷笑，「幫我？你以為我會相信嗎？你幫了我，自己能得到什麼好處？」

張家揚深呼吸，低語：「因為我也經歷過跟你一樣的事。」

「什麼？」

「我國中時也被班上的同學霸凌過，時間長達兩年。」張家揚的語氣淡然，「當年我自殘過，一直想要自我了斷，幸好後來被輔導老師發現。最後爸媽讓我轉學，我才終於擺脫那種生活。雖然身體的傷漸漸好了，可是心裡的傷卻很難痊癒，只有經歷過相同遭遇的人，才能明白那種陰影有多可怕，那些傷是會留在心裡一輩子的。」

張家揚說完，拉開左邊袖子，現出手腕上幾道深淺不一的刀疤。

孫祖霖睜大雙眼，十分吃驚。

「不管你相不相信，我是真心想要幫你。」張家揚微笑，「我已經走出來了，所以希望你也能走出來。我想幫助你，讓你可以好好面對自己，不想讓你繼續痛苦地活在謊言裡。」

孫祖霖腦袋一片空白，久久無法言語。

等他回到家，已經是傍晚了。

跨進家門的那一刻，孫父正好走了出來，身上還穿著西裝。

孫父一看見他，笑笑地說：「祖霖，你回來啦？看你淋成這樣，外面雨下很大吧？快點去洗澡，爸爸臨時有事要出去一趟，晚餐不在家裡吃了。」

他說完便從兒子身旁經過，孫祖霖突然出聲：「爸。」

「怎麼了？」

孫祖霖不發一語，失神地望著地面。

孫父拍拍他的肩，「好了，爸爸有急事要出門了，有什麼事情等爸爸回來再──」

「爲什麼你要這樣傷害我們？」

孫父錯愕地看著他，孫祖霖仍是低垂著頭。

「到底爲什麼……」他的眼淚從臉頰滑落，低聲嗚咽：「爲什麼你要這樣傷害我們？爲什麼？」

他終於將埋藏在內心深處的傷痛向父親說了出來。

但卻沒有聽到任何回答，父親頭也不回地離開。

孫祖霖握緊拳頭，無法抑止地悶聲哭泣，悲痛到不能自已。

他回到房間，燈也不開，緩緩走到鏡子前，仔細凝視著自己的臉。

他開口喚了那個人的名字。

他告訴那個人，他不想再活下去了。

他只感到深深的絕望，那片無盡的黑暗終究還是徹底將他吞噬。

「我沒辦法保護家人，什麼都沒辦法做！」孫祖霖對著鏡子放聲大吼：「像我這樣的人，繼續活下去也沒什麼意義，這個身體給你，給你！拜託你讓我消失，現在就讓我消失！」

一吼完，孫祖霖疲憊不堪，任由淚水橫流。

四周只剩淅淅瀝瀝的雨聲，沒多久，他隱隱聽見一道陌生聲音，在耳邊沉沉響起。

「好啊。」

孫祖霖渾身一震，環顧四周，卻沒有看到半個人。視線回到鏡子裡，那個人和他有著一模一樣的面容，表情卻帶著與他截然不同的陰冷狠戾。

那個人目光清冷，撇撇嘴角，「那你就消失吧。」

孫祖霖懷疑自己是不是出現了幻覺，然而那個人的表情與聲音卻如此清晰鮮明，他差點站立不穩。

這個人，就是阿祖。

他居然親眼見到阿祖了！

「眞是悲慘哪……」鏡裡的人輕輕嘖了聲，「要是你不怕你那視子如命的母親發瘋的話，我是無所謂。」

「你……不能保護她嗎？」孫祖霖結結巴巴，「保護我的家人，保護這個家……」

「保護？」阿祖眼神輕蔑，絲毫沒有一絲憐憫，彷彿聽到什麼荒謬至極的笑話，「這個家會變成怎樣，關我什麼事？你搞清楚，我可沒有義務在你消失之後，替你善後處理任何事。」

阿祖的冷酷回應讓孫祖霖一陣火大。

「還不都是你害的！」他失控吼了出來：「要不是因爲你，我跟我的家人也不會變成這樣！全都是你害的，是你把我們家害得這麼慘，也把我的人生弄得一團糟，你就是那個罪魁禍首！」

聞言，阿祖緩緩瞇起眼睛。

「碰到危險的時候，你心裡明明就很期待我來救你，等到一旦沒人在乎你了，你就開始怪罪別人，說是我害你變成這樣，完全不會自己反省。」他搖頭冷哼，「你眞的沒救了。」

孫祖霖啞口無言，再也說不出話。

「你想消失就快消失，別浪費時間。我最後一次告訴你，別妄想我會替你做任何事。」阿祖的語氣不帶任何情感，「我沒有必要接收你放棄不要的東西。」

說完這句，孫祖霖再也沒聽到阿祖的聲音。

等到他回神過來，發現鏡子裡倒映出的，已經是自己原來的那張蒼白面孔，神情怯懦。

孫祖霖雙腿一軟，忍不住趴倒在地上反胃乾嘔。

強烈的酸楚及痛苦在這一刻鋪天蓋地襲來，讓他再也無法承受，抱頭痛哭……

第九夢　撕夜

星期三的通識課，全班有一半的學生聽著瞇眼老伯猶如催眠的語調，昏昏欲睡。

始終低著頭的孫祖霖，只覺渾身不自在，因爲從踏進教室起，他就一直感覺有道視線不時朝自己投來。

他知道是誰在看著自己。

就因爲知道是誰，所以更不想抬頭，深怕一不小心會與那人對上眼。

下課後，張家揚去廁所，孫祖霖一如往常在走廊等他。

一陣腳步聲朝他接近。

「孫祖霖。」

孫祖霖一見來人，表情顯得有些僵硬。

「現在方便……跟你說話嗎？」

孫祖霖不解地擰起眉頭。剛才整堂課她一直盯著他看，現在居然還要過來找他說話，他完全搞不懂她究竟打算做什麼？

「……妳要說什麼？」

于靜抿抿脣，小心翼翼地問：「你還好嗎？」

「什麼？」

她雙頰微紅，「剛剛上課時，我看你感覺很沒精神，氣色也不太好，所以……」

孫祖霖一頭霧水，覺得莫名其妙。

她是在關心他嗎？

一產生這個念頭，方才那種不自在的感覺又湧上了他的心頭。

于靜的視線回到他臉上，兩人對望，這次她並沒有馬上移開眼睛。

當孫祖霖看清她眼裡的深切專注時，不由得一愣。

她為什麼要用這種眼神看他？

于靜的眼光彷彿飽含千言萬語，像是眼裡只有他一個人。

那樣的痴痴注視，讓他莫名有些熟悉，簡直跟櫻子思念阿祖時的眼神一模一樣……

他忍不住打了個冷顫。

不會吧？

孫祖霖對於于靜這樣熱切關懷自己的舉動毫無頭緒，為什麼她會如此關心自己？

平常他們根本沒有交集，但從她的話語，他可以感受得出來，于靜似乎一直都在注意著他……

不過孫祖霖對於她這樣的舉止，並沒有任何感動或喜悅，只覺得非常不舒服。

更正確來說，那種感覺更多是厭惡。

「我沒事。」他回得生硬，口氣也不太好。

于靜察覺到了，有些嚇到。但她在沉默片刻後，反而試圖再靠近他一步，孫祖霖迅速往後退開，閃避動作之大，讓氣氛一度十分尷尬。

孫祖霖也知道自己的反應傷人，也清楚自己現在的表情一定很難看，因為他可以從于靜驚訝的眼眸裡，看出她很受傷。

只是當下他無法顧及她的心情，只想離她越遠越好。

他匆忙掉頭離去，卻在樓梯間被張家揚拉住。

「怎麼了？幹麼走這麼快？」

「你也太慢了吧？」孫祖霖氣惱地嚷著：「你不是去廁所嗎？」

「我一走出來就看到你在跟那個女生說話啊，想說不好意思打擾你們聊天呀。」張家揚用手肘推推他，「欸，那個女生到底是誰？之前看她好像常注意你，她是不是對你有意思？」

孫祖霖微怒：「你別亂說！」

「可是眞的很明顯啊，她看你的眼神這麼深情，連我都看出來了。」

聞言，孫祖霖面色一陣慘白。

「你臉色也太難看了吧？剛才發生什麼事了嗎？」

「別再提到她了好不好！」孫祖霖焦躁萬分，不耐煩地抓抓頭髮，「我跟她確實認識，但幾乎沒說過什麼話，也不知道她一直想接近我，究竟要幹麼？」

「你眞的這麼討厭她啊？」張家揚眨眨眼，「那你們是怎麼認識的？」

面對張家揚好奇的探問，孫祖只能無奈坦白，告訴他于靜也是自己的國中同學，但是她從以前就行徑怪異，聽說精神還有些不正常。

剛才于靜只是簡單問候他，就讓孫祖霖備感壓力，他發現自己是眞的不喜歡跟她有任何接觸，甚至光是和她身處一室，都忍不住想奪門而出。

雖然不知道原因為何，但于靜的存在，確實為他帶來很大的壓迫感，尤其最近一連串變故發生之後，他便不願意想起任何和國中那段過去有關的回憶。

即使于靜並沒有做錯什麼事，但他就是無法對于靜存有一絲同情。國中那時的他是如此，現在的他依然是如此，他依然怯懦，沒有坦然面對一切的勇氣。

他的人生已經夠混亂了，他由衷希望于靜可以離自己遠一點，別再靠近他，別讓他再重新想起國中時的夢魘……

兩天後，孫祖霖收到梁筑音的訊息。

她通知他櫻子已經康復，昨晚順利出院，要他放心。

自從孫祖霖上次去醫院探病後，就再也沒去見過櫻子，也不敢跟她聯絡。

每每想起她哭著呼喚阿祖，還有對著自己憤怒咆哮的模樣，他便覺得痛苦不堪，難受得不得了。

這幾天以來，孫祖霖腦中不斷迴響著梁筑音對他說過的話。

「……若你一直都用完美的眼光看待她，對她來說，說不定也是一種壓力，甚至是傷害喔。」

「你知道嗎？我最恨別人這麼形容我。」

「你那種巴結討好，認為我什麼都好的眼神，我看了就想吐！」

櫻子一定討厭他了。

一直以來，他都在傷害櫻子，卻始終渾然不覺。

她一定不想再見到他了吧？

萬念俱灰的孫祖霖，幾乎已做好與櫻子決裂的心理準備，沒想到隔天卻在校園裡與她不期而遇。

櫻子一個人從學校裡的便利商店走出來，與恰巧經過的他撞個正著。孫祖霖嚇了一跳，不知該不該向她打招呼。

相較於他的緊張，櫻子顯得格外平靜，原以爲她不會理睬他，結果櫻子卻出乎意料地主動開口，淡淡一笑，「孫祖霖，好久不見，你最近好嗎？」

他呆了好一會兒才反應過來，「……我很好。」

「你沒課了？」

「對，我沒課了。」

櫻子脣邊的笑意更深了。

孫祖霖實在很想狠狠揍自己一拳，爲什麼自己直到現在仍是一副呆頭呆腦的模樣？就連一句簡單的關心慰問都說不出口。

「我也下課了，如果你不急著走，可不可以跟我到附近散散步呢？」

孫祖霖二話不說，點頭答應。

於是他們來到學校附近的河堤，澄橘的夕陽將兩人的身影拉得細長。

他偷偷瞄向櫻子的側臉，不知該說些什麼才好。

「謝謝你，孫祖霖。」過了一會兒，櫻子打破沉默。

「咦？謝……謝什麼？」

「謝謝你願意陪我散步，也謝謝你願意再跟我說話。」她斂下眼，「我原以爲，你在發現我對你做了這麼多不好的事之後，會從此不再理我……謝謝你，對不起。」

「不、不會啦！其實我也有錯，我從來就不了解妳的心情……其實我不斷地在傷害妳，根本沒有細想過妳的感受，我才眞的覺得很抱歉，對不起……」

孫祖霖有些艱難地說：「妳一定……過得很辛苦，也很痛苦吧。」

櫻子一聽，眼裡眸光閃動，眼角慢慢浮現一層薄淚。

「孫祖霖，你知道嗎？那天我在醫院對你大吼，那是我第一次在別人面前失控，之前就連我身邊最親近的家人朋友，都沒有見過我這一面。」

嘆了一口長氣，她望向遠方，面容平靜，「你那天離開之後，我才發現，自己已經很久很久沒有像那樣痛快大哭一場了，就連在阿祖面前也沒有。我太習慣把所有的事藏在心裡，從以前開始，很多心事我都沒辦法跟身邊的人訴說，連對最親密的家人朋友都開不了口。一意識到這點，我才驚覺自己有多孤單，居然連一個能讓自己全心全意傾吐、信任的人都沒有。大家越是用完美的眼光看待我，我就越不敢表現出眞正的自己。」

孫祖霖安靜地聆聽著。

「好幾次我都想擺脫一切，不想再活在別人的期望之下，可是終究還是提不起改變的勇氣。所以當阿祖出現時，我沒有辦法不被他吸引，我眞的好想好想像他那樣坦蕩無懼，不依賴別人，也不被別人依賴。我壓抑不了想靠近他、想擁有他的心情，就算知道阿祖是你的第二人格，可我還是陷下去了，甚至在你轉學之後，依然無法忘記他。」

櫻子停下腳步，轉身面對孫祖霖，再次誠懇道歉：「是我的自私傷害了你，我不奢望你會原諒我。說不定你恨我，我反而還會覺得比較舒坦，因爲這表示我終於不用在你面前繼續扮演完美的櫻子了。」

她朝他一笑，「可是我還是很想再對你說聲謝謝，那天在醫院對你發洩完後，我的心情眞的輕鬆好多，有種徹底解脫、如釋重負的感覺。因爲你，我才終於清醒，是你讓我領悟自己會變成現在這樣，從來就不是因爲阿祖對我的冷漠，更不是你的錯，而是我把自己逼到這一步的。」

櫻子朝他伸出右手，孫祖霖看著她白皙的手停在空中，一時不知該作何反應。

「接下來我說的話，可能會讓你覺得我很厚顏無恥……」她看著他，「但如果你願意原諒我，這次我是眞心希望可以跟你重新開始，當你的朋友，不再是因爲阿祖的緣故。我希望未來還可以像現在這樣，自在地和你暢談心事，不再有任何僞裝跟謊言，在你面前做回我眞正的自己。」

她深深凝視著他，「孫祖霖，你願意再給我一次機會嗎？」

孫祖霖呆了好久好久，無法言語。

櫻子的笑顏是如此的眞摯，讓他再也無法壓抑心底的激動。

他好想哭。

孫祖霖從沒想過櫻子會親口對他說出心底話，他看著她伸出的手，眼淚還是克制不住地掉了下來。

「也許最後，能夠讓櫻子完全敞開心房的人，不一定是阿祖呢。」

他牢牢握緊對方，像是在對櫻子做出保證，他急切地想讓她知道自己的心意，想籍由此舉將心裡的話傳遞給她。

孫祖霖回握住櫻子的手。

櫻子也哭了，孫祖霖對她的寬容，讓她的淚水撲簌簌地滾落。

最後兩人忍不住相望一眼，破涕爲笑。

對孫祖霖而言，櫻子如今說的到底是實話還是謊話，都已經不重要了。

若時間能停止，孫祖霖想永遠停留在此刻……

那天晚上，孫祖霖將今日發生的事，全部一字不漏地記在Word檔裡。

彷彿這樣做，就能把這個美夢留住。

如今，孫祖霖終於相信，這個世界還是十分美好的，上天並沒有對他太過苛刻，也還沒有完全放棄他。

忽然之間，他想起了阿祖。

第一次與阿祖對話，已經是上個禮拜的事了，從此他再也沒有聽到阿祖的聲音，阿祖也沒再現身。

想了想，孫祖霖起身走到鏡子前，盯著自己的臉許久，緩緩開了口。

「阿祖，你在嗎？」

四周一片寂靜，耳邊也沒有任何回應。

孫祖霖深吸口氣，又喚了好幾次，始終沒有得到任何回答。

他不禁開始懷疑，上次站在這裡與阿祖說話，是不是只是自己想像出來的錯覺？

他嘆了一口氣，回到書桌前。

突然一陣低沉嗓音冷不防響起：「幹什麼？」

孫祖霖嚇得差點從椅子上跌下去，趕緊衝回鏡子前，鏡中倒映出的依然是自己那張驚慌失措的臉孔。

「阿祖……你在嗎？」

阿祖輕笑，「你怎麼還在這裡？」

「咦？」

「你不是說想消失嗎？爲什麼現在還在這裡？」

阿祖的冷漠語調，讓孫祖霖十分緊張，明明清楚聽到了他的聲音，卻不像上次一樣能看到阿祖的表情。

「對、對不起，之前是我太衝動，才會失控說出那種話。可是現在，我想跟你好好談一談。」

「談什麼？」

「關於我們兩個的事，我們是不是……該想點辦法？不然這樣下去，對我們都不好……」

「讓其中一個消失不就好了？」

孫祖霖吶吶道：「我之前也這麼想過，但是，我現在希望我們兩個都可以留下來，雖然在生活上或許比較麻煩，但我可以去看醫生，尋求協助，只要我們一起合作，說不定會有兩全其美的辦法……」

阿祖好一段時間都沒有回應。

孫祖霖以爲他也默許自己的作法，興奮地說下去：「阿祖，我們就先這樣試試看，好嗎？不管怎樣，我相信我們——」

「你也太天眞了吧？」阿祖冷冷打斷他，「你到底想幹麼？」

「我、我只是希望……我們兩個可以好好相處。」孫祖霖怯怯回答，以爲阿祖動怒了，緊張地越說越小聲：「我想試著了解阿祖，就像你了解我那樣。雖然我們都在同一個身體裡，可是我對你卻幾乎一無所知。我沒有你的記憶，也不知道你的想法和行動……」

「所以你覺得不公平？因爲我知道你的事，而你卻不知道我的事？」

孫祖霖喉嚨發乾，「也不是這樣講……」

「我可不想經歷你那種只會乖乖任人宰割的廢物人生，都已經活到二十幾歲了，居然還是個處男，根本白活了！」

「這、這個不是重點吧……這跟那又沒有關係……」孫祖霖臉一熱，「現在最重要的是——」

「我才懶得理你。」阿祖語調裡的冰冷不減，「有些事，你最好還是省省力氣吧。」

他的漠然讓孫祖霖覺得有些挫敗，「難道眞的沒有對我們兩方都好的辦法嗎？」

阿祖沒有回答。

漫長的寂靜過去，孫祖霖沒等到阿祖回應，失望地垂下頭，腦中卻在這時閃過一幕影像。

一個穿著學生制服的男孩坐在一片綠茵草地上，背後靠著白色矮牆。

這幅陌生景象來得快，去得也快，宛如流星一閃即逝，孫祖霖登時僵住。

過了不久，他聽見阿祖幽幽開口。

「不可能會有的。」

◆

後來阿祖就沒有再出現過了。

無論孫祖霖怎麼呼喚，就是遲遲等不到阿祖的一句回應。

孫祖霖原以爲是自己惹阿祖生氣了，卻又想不出是哪裡惹到了阿祖，好幾次只能站在鏡子前，對著自己的面孔發呆。

「不可能會有的。」

阿祖爲何能這麼篤定呢？

孫祖霖只是希望能讓兩人都留下來，如今他也終於坦然接受阿祖是自己的一部分，他們兩人是一體的；他想了解阿祖的內心及想法，好讓彼此能和睦相處……

難道這個願望太貪心、太天眞了嗎？

孫祖霖是眞心想了解他，阿祖卻完全不肯給他這個機會，難道阿祖眞的這麼討厭他？眞的希望他消失嗎？

強烈的落寞感讓孫祖霖一陣沮喪，直到下課鐘響，教室裡的其他學生紛紛離去，他才重重吐了一口氣。

「你已經嘆了一整堂課的氣了，老兄。」身旁的張家揚拍拍他的肩。

他笑嘻嘻地安慰孫祖霖，「安啦，別急，若我下次在學校碰到阿祖，也會幫你跟他談談的。」

兩人離開教室沒多久，張家揚用手肘推了他一下。

「怎麼了？」

「你的國中同學，那個叫于靜的女生。」張家揚湊近他，低語：「從走出教室後，她就一直跟在我們後面，你沒發現嗎？」

孫祖霖一僵，「眞的嗎？」

「嗯，雖然沒有很近，但她確實是在跟蹤我們沒錯。」張家揚表情無奈，「現在該怎麼辦？」

「快走吧！」孫祖霖加快腳步。

于靜現在仍不時會在課堂上偷瞄他，雖然孫祖霖常常刻意忽視她熱切投來的目光，但他發現，于靜甚至開始進一步行動，想要主動接近他。

孫祖霖爲此十分惶恐，搞不清楚爲什麼于靜要這麼做？他根本就不想跟她有任何瓜葛，有了上次的經驗，難道于靜還感覺不出來？

即便張家揚建議他，要他乾脆對于靜說清楚，但孫祖霖根本不想跟她有任何接觸，如果可以，他只想躲到一個看不見她，讓她永遠找不到自己的地方。

再說，要是于靜繼續糾纏他，哪天如果被櫻子發現的話，那該怎麼辦？

孫祖霖一點都不想讓櫻子認爲自己跟于靜有所來往，無論如何，絕對不能讓櫻子產生誤會。

因此他下定決心，今後能離于靜有多遠，就躲多遠。

翌日中午，他和張家揚在學校餐廳吃飯，林語珍與櫻子端著便當走了過來。

「你們旁邊這兩個位子沒人坐吧？」

「沒有。」他們把背包拿開。

櫻子在孫祖霖身旁坐下，對他微笑，「謝謝。」

「不客氣。」孫祖霖臉紅，有些害羞。

櫻子的笑容，讓他明顯感覺出他們之間的氛圍變得和以往有些不太一樣。

他可以清楚地感受到，兩人的心，比以往更加貼近了。

「只有妳們兩個？梁筑音人呢？」張家揚好奇地問。

「筑音今天下午沒課，先回去了，她晚點還要去打工。」櫻子答。

孫祖霖覺得自己應該找個時間跟梁筑音好好道謝，畢竟她也提供了不少意見，也總是很有耐心地聽他傾訴心事。

如果不是她，他不會意識到櫻子不爲人知的另一面，也無從得知櫻子眞正的面貌。也多虧了梁筑音的建議，孫祖霖才終於能鼓起勇氣面對阿祖，不再逃避。

「欸，你們看，我換了最新的iphone，讚吧？」林語珍秀出手機，在他們面前大肆炫耀。

「哇，借我看！」張家揚眼睛發亮，羨慕地說：「眞好，我也好想換手機，可惜買不起。」

「嘿嘿，我昨天才買到的，這手機的相機畫質特別好，乾脆我們幾個來合照一張吧！」林語珍叫所有人靠攏，準備自拍，「快快快，孫祖霖，你再靠過來一點！」

看到櫻子跟張家揚都對著鏡頭擺好姿勢，孫祖霖也趕緊看向鏡頭。

林語珍接著喊：「好，要拍了唷，一、二……」

就在孫祖霖揚起笑容的下一秒，一道強烈白光乍現，刺得他睜不開眼。

他眼前先是一片空白，接著忽然出現一塊巨大的黑影，雖然只有一瞬間，但孫祖霖確實看見了。

那個黑影，似乎是一張人的臉。

「看這裡。」

一聲輕柔呼喚，宛如一縷微風輕拂他的面頰，孫祖霖胸口猛然一震。

再一眨眼，那張臉已經消失不見。

林語珍放下iphone，檢查剛拍好的照片，嚷嚷道：「孫祖霖，你在發什麼呆啦？眞不合群！」

「哈哈哈，祖霖，你的表情超妙的！」張家揚看著照片大笑，回頭卻見他一臉呆怔，「你怎麼啦？」

孫祖霖搖頭，「沒、沒有，我沒事……」

他被剛剛眼前所見的那一幕嚇到了。

直到吃完飯離開餐廳，孫祖霖依舊回不了神。

努力回想剛才突然閃過眼前的那幅畫面，他心裡越來越困惑，想起上次和阿祖說話時，腦中也是像剛才一樣，驀然竄出一段影像，而且這次的畫面比上次還要清晰。

難道，自己眞的出現幻覺了？

這件事他不敢對任何人說，心想這種現象應該只是暫時的。沒想到接下來一個禮拜，那些莫名其妙的畫面仍然不時在他眼前一閃而過，每次都只有零散的片段畫面。

這段期間，他曾看到一棟白色建築物、遍地青草、很多穿著制服的學生，還有一望無際的藍天，以及絢爛華美的旋轉木馬……

隨著日子越久，孫祖霖看到的畫面也越來越多，也讓他感到越來越不安。

他總覺得那些畫面裡，似乎藏著什麼祕密，無論怎麼看，都像是透過別人視角所看到的景象……

孫祖霖決定把這件事告訴張家揚。

張家揚聽了，面露好奇，「你眞的沒有印象看過那些畫面？會不會只是忘記了？」

「我一開始也以爲是自己忘記，但我努力回想，還是想不起自己曾經在什麼時候看過那些畫面……其實我有個想法，這些日子以來我所看到的，有沒有可能會是……」孫祖霖抿抿脣，「阿祖的記憶？」

聞言，張家揚愣了愣，沉默一陣才點點頭，似乎也有些認同他的猜測。

得到結論的孫祖霖豁然開朗，回家馬上衝回房裡，站在鏡子前不斷呼喊阿祖的名字。如果他的猜想是正確的，那麼這無疑是解救兩人的最後希望。

「阿祖，那些其實是你的記憶，沒錯吧？」孫祖霖的語氣掩不住興奮：「等我把那些畫面全部拼湊起來，就表示我也能擁有你的記憶了對吧？這樣我們就能眞正融爲一體，誰也不會消失了，對不對？」

他望著自己興高采烈的臉，許久仍沒能得到他殷切期盼的回應。

正當孫祖霖覺得也許今天也等不到阿祖時，一個冷淡的聲音隨之傳來：「你眞的想要我的記憶？」

聽到阿祖久違的聲音，孫祖霖驚喜不已，「對、對啊！這樣我跟你之間的記憶就不會有斷層了！」

「等你眞的完全想起來，就不會有這種想法了。」

「怎麼會呢？這對我們來說都是好事啊！」孫祖霖睜大眼睛，「我眞的很想了解阿祖你的一切，我相信只要我們一起努力，將來一定可以過得更好，誰也不會傷害到誰——」

「你做不到的。」阿祖打斷他，「因爲你依舊是那個膽小窩囊，遇到挫折只會逃之夭夭，沒有膽子面對一切的孫祖霖。」他再次強調，「你辦不到的。」

孫祖霖臉掛在頰上的笑意，漸漸褪去。

阿祖語氣裡的篤定，深深傷害了他的自尊心。

孫祖霖握緊拳頭，「阿祖……爲什麼你就是不肯信任我？」

「不是不信任。」他冷漠依舊，「是你注定就只能是這樣的人。」

孫祖霖沒有辦法爲自己辯駁。

阿祖豪不留情地將他的期望打碎，被最了解自己的人這麼說，對孫祖霖而言無疑是最沉痛的打擊。

孫祖霖流下不甘的淚水，很長一段時間都無法再抬頭面對阿祖。

星期三的通識課，張家揚正在打瞌睡，孫祖霖則是抑鬱地拿著筆在課本上塗鴉。

畫著畫著，他隱約又感覺到了一道目光。

和往常一樣，依舊是從于靜的方向投過來的。

孫祖霖用力握緊了筆，內心的煩躁與不耐，幾乎就要到達臨界點。

想起阿祖的冷言冷語，加上于靜煩人的過度關注，都讓他的心情惡劣到了極點，不禁加重了下筆的力道。

等他畫累了，有點昏昏欲睡，才想趴下打盹，前方講台就傳來一陣騷動。

原本正在講課的瞇眼老伯突地臉色發白，神情痛苦地撫著左胸，往後一栽倒地不起。

前排的學生見狀連忙衝上前幫忙，班上有些女生甚至嚇得驚叫出聲。

大家都被這突如其來的狀況嚇壞了，最後瞇眼老伯被一名身材壯碩的男同學背了出去。

離下課還有半個多小時，其餘學生一時之間也不曉得該做什麼，魚貫地離開了教室。

「嚇我一跳，怎麼會突然這樣？希望老伯沒事才好！」張家揚拍拍孫祖霖，「我們也走吧。」

「抱歉，今天你先回去好了，趁現在還有點時間，我想留下來在這裡休息一下。」

「怎麼了？你不舒服？」

「沒有，只是突然覺得好睏，想瞇一下。」

「那我先走了，你好好休息，看你這兩天都沒什麼精神。」

「嗯，再見。」

教室只剩他一個人，孫祖霖摘下眼鏡，揉揉發痠的眼睛，往桌上一趴，強烈的疲憊感讓他沒幾秒就沉沉入睡。

在失去意識的前一秒，孫祖霖的腦海卻浮現出一幕畫面。

那是一片很深的藍。

比天空還要更深邃的藍。

那片藍隨著光波不斷閃爍、浮動，閃亮得令人睜不開眼。

一股冷意猛然流竄孫祖霖全身，讓他狠狠顫了一下。

下一秒，他緩緩睜開雙眸，一道模糊的影子出現在他的面前。

那個人趴在自己身邊，還與他額貼著額，讓孫祖霖當場嚇得從座位上跳了起來。

戴上眼鏡，看清是于靜，孫祖霖猛然倒抽了一口氣，臉色鐵青。

「妳、妳……」他驚嚇過度，忍不住失控的情緒，破口大罵：「妳幹麼睡在我旁邊啊！」

跟他同時驚醒的于靜匆匆起身，一陣手腳慌亂，「對不起，孫祖霖，眞的很抱歉，我……」

「妳幹麼一直像個變態一樣騷擾我啊？拜託妳別再接近我，離我遠一點！」

「孫祖霖，我不是故意要嚇你的，我只是——」于靜更慌了，極力想要解釋。

「我不需要妳的道歉，只要妳從我的視線當中完完全全消失！」氣極的孫祖霖再也控制不住情緒，將近日積壓的苦悶與憤慨，毫不留情地發洩了出來，「妳眞的有病，根本就是個怪胎！我一點都不想看到妳，妳對我來說就像是死都不願再想起來的惡夢！求求妳離我遠一點，離得越遠越好，別再擾亂我的生活，最好永遠消失在我面前！」

聽到孫祖霖的咆哮，于靜面色慘白，整個人僵直不動。

她雙唇微顫，眼眶泛紅，淚水漸漸浮上眼眶……

「孫祖霖？」

聽到櫻子的聲音，孫祖霖愕然回頭，看見她和林語珍及梁筑音三人站在教室門口。

櫻子走進來，困惑不解地望著兩人：「孫祖霖，你在生氣嗎？剛剛在走廊就聽到你大吼的聲音……」

孫祖霖萬萬沒想到會被櫻子撞見這一幕。

逼不得已，他只能心一橫，伸手指向于靜，「她……這段日子一直在糾纏我，讓我非常困擾，就連我剛剛坐在這裡休息，她也趁我睡著不注意時，偷偷摸摸坐在我旁邊貼著我……我眞的受不了了，才會忍不住發脾氣……」

「糾纏你？」林語珍驚訝喊道：「該不會是因爲喜歡你吧？」

櫻子一聽，朝于靜望去，走近她，認眞地說：「抱歉，雖然不曉得妳爲什麼要這麼做，不過既然孫祖霖已經明白說出了他的想法，希望妳可以尊重他，別再做出讓他感到困擾的事了，好嗎？」

「可是我……」于靜哽咽，「我對孫祖霖他其實……」

「喂，都對妳好言相勸了，妳還要一直盧下去嗎？」林語珍不耐煩地道：「而且妳想跟別人告白之前，也該先把自己整理一下再來吧？這種陰沉的鬼樣子到底是想嚇誰？難道妳現在還想裝可憐，博取同情嗎？」

「不是，不是這樣，我——」于靜急了，伸手想抓住她解釋，林語珍連忙甩開，嫌惡罵道：「妳在幹麼？不要碰我啦！」

于靜無言地望著她們，最後深深看了孫祖霖一眼，默默流下兩行眼淚，隨後匆匆拎起包包，奔出教室。

櫻子無奈輕嘆，「沒想到居然會發生種事……孫祖霖，你還好嗎？」

「嗯，我沒事。」他喘了一口氣，好奇地問：「不過，妳們怎麼會來這裡？」

「我們碰巧在樓下遇到張家揚，他說你還在教室睡覺，所以我們就直接來找你了，想問你今晚要不要跟我們一起去逛夜市？」櫻子微笑。

「好……好啊，當然好！」櫻子的邀約讓孫祖霖一掃先前不悅的情緒，高興地答應。

連日來壓在心頭喘不過氣的鬱悶感，也在見到櫻子後消逝得無影無蹤。

孫祖霖無法不去盼望，若櫻子能夠一直待在他的身邊，那該有多好……

「珍珍，現在幾點了？」走出夜市時，梁筑音問。

「剛好十一點，我們今天逛滿久的耶！」

「怪不得我的腳這麼痠。」櫻子苦笑，「差不多該回去了吧？」

「那我得趕快再去買一杯青蛙下蛋，筑音，陪我！」林語珍拉著她就走。

「眞是的，珍珍今天亂吃那麼多東西，等等回去一定會肚子痛。」櫻子無奈地笑。

孫祖霖情不自禁凝視她的側臉，一不小心看出了神。

雖然已經可以和櫻子自在相處，但他的內心深處，還是對櫻子的想法感到非常好奇。

他想知道，現在的她，對於阿祖是什麼感覺？又是如何看待阿祖的？

「櫻子……」他溫吞地開口，「可不可以問妳一件事？」

「什麼事？」

「……妳現在還是很喜歡阿祖嗎？」

櫻子怔了片刻，點點頭，「嗯。」

「這樣啊……」

「不過呢，自從跟你談過後，我就想開了，不再像以前那樣鑽牛角尖了。現在想想，

或許是你告訴我，說你信任我，才把我解救出來。」她若有所思，「謝謝你還願意相信

我、原諒我。」

「不、不會啦，妳不需要再爲這件事跟我道謝了！」孫祖霖連連擺手，「我相信妳的善良。」

「眞的？」

「嗯。」

櫻子注視著孫祖霖一會兒，輕輕拉住他的手，踮起腳尖，在他臉頰上落下很輕很輕的一吻。

他猶如石化般，完全無法反應。

「謝謝你。」櫻子嫣然一笑。

孫祖霖滿臉通紅，心跳如鼓，張大了嘴吐不出半句話來。

等林語珍買完飲料回來，時間也差不多了，他們一行人準備搭車離去。

孫祖霖的手突然被人從後方用力抓住，一回頭，只見于靜喘吁吁地出現在他面前，他驚訝得瞪大了眼睛。

「孫祖霖，求求你！」于靜情緒激動，緊握他的手不放，「請你聽我說好嗎？一下子就好，我有很重要的事要跟你說！」

「喂，妳這女人太誇張了吧，居然追我們追到這裡來？」林語珍開罵。

但于靜並不理會她，紅著眼睛拚命哀求：「孫祖霖，我求求你，拜託你聽我說，我眞的有很重要的事要告訴你，請你聽我說！」

于靜脫序失控的行徑，讓孫祖霖由衷感到厭惡，並且沒來由的萌生一絲恐懼。

他極力想掙脫于靜，她卻不肯放手，兩人就這樣在大庭廣眾下拉拉扯扯了好一陣子，直到兩名警察跑過來將她制住。

于靜被拉走時，四周已經圍滿一群看熱鬧的人。

梁筑音愕然，「珍珍，是妳叫警察來的嗎？」

「對啊，我報警說這裡有個神經病，要他們趕快來抓人。妳看她那種瘋瘋癲癲的樣子，就是要給她一點教訓，她才會學乖，看她以後還敢不敢騷擾別人！」

孫祖霖呆呆望著被帶走的于靜，她小小的身子不斷奮力掙扎，像是還想對他說些什麼。

最後，于靜朝著他的方向絕望地放聲哭喊：「我一直在那裡，就在那個地方！我記得，我一直都記得，我沒有忘記你！」

于靜哭得聲嘶力竭，發出淒慘的哀號：「對不起，對不起！明明答應過你不會離開的，可是我食言了……對不起！我居然現在才發現，嗚……真的對不起……」

「她在說什麼啊？」林語珍蹙眉，與櫻子她們面面相覷。

孫祖霖渾身發冷，看來于靜是真的精神不正常了，嘴裡的話沒有一句讓人聽得懂。

他撇過頭去，耳裡仍聽得見她的哭聲，只好轉身快步離去，櫻子等人見狀，隨即跟上。

「這些年來我沒有一天忘記過你，可是我已經無能爲力了，對不起，請你原諒我……」于靜用僅存的力氣心碎大喊：「阿祖！」

剎那間，孫祖霖內心好像有什麼東西，被于靜的淒厲呼喚狠狠撕裂。

他猛然停下腳步，驚愕回眸一望，于靜已經遠去，無法再看到她的身影。
身旁的櫻子同樣一臉震驚，證明他剛剛並沒有聽錯。
孫祖霖就這麼看著于靜消失在自己的視線裡。
那時的他怎樣也沒想到，那竟會是他最後一次看見于靜。

◆

被烏雲層層籠罩的灰色天空，沒多久飄下了如霧一般的毛毛細雨。
孫祖霖身著正式，踏進掛滿白布的會場，現場人數不多，加起來不到三十人。
他心情十分沉重，舉步維艱。
于靜的死訊，在兩天過後傳來。
她被家人發現在房間服藥自殺，經過一天搶救，仍是回天乏術。
于靜就這麼永遠離開了這個世界。
她的朋友並不多，國中同學裡，只有同班的孫祖霖跟櫻子出席她的告別式。
孫祖霖跟櫻子兩人神情凝重，沒有開口說一句話。他抬頭看見于靜的遺照端正地掛在靈堂上，照片中的她笑容恬靜，孫祖霖沒有勇氣再看第二眼。
所有人一一為于靜上香，孫祖霖發現，似乎有個人正直直盯著他看，他順著視線投來的方向一瞧，發現那是于靜的家人。
一名年紀比他稍長的女子，紅著眼眶，不時往他這裡瞥來。

孫祖霖納悶不已，一時之間卻莫名有些心虛，只能低頭迴避那道視線。

告別式結束後，櫻子喚住孫祖霖，遞給他一張紙條。

「這是那位小姐剛才給我的，她請我把紙條轉交給你。」

孫祖霖瞧瞧她指的方向，竟是剛才一直在看他的女子。

回到家裡，他疲憊地坐在床沿，將臉埋入掌心。

直到現在，于靜高聲呼喊阿祖的那一幕，依舊在他腦中揮之不去。

他想忘卻忘不掉，也沒有勇氣去證實他所懷疑的一切，只能不斷告訴自己于靜病了，就像大家謠傳說的生病了，才會講出一連串莫名其妙的話。

然而孫祖霖內心依然被一股強烈的不安籠罩，久久無法平靜。

他沒有勇氣詢問阿祖，就連站在鏡子前都不敢。

好幾個夜裡，孫祖霖夜不成眠，只要閉上眼睛就會想起于靜的臉。

他曾幾次半夜走到鄰街的便利商店，卻再也沒有看到梁筑音在那裡打工。

孫祖霖的身心飽受煎熬，最後甚至得靠安眠藥才能入眠。但是只要一旦醒來，他就無法不去想到于靜，這一切讓他痛苦得簡直要崩潰了。

某夜，孫祖霖眼皮沉重地爬上床，在閉上眼睛失去意識之前，一幅畫面突地浮現在他的腦海裡。

那是一片藍，是孫祖霖曾經在夢裡見過，如海水般的深藍。

這時，他看到一個女孩奔到那片藍色前方，停下腳步，朝他的方向用力揮舞雙手，沒多久又笑容滿面跑回他眼前。

「阿祖，你快看！」她攤開手心，幾顆美麗的貝殼在陽光照射下閃閃發亮。

「無聊，這有什麼稀奇的？」阿祖沉聲回應。

「你不覺得很漂亮嗎？來，給你一顆。」

下一秒，孫祖霖驟然驚醒！

他滿頭大汗，震驚地圓睜雙眸，映入眼簾的卻只有一片黑暗。

他看到了什麼？

一時分不清自己究竟是在作夢，還是身處現實？

爲什麼于靜會跟阿祖一起出現在他的夢裡？

這眞的只是夢嗎？

還是說，這其實是阿祖的記憶？

孫祖霖渾身顫抖，不敢再多做猜想。

但這一刻他也明白，自己已經沒辦法再繼續逃避下去了。

翌日，他找出告別式那天，櫻子交給他的紙條。

紙條上寫著一個地址，還有一串手機號碼，當時他一看就直覺想到，這是于靜的家人，那名女子的聯絡方式。

孫祖霖先是打了通電話給她，約好時間碰面，隔天一早他沒去學校，而是直接前往約定的地址。

他來到一棟中古公寓前，摁下門鈴，女子很快前來應門。

「你好，祖霖。」她露出親切的微笑，「我一直相信你會來。」

後來孫祖霖才知道，她是于靜的表姐。于靜高中畢業後，就搬去和表姐一起同住。

她請他在客廳坐下，孫祖霖忐忑不安地搓著手，歉然道：「不好意思，平日還來打擾妳。」

「不會，我今天是下午的班，早上有時間。」女子端了杯茶給他，隨後坐下，「謝謝你願意跟我聯絡，昨天接到你的電話時，我眞的很高興。」

孫祖霖一聽，下意識地別開視線。

「我……對於于靜的事感到很遺憾，也很抱歉。」他嗓音乾啞：「我今天來，其實是想弄清楚事情的眞相，那對我來說非常重要，無論如何，我都想了解。冒昧前來這裡，眞的很抱歉……」

「你不用道歉。」她神情認眞，「當我知道你要來找我時，就已經打算把自己所知道的眞相全告訴你了。不過在這之前，我想先問問你，你眞的已經做好心理準備承擔這一切了嗎？」

孫祖霖沒有馬上回答。

阿祖曾經對他說，他缺乏面對一切的勇氣，阿祖並沒說錯，現在的他確實怕得不得了，無時無刻都想逃跑，希望永遠不要得知眞相。

然而孫祖霖心裡卻很清楚，事已至此，他不可能再繼續裝傻下去，更沒有辦法繼續欺瞞自己什麼事都沒有發生……

除了面對，他毫無辦法。

「是。」孫祖霖頷首，篤定地說：「我真的想知道，請妳告訴我。」

女子微微點頭，起身領他走進一間臥室。

那是于靜的房間。

室內明顯經過整理，每樣東西都被擺放的整整齊齊，一塵不染。

女子打開書桌抽屜，抽出兩本書交給孫祖霖，他仔細一瞧才發現，那是日記本。

「這分別是于靜國三時，還有大學再遇見你之後所寫的日記，我想，你應該可以從裡頭找到你想知道的答案。」她溫柔道：「你留在這裡慢慢看，我就不打擾你了。」

「好的，謝謝妳。」

女子離去，孫祖霖愣愣注視著手中的日記。

他坐在書桌前，小心翼翼翻開第一本，也就是于靜國三那年的日記。

日記的前半部分，大都是寫著當時她在學校受到同學欺負，以及家裡發生的瑣事。

翻著翻著，「阿祖」這兩個字突然出現，同時一張夾在內頁的照片，也清楚映入孫祖霖的眼簾。

他呼吸一窒，緊盯著照片，視線再也無法移開。

那是于靜和一個男孩的合照。

照片裡的于靜笑容靦腆，對著鏡頭比出YA的手勢；而她身邊高舉左手，負責掌鏡的男孩，則有張和自己一模一樣的臉孔。

這張相片帶給孫祖霖的衝擊太大，讓他的雙手不自覺顫抖了起來。

那個人是阿祖，國三時的阿祖。

縱使他嘴角只是微微一勾，但照片裡的阿祖確實是笑著的。

光是從眼神，孫祖霖就可以清楚感受到阿祖的那份倔傲。

孫祖霖忍不住摀住嘴，強烈的暈眩感讓他的腦袋徹底亂成一團。

過了許久，他才終於能定下心神，閱讀起日記。

于靜接下來的日記內容，清清楚楚記載了屬於兩人的那三個月。

第十夢　阿祖

二〇〇九年九月二十七日。

對于靜而言，這天是很特別的一天，因爲是那個人回到學校的日子。他一踏進教室，所有同學就默默回到座位上，哪怕是平常在班上最愛搗亂吵鬧的同學，也不敢造次。

從于靜的座位看過去，只能看到那個人的側臉，她的心跳個不停，莫名緊張了起來。那天孫祖霖十分安分守己，上課的時候也很安靜，一手托著腮，一手轉著原子筆，一副心不在焉的模樣。

班上沒有一個人敢跟他說話，也不敢和他四目相交，深怕自己會成爲下一個徐清。

孫祖霖的轉變讓于靜覺得非常不可思議。

在她過去的想法裡，認爲孫祖霖就和自己一樣，是被班上同學遺棄的角色，沒有人喜歡他們，也沒人會想和他們做朋友。

當時徐清專門帶頭欺負孫祖霖，好幾次她都看見孫祖霖被他們抓出去凌虐，最後拖著一身傷，以及一雙哭過的紅腫雙眼回到教室。

雖然于靜並沒有像他那樣遭受皮肉之苦，但同學眼中和口中處處流露出對她的嫌惡，同樣也讓她備感煎熬。

上了國中後，她沒什麼親近的朋友，女同學都不喜歡她。于靜的自閉安靜，總讓她們看不順眼，她們嘲笑她的外貌、言行，常對她冷言冷語，只要是她的一切，她們總有意見。

她不僅在學校遭到冷落，在家中也是如此。

于靜有一個小她兩歲的妹妹，父母對待她們姊妹倆的方式，從來就不對等。妹妹長得可愛討喜，成績優異，家裡牆壁貼滿了妹妹的獎狀；于靜則是各方面都不突出，個性又沉悶內向，與妹妹截然不同，也因此身邊大人的關注向來都是偏重於妹妹。

于靜在家裡就像個隱形人，沒人關心在乎她，只有對她的課業成績永不滿意的父母。從小她就習慣當個沒有聲音的小孩，因爲沒有人喜歡聽她說話，只要她一開口，家人就會冷眼以對。

因爲達不到父母的期望，就連妹妹也打從心底瞧不起她，唯一眞心對她好，也與她最親近的，只有大她三歲的表姐。

當在現實中不被允許說話，不容許表示意見時，她就藉由寫日記來傾訴心中的孤單寂寞。

家人的漠不關心及同學的冷言嘲諷，成了種種精神虐待，持續折磨著她，使她的世界不見任何光明，只越來越感窒息。

對於和自己同樣位居弱勢的孫祖霖，她不免覺得有些同病相憐。

于靜認爲孫祖霖應該會是當時最能理解她的人，就像她也能對他的苦痛感同身受一樣。

儘管他們沒有任何交集，但每當看到孫祖霖被欺負得那麼淒慘，于靜也會於心不忍，因此不禁好奇，孫祖霖對她是怎麼想的？會不會跟自己也有同樣的感覺？

某日早上，孫祖霖又被徐清惡作劇，放了一條假蛇在他的抽屜裡，嚇得孫祖霖當場尿溼了褲子，不但被導師痛斥一頓，還淪爲全班同學的笑柄。

放學後，于靜在走廊的垃圾桶裡，瞥見了孫祖霖殘破不堪的作業簿。

她愣了一會兒，小心翼翼地拿起，將封面上的髒污清掉，再用紙巾擦乾淨，回到教室，想還給孫祖霖。

他還在低著頭拖地，于靜第一次向孫祖霖主動搭話，不免有點緊張。

這一刻，她終於能鼓起勇氣，向孫祖霖表達善意。

「妳不要靠近我，不准跟我說話！誰教妳撿起來的，誰要妳雞婆？」

孫祖霖朝她怒吼：「我不想看到妳，更不需要妳的關心！離我遠一點，別把我跟妳視爲同一類，我跟妳才不一樣！妳給我滾開，快點滾開！」

聽到孫祖霖憤怒的回應，于靜當場嚇得不知所措。

那句「別把我跟妳視爲同一類」讓她尤其震驚，更發現自己實在天眞的可以，原以爲擁有同樣創傷的兩人可以互相體諒、幫助，結果沒想到孫祖霖也跟所有人一樣都不喜歡她。

于靜之前對於孫祖霖的想像與期待，徹底幻滅。

一日自習課，她看到孫祖霖又被徐清他們帶離教室。

約莫二十分鐘後，一陣淒厲的慘叫聲傳來，嚇得所有人立刻停下手邊的事。

後來有同學跑回來說，徐清他們在廁所被人打得頭破血流，除了孫祖霖以外，全部都送上了救護車，目擊者還說，是孫祖霖一個人做的。

于靜簡直不敢相信孫祖霖會做出這種事來。

那陣子她常在早上上課跟放學回家時，看見新聞採訪車跟一些記者在校門口做現場報導，還會隨機抓幾名學生訪問。

徐清在出事之後就再也沒回到學校，孫祖霖也沒有來上學。

當事情逐漸告一段落，大家都以爲孫祖霖不會再回來的時候，卻在某天早上看見他出現在教室門口。

于靜怎麼也料想不到，那天竟會成了自己這輩子最難忘的一天。

孫祖霖平安健康的回來上課了，卻也從此變了一個人。

他渾身上下散發出一股冰冷危險的氣息，只要是他經過的地方，所有人都不敢靠近，更不用說開口與他交談。

過去總是垂著頭，一副畏縮模樣的孫祖霖，如今走路卻是抬頭挺胸，任何人都能清楚看見他眼裡閃爍的冷光。

他告訴大家，他是阿祖，不允許任何人再叫他孫祖霖。

關於他生了一場大病後精神錯亂，出現雙重人格的傳言，更是在學校傳了開來。

大家都懼怕阿祖，因爲他可以毫不留情地對欺負恥笑他的人以牙還牙，就連班導師最後也因爲阿祖的關係，被逼得革職離校。

阿祖的一言一行，總能輕而易舉吸引住眾人的目光，人人都對他敬畏三分。

但只要沒人故意挑釁，阿祖並不會無端惹事，過去那些愛作弄人的同學也不敢在他面前造次。

這樣的結果，無形之中也等於解救了于靜。

她從沒想過阿祖的出現，居然漸漸改變了自己在班上的處境。

一切的轉變，都是因為阿祖。

下午第一堂是體育課，于靜拿著運動服正要去廁所更衣，卻發現一堆人在排隊。

她原本想到樓下廁所換，卻怕遇到那些看她不順眼的女同學，因此決定繞遠路，到平常人煙罕至的舊校舍廁所去。

繞過白色矮牆，舊校舍就在前方，于靜卻赫然發現，牆邊有個人影。

那個男孩動也不動地坐在綠茵草地上，兩腳伸得直直的，正低頭打盹。

是孫祖霖……不對，是阿祖。

于靜萬萬沒想到居然會在這個地方遇見他。

她悄悄後退一步，屏住氣息準備往回走，打算在不驚擾阿祖的情況下悄聲離開……

「站住。」

于靜低低驚呼一聲。

她怯怯回頭，阿祖冰冷的視線讓她不由自主打了個冷顫。

「妳要去哪裡？」

阿祖不帶情緒起伏的語氣，讓于靜忍不住抱緊了手中的運動服。

「我在問妳話。」

于靜以爲他生氣了，背脊一陣發涼，心裡更加焦急。

「對、對不起，下一堂是體育課，因爲廁所人太多，我怕來不及換運動服，所以才想來這裡的舊校舍廁所換……眞的不是故意要吵醒你的。」

她已經害怕到忘記阿祖也跟自己同班，應該這時也要準備上體育課才對，但她現在根本沒辦法思考這麼多，腦中只想著究竟要怎麼做才能安然地全身而退。

「那就去換吧。」阿祖說。

于靜一怔，他的反應出乎她意料之外。

知道自己沒有惹他生氣，她忍不住鬆了口氣，緩步朝廁所走去，卻在經過阿祖面前時被他喚住。

「在這裡換。」

「什麼？」于靜一時還以爲自己聽錯了。

「妳不是要換衣服？」阿祖指著她現在站定的位置，「就在這裡換。」

于靜瞪大眼睛，他似乎是認眞的。

「你是說……在、在你面前？」

「嗯。」阿祖點頭。

她慌了手腳，「不、不行！怎麼可以——」

「那就別換了。」

于靜全身僵硬，進也不是，退也不是，腦中一團混亂。

她不敢就這樣置之不理，轉身離開，也不可能眞的照他的話做，但更不敢想像他如果大發雷霆，自己會落得什麼樣恐怖的下場？

于靜與阿祖僵持不下，直到上課鐘響，她還是維持同樣的姿勢站在原地。

「妳還要去上課嗎？」阿祖淡淡地問。

她實在無法捉摸阿祖的心思，只好輕輕點頭，聲音細若蚊鳴：「要是翹課被發現，會被老師處罰的。」

「妳比較怕老師，還是比較怕我？」

「……」于靜的腦袋又當機了。

「不想換衣服，就留在這裡。」阿祖指著他身旁的草地，「到下課前都不准離開。」

聞言，她簡直快要哭出來了。

無計可施的于靜只好乖乖走到矮牆前，在離阿祖約莫一公尺的距離處慢慢坐了下來。

初秋的風，將包圍校舍的茂密樹葉吹得颯颯作響。

這些細碎的聲音，突顯了兩人之間的寂靜，于靜如坐針氈，連大口呼吸都不敢。

藉著眼角餘光，她發現阿祖從頭到尾都靠著牆一動也不動，彷彿睡著了。

她不禁暗自擔心，自己是不是成了阿祖的眼中釘？他是不是也跟孫祖霖一樣討厭她？

于靜一顆心七上八下，無法抑止地胡思亂想，就是想不出一個能夠順利脫困的方法……

「喂。」阿祖忽然出聲，中斷了她的思緒。

她慌慌張張轉過頭，發現阿祖正直盯著自己瞧。

「到我旁邊來。」

于靜雙唇發顫，急忙搖頭，「對不起，我眞的不是故意要惹你生氣的，我——」

「誰跟妳生氣了？」阿祖面無表情，「還是妳要我直接過去妳那裡？」

吞了一口唾沫，于靜做了個深呼吸，慢慢朝他走近。

等她坐到身邊，阿祖又命令：「手伸出來。」

于靜照做，他將一把美工刀放到她右手掌心上。

「扳出刀頭，面向我。」阿祖說。

于靜一陣手足無措，但他銳利的眼神卻不容許她拖延，於是她小心翼翼扳出刀頭，對著阿祖。

「在我脖子上劃一刀吧。」

「什麼？」她大驚，不敢相信自己的耳朵，她怎麼可能照做？

阿祖見她遲遲沒有動靜，猛力一把抓住她握著美工刀的手，將刀鋒抵住自己頸間，于靜嚇得當場尖叫。

「安啦，只是做個小實驗而已，又不是要妳殺了我。」阿祖神態自若，「我只是想看看，孫祖霖會不會因此嚇得跑回來？」

于靜根本聽不懂他在說什麼，只想掙脫他的掌控，沒想到阿祖卻又加重力道，刀鋒緩緩刺進他的皮膚，一滴鮮血滲了出來。

于靜臉色慘白，大聲哭喊：「不要，我不要！孫祖霖，你快住手，不要這樣！」

阿祖倏地放開她，美工刀跟著掉落在草地上。

于靜驚魂未定，看著沾血的刀片痛哭失聲，她是眞的嚇壞了。

他挑眉，冷冷盯著她，「妳喜歡孫祖霖喔？」

于靜止住哭泣，一時無法回應。

阿祖撇撇嘴角，隨後站起身，繞過她，大步離去。

從此，于靜再也不敢經過舊校舍。

隔天她到了學校，瞥見阿祖頸部的傷痕，她雖然害怕阿祖，卻也忍不住替他擔心。不曉得他究竟有沒有處理傷口？之後還有沒有再試圖做出傷害自己的事？明明不敢接近阿祖，一顆心又牽掛著他，于靜只能在自己的座位上偷偷觀察著阿祖的一舉一動。

放學後，她將一罐藥膏偷偷放進阿祖的抽屜裡。

翌日阿祖將藥膏拿出來端詳過後，隨即竟然直接將藥膏扔進垃圾桶裡。

于靜趁阿祖離開教室時，匆忙將藥膏撿回，寫了一張便條紙，牢牢貼在上頭，再神不知鬼不覺地放回他的抽屜。

等到阿祖回到座位，又看到藥膏出現，上面還附了張便條紙，寫道：

這是擦刀傷的藥。

這次他沒有丟掉，反而收了起來。

于靜見狀，總算鬆了一口氣。

放學後，等到班上同學走光，阿祖大步走向于靜。

「這是怎樣？」阿祖面無表情拿著藥膏，要她解釋。

于靜緊張得花容失色，不解爲何阿祖會知道藥是她給的，她明明就沒有在紙上留下名字啊……

「因、因爲我看到你脖子上的傷好像還沒有完全復原，所以就想給你藥擦應該會比較快痊癒，也比較不會留下疤痕……」她低著頭，不敢看他。

阿祖微微瞇起眼睛，把藥膏放到她桌上，毫不猶豫的一個跨步，坐在于靜前方的座位，面向她，「好，那妳幫我擦。」

于靜完全不敢違抗，她轉開藥蓋，用食指指腹蘸上一小塊乳白色膏藥，深吸一口氣，戰戰兢兢地伸向阿祖頸部。

當于靜的手指一碰觸到那道傷口，阿祖肌膚的溫熱觸感，使她全身沒來由感到一陣熱。

阿祖的目光始終停留在她臉上，讓她遲遲不敢抬頭。她的雙頰燙得不得了，心臟更是怦怦跳個不停。

他似乎越來越貼近自己，她的臉頰甚至依稀能感受到阿祖的吐息，于靜只覺呼吸困難，分不清自己到底是因爲太過害怕，才會如此緊張，還是因爲……

「妳爲什麼喜歡孫祖霖？」阿祖冷不防地問。

于靜一凜，茫然抬眸，一觸及那雙視線，又趕緊低下頭。

「我……對他不是喜歡……」她吞吞吐吐開口：「只是覺得，自己好像可以理解他的心情，所以……」

「什麼心情？」

「就是……彷彿被全世界孤立、拋棄，沒有人喜歡自己，覺得陷入絕望深淵的那種心情。」

聞言，阿祖露出了一抹微笑。

雖然于靜並不明白阿祖笑容的意涵，但卻因爲第一次看見他的笑容而微微一愣。

「那妳也能理解我爲什麼會出現的原因嗎？」

「咦？」

「我的意思是，妳會覺得現在在妳眼前的『我』，很不眞實嗎？」

于靜呆呆望著阿祖，窗外灑進的夕陽餘暉照亮了他的臉龐，讓她更能清楚看見他眸裡的那道光。

她不曾見過孫祖霖有過這樣的眼神。

「我、我不知道……不過，我看得見你。」于靜的瞳孔倒映出他的面容，吶吶地回：「阿祖你現在……確實是在這裡啊！」

阿祖前一秒還勾起的嘴角慢慢垂下。

他靜靜凝視著于靜，許久沒有移開目光。

「不准忘記。」

「咦？」

「不准忘記妳剛才說過的話。」他沉聲：「死也不能忘。」

那時候，于靜並不明白阿祖這句話的意思。

直到他「離開」多年以後，她才明白阿祖話裡的含意。

哪怕有一天，自己離開了這個世界，還是會繼續記住他。

永遠不會遺忘。

◆

「一罐可樂，五分鐘內到。」

收到訊息時，于靜幾乎立即從座位上跳起，她匆匆忙忙跑出教室。

那是阿祖發給她的命令。

于靜不曉得他爲什麼那麼喜歡待在舊校舍那邊，自從那天幫阿祖擦藥後，從此阿祖便動不動使喚她，常要她在午休時買可樂給他。

阿祖正坐在矮牆下玩手機，于靜跑到他面前，喘個不停：「福利……福利社阿姨說，可樂已經賣完了，只剩下雪碧……」

他抬眼，看著滿臉通紅、上氣不接下氣的于靜。

「那就算了。」

「咦？」

「遲到兩分鐘，沒買到可樂。」他視線轉回手機上，淡淡拋下一句：「留下來喝妳的雪碧吧。」

于靜就知道阿祖不可能會這麼輕易放過她。

這兩個星期以來，阿祖三不五時在午休把于靜找去。

他常要求她坐在他的身旁，卻又很少跟于靜說話，大部分時間不是在滑手機、打盹，就是動也不動地盯著前方。

日子一久，于靜也不再像當初那樣懼怕阿祖，反而壯起膽子，主動向他搭話。

有一次，她忍不住對眺望著前方的阿祖問道：「……你爲什麼要一直看著那裡啊？」

阿祖半晌才回：「妳看不到嗎？」

「什麼？」

「那裡站著很多沒有頭顱的人啊。」他神色自若，「現在還有一個正朝我們這裡直衝而來呢。」

「呀！」于靜驚叫一聲，嚇得花容失色。

阿祖噗哧一聲，抖著肩膀悶笑起來。

她驚愕之餘，不禁懊惱：「我……我最怕聽這種鬼故事了，拜託你別說這些話嚇我……」

從此之後，每當于靜一來，阿祖就會講一則鬼故事給她聽，故意捉弄她。

在他第一次對她展露笑容後，于靜對阿祖的恐懼也日漸消散，如今和他的互動也不再像當初那麼無措了。

她意外地發現，阿祖其實並不像她想像中那麼可怕。

兩人開始聊起其他的話題，于靜也大膽問阿祖，那些大人們明明知道他對徐清做出那樣的事，怎麼還會允許他回到學校就讀？

阿祖淡定地回，因爲他故意在大人面前裝可憐，告訴他們自己不想離開這裡。

霸凌事件爆發後，大多數人同情的對象一定是慘遭欺辱已久的孫祖霖，一致認爲他才是最可憐的受害者；所以反而會想盡辦法幫助他。阿祖便利用大家的同情心，讓孫祖霖可以順利回來繼續上課。

「可是……你爲什麼還會想留在這裡呢？」于靜不解。

「因爲我想瞧瞧從前欺負孫祖霖的那些人，再看見我時，會是什麼樣的嘴臉。他們從一開始唾棄鄙夷的態度，到現在對我感到畏懼，妳不覺得這樣的變化很有趣嗎？」他微微勾起嘴角。

于靜隱隱打了個冷顫，沒有答腔。

雖然阿祖臉上在笑，她卻絲毫感受不出他的笑意。

「所以，孫祖霖已經不會回來了嗎？」她語氣謹慎。

「我不知道。」沉吟半晌，他反問：「妳也跟那些人一樣，希望我消失，好讓原本的孫祖霖回來嗎？」

「不是，我不是那個意思！」

「若妳希望的話，可以。」他彷彿沒聽見她的話，「只要答應我一個條件。」

「條件？」

阿祖轉眸望向她，慢慢湊近于靜。

他的舉動讓于靜不自在地往後退，沒想到整個人卻被他的雙臂箝制住，使她進退不得。

「妳跟我一起死。」

他的聲音伴隨風聲，傳進于靜的耳裡。

「因為只有我一個人死，太悲哀了。」阿祖神情淡漠，「我不想就這樣一個人消失。」

于靜一凜，聽他提起這麼強烈的字眼，不禁啞著聲問：「為什麼你會這麼說呢？」

「因為只要有一天孫祖霖被拯救了，我就會完全消失，等同於死去。那時候，所有人就會逐漸遺忘我，往後更不會記得有阿祖這個人的存在。」

見于靜愣愣不語，阿祖忽然拾起她垂落在肩上的髮尾，隨手把玩。

「我問妳，妳知道我為什麼每次都要妳在短時間內跑過來嗎？」

于靜搖搖頭。

阿祖笑了，「因為我很喜歡看妳滿臉通紅的樣子。」

語落，阿祖主動吻上她的唇。

于靜無法推開他，輕輕閉起眼睛。

她無法否認，自己早在不知不覺間，被阿祖深深吸引。

每一夜，她都在日記裡鉅細靡遺地寫下跟他在一起發生的所有事情。

阿祖的一舉一動，以及他說過的每一句話，她都想為他保留下來，也讓自己能牢牢記住。

有時不小心寫得晚了，母親發現她房裡的燈還亮著，就會敲門責罵，嚇得她趕緊收起日記，騙母親自己正在念書。

「誰知道妳是不是眞的在讀書？成績一直毫無長進，書都不知道讀到哪去了！」母親在門外高聲喝斥，離開前還不忘落下一句：「眞沒用。」

若是以往，于靜肯定會因爲家人的冷言冷語而難過，然而阿祖的存在，宛如溫暖的陽光照入她灰暗的世界，帶給于靜前所未有的光明。

她會在想起阿祖時不自覺地露出微笑，開始盼望每天上學的日子，期待每個午休與阿祖一起相處的短暫時光。

阿祖的事，于靜只有透露給一個人知道，就是從小和她感情最好的表姐，她總是開心地向表姐訴說關於阿祖的一切。

在從未被重視的人生裡，阿祖無疑成了她最強而有力的精神支柱。

她一天比一天喜歡阿祖，這樣愛慕的心情與日俱增。除了阿祖，于靜眼中再也看不見其他人。

但她越是覺得喜悅幸福，藏在內心深處的不安卻也隨之而來，她沒有勇氣去面對，卻又無法忽視不管。

「因爲只要孫祖霖有一天被拯救了，我就會完全消失，等同於死去。」

阿祖的這句話，讓于靜始終耿耿於懷。

雖然阿祖說那些話的時候，臉上不帶任何表情，像是無關痛癢，但她光是想像就忍不住心慌。

于靜很好奇，難道阿祖眞的一點也不害怕，自己隨時可能消失不見嗎？

阿祖一睜開眼，就看見于靜拿著手機鏡頭對準他。

「妳在幹什麼？」

「抱歉，我把你吵醒了嗎？」于靜訝異，她已經盡量放輕腳步了，沒想到還是吵醒了他。

「妳在拍我？」

「呃……我只是想試拍看看。」擔心拍照的舉動會惹他不快，于靜趕緊道歉，「對不起，沒有經過你的允許就拍你，我馬上刪掉。」

阿祖要她交出手機，看過照片後，面無表情瞧了她一眼：「拍得好爛。」

于靜臉一熱，「因爲你突然醒來，我才會晃到……不然我再拍一次！」她匆匆拿回手機，退後一步，將鏡頭對準阿祖，「看這裡。」

等于靜拍完照，放下手機，阿祖納悶地問：「爲什麼要拍我？」

「我想留個紀念。」

「什麼紀念？」

「就是你在這裡的紀……」于靜倏地噤聲，後悔話說得太快，緊張地摀住自己的嘴。

阿祖聽了非但沒有生氣，反倒示意于靜靠近他身旁。

他接過手機，高舉鏡頭瞄準兩人，按下快門。

十五歲的他們，面對像夢一般隨時將會幻滅的現在，「未來」對他倆而言，宛如看不見盡頭的黑洞，無止盡的恐懼在于靜的心底紮根，始終揮散不去。

最後，她把阿祖拍下的兩人自拍照沖洗出來，把它當作生命中最重要的寶物，珍藏在日記本裡。

只有看到兩人笑得開心的照片時，于靜才能暫時逼自己不去多想，她與阿祖的未來究竟會走向何處……

有天，于靜問阿祖，假日的時候都去哪些地方玩。

阿祖搖搖頭。

她好奇：「你都沒有想去哪裡嗎？」

「頂多在家附近繞一繞，不會特別跑去哪。」他喝了一口可樂，「不過有陣子常跑醫院就是了。」

「醫院？」

「看心理跟精神科醫師，第一個月的週末，幾乎都在做這些事。」

阿祖用不帶情緒的口吻描述：「因爲有個人一心一意希望她的寶貝兒子能趕快回來。」

「咦？」

「我媽。」他撇撇嘴角，目光落向前方，「她不想看到我，也沒辦法接受我。她天天哭著求醫生，忙著求神拜佛，好讓孫祖霖能回到她身邊。」

于靜愣了愣，「原來你媽媽……還沒有辦法接受嗎？」

「對啊。因爲只要一看見我，她就不得不承認她的失敗。在她眼中我是個不容許存在的錯誤，也是讓她失去兒子的魔鬼。」

聞言，她小心翼翼地回：「那你……會恨你媽媽嗎？你眞的就照著她的意思，讓她不間斷地帶你去看醫生？」

阿祖沉默一會兒，淺淺一笑，「假如這麼做她會比較開心，那我倒是沒什麼差。」他轉而問她：「那妳假日都去哪裡？」

「我也不會特別去哪裡……畢竟，我也沒有可以一塊約出去玩的女生朋友，爸媽也比較常帶妹妹出門，不怎麼愛理我。我最常去的地方，大概就是表姐家吧。」

「那妳有沒有想去什麼地方？」

于靜想了一下，「其實挺想去遊樂園玩的，我從來沒有去過……」她羞澀地絞弄手指，「那你呢？」

良久，阿祖回：「海邊。」

那次的交談，促成了他們一起出遊的機會。

兩人決定某個週末上午去遊樂園玩，下午再到海邊。

于靜興奮得不得了，當天早上她先與阿祖約在車站會合，一起爲這天的旅程拉開序幕。

那天陽光盛放，清楚照映出兩人拖曳在地上牽著手的影子。

一切是如此眞實，並不是她想像出來的虛幻夢境。

于靜覺得自己永遠都不會忘記這一天。

一到遊樂園，于靜開心得像個小孩子一樣，拉著阿祖四處玩樂，兩人的笑聲沒有停過。

于靜坐上旋轉木馬，看著站在柵欄外的阿祖，開心地向他揮揮手。

阿祖笑了笑，略顯無奈地跟著揮手回應。

然而當她遠遠望著阿祖時，一股沒來由的孤寂卻湧上她的心頭。

置身在陽光下的阿祖，爲什麼會散發出一種令人難以忽視的寂寥氣息呢？

明明身處充滿歡笑聲的遊樂園，爲何只是凝視著阿祖，就會讓她的胸口如此悶痛難受？

「那時候，所有人就會逐漸遺忘我，往後更不會記得有阿祖這個人的存在。」

淡淡鼻酸襲來，原本心情還很愉快的她，這一秒卻突然覺得很想哭。

等她從旋轉木馬下來，回到阿祖面前，忽然緊緊握住他的手。

「阿祖。」于靜深呼吸，認眞說道：「我不會忘記你的。」

阿祖一愣。

「不管發生什麼事，我都不會忘掉你的。」于靜眼眶溼潤，愼重承諾，「我會一輩子記得你，也會一輩子喜歡你的。」

阿祖沒有回應，只是深深望著她。

于靜不曉得自己為什麼突然會想說這些話，只是方才從他身上所感受到的強烈寂寞，使她萌生一種不安的預感。

她知道要是現在不說，以後就沒有機會讓他知道了……

離開遊樂園，兩人搭上車，來到一望無際的沙灘。

不遠處，一片蔚藍大海在他們眼前反射出燦亮的粼粼波光。

于靜赤腳踩在沙灘上，朝白色浪花奔去，只要一找到五顏六色的貝殼，馬上彎腰拾起，興高采烈地拿給阿祖，「阿祖，你快看！」

「無聊，這有什麼稀奇的？」他一臉無趣。

「你不覺得很漂亮嗎？來，給你一顆。」

那天他們在海邊逗留很久，從下午直到日落。

最後兩人一起躺在沙灘上，一邊聽著浪聲，一邊凝望被夕陽染紅的天空。

「阿祖。」于靜開口：「我們下次再一起來這裡，好不好？」

「什麼時候？」

「嗯……看你什麼時候想來呀！既然你喜歡海邊，那我們以後就常常來玩。」

「好啊。」阿祖淡淡應答，聲音低得如同喃喃自語，「如果以後我還在的話，我們再一起來。」

于靜心頭一凜，喉頭登時哽住。

「欸。」他轉頭望向于靜。

「什麼事？」

「要是哪一天我變回孫祖霖，妳也不能離我太遠，要繼續留在我看得見妳的地方。」

「咦？」于靜愕然。

「沒有我的允許，妳不可以消失。」阿祖的嗓音飄忽不定，彷彿隨時就要被風吹散，「不要離開我的視線範圍。」

她呆愣許久，眼眶漸漸盈滿淚水。

「嗯。」于靜哽咽地點頭。

哪怕阿祖的那些話，聽來多麼任性天眞，但于靜明白，自己會一直謹守這個約定。

她想讓阿祖永遠停留在她的心裡，希望每一個明天，都能牽著他的手，陪他一起去他想去的任何地方。

只是，于靜還來不及與阿祖一同再次回到海邊，他就離開了。

兩個星期後，孫祖霖回來了。

一切毫無徵兆，阿祖一夕之間徹底消失，變回了孫祖霖。

那日午休，于靜在舊校舍遲遲等不到阿祖前來，才終於哭著接受了這個事實。

然而更讓她心碎的是，隔天孫祖霖就以迅雷不及掩耳的速度轉學，讓于靜更加措手不及，從此失去他的消息。

雖然阿祖跟孫祖霖都離開了，可是于靜每個午休依然會坐在舊校舍的矮牆下，溫習跟阿祖的回憶。

想到阿祖曾在海邊對自己說過的話，她的眼淚就無法克制地落下。

阿祖那時是不是早有預感，知道孫祖霖很快就會回來？

儘管抱著滿腹疑問，她卻再也聽不到阿祖的回答，甚至連未來能不能再遇見他，都不知道。

在于靜孤單黯淡的國中歲月裡，唯一的一段美好際遇，也隨著阿祖的離去，跟著劃下了句點。

與阿祖那三個月的回憶，是支撐著于靜走過往後每一天的動力，這樣的心情持續到高中畢業，她仍然無法對阿祖忘懷。

她不想放棄。

哪怕只有一點點可能，于靜都想再跟阿祖一起回到屬於兩人的那片大海。

上了大學，依舊得不到父母半點關愛的于靜，最後搬離了家裡，搬去和表姐同住。

表姐知道她對阿祖的一片痴心，心疼于靜還在思念著對方，不忍她苦苦等候一個再也不會回來的人，常常勸于靜放棄。

「不要再等他了。」表姐勸道：「阿祖已經不會再出現了，我相信孫祖霖已經有了新的人生，而妳未來還有很長的路要走呢。」

表姊溫柔地摸摸她的頭，「忘掉阿祖吧，把他當作是一場夢，放開他，才能往前走妳自己的路，好不好？」

于靜聽完，先是呆愣一陣，斗大淚珠隨即撲簌簌滾落而下。

阿祖怎麼會是一場夢呢？

當年他們在舊校舍度過的每一段時光她都記得清清楚楚；阿祖第一次吻她、第一次牽她的手、第一次帶她去遊樂園和海邊……那些回憶，至今仍歷歷在目，深刻烙印在她的心中。

這一切都是不可抹滅的事實。

這樣的阿祖，怎麼可能只是一場夢呢？

然而于靜心裡也清楚，要再見到阿祖根本是不可能的事。就算她找到了孫祖霖，也不可能再和阿祖重逢。

她只能祈禱阿祖在其他地方過得好，不願猜想他是否已經「消失」在這個世界上。

于靜寧可相信阿祖沒有離開，沒有死去，依然好好地跟孫祖霖一起活著。

就在于靜下定決心放下阿祖，好好過往後的人生時，大三下學期開學的第一個禮拜，卻在校園裡瞥見某個人的身影。

那張再熟悉不過的面孔，讓于靜當下震驚地瞪大雙眸，幾乎忘了呼吸。

她一眼就認出了他，他就站在校門口，笑得一臉靦腆，與羅玲櫻一塊聊天。

是孫祖霖。

眞的是孫祖霖！他居然回來了！

于靜的心跳飛快，腦袋一片空白。

她欣喜若狂，還沒來得及思考，就邁步朝他的方向奔去。

只是當她喘吁吁地趕去，孫祖霖已經離開，跟著羅玲櫻一同不見蹤影。

儘管如此，于靜還是開心得哭了出來，流下欣喜的淚水。

沒想到這輩子，自己竟然還能再見到他！

于靜瘋狂地在學校網站上查詢孫祖霖的資料，得知他這學期才轉學過來，之後又偶然發現他選了星期三下午的某堂通識課，她二話不說也跟著選了那堂課。

她和孫祖霖的科系不同，平時上課的系所教室也不一樣，因此唯一能接觸到孫祖霖的機會，就只剩下那堂通識課了。

上通識課那天，當于靜看到孫祖霖背著包包，偷偷摸摸溜進教室時，緊張得連筆都拿不穩。

後來，白髮蒼蒼的教授在課堂中突然點名，一點到她的名字，她忍不住轉頭望向孫祖霖，看見他露出震驚的表情，並且馬上別過臉，似乎在逃避她的目光。

從他的反應之中，她發現孫祖霖也認出了她，于靜心裡雖然高興，同時卻不免爲他的反應感到有些難過。

她知道孫祖霖國中時就不喜歡自己，也明白自己的出現，可能會令他想起過去被霸凌的往事，因此就算阿祖近在咫尺，她也不敢衝動地跑去找孫祖霖，就怕嚇到他，讓他更加不敢與自己來往。

于靜不得已只能強忍住這份思念，試著努力讓孫祖霖接受自己，結果卻是徒勞無功。

她這才知道，原來孫祖霖對她的反感，直到現在仍然沒有改變。

孫祖霖只要與她一對到眼，就迅速別開，完全不給她接近的機會。

于靜只好暗暗留意，看是否能找到其他方法接近他。

從此于靜只要在校園裡看見他的身影，就會偷偷尾隨著他，默默守在孫祖霖身邊，觀察他的一切。

在幾次跟蹤下，于靜注意到和過去比起來，孫祖霖的個性雖然沒有明顯的改變，但他身邊卻漸漸出現不少朋友。

尤其他和羅玲櫻更是相處融洽，讓她大感意外，後來也見他和修同堂通識課的男同學開始走得很近。

看到當年那個被同學唾棄、天天遭受欺辱的他，如今擁有這麼多要好的朋友，于靜的內心其實有點複雜，想由衷爲他高興，卻又難掩內心莫名的落寞。

而她也看得出來，孫祖霖喜歡羅玲櫻。

有次，于靜在校門口看見正要搭上公車的孫祖霖，一時動念，也跟著他一起坐上公車，藏匿在其他學生之中觀察他。

她跟著孫祖霖走進一條巷子，看見他和一名婦人站在某間屋子前講話，從他們的對話中，很快得知那是孫祖霖的母親。

孫母笑容滿面，不時溫柔輕撫他的手，對兒子的關懷和寵愛溢於言表，讓一旁的于靜都爲之動容。

但就在下一刻，于靜腦中忽地閃過一個想法，不禁呆住。

在聽了孫祖霖與母親的談話之後，她的腦海深處慢慢浮現出阿祖的模樣……

「妳爲什麼喜歡孫祖霖？」

「我……對他不是喜歡……只是覺得，自己好像可以理解他的心情，所以……」

「什麼心情？」

「就是……彷彿被全世界孤立、拋棄，沒有人喜歡自己，覺得陷入絕望深淵的那種心情。」

于靜想起，阿祖那時忽然對她露出一抹意味不明的微笑。

「因爲有個人一心一意希望她的寶貝兒子能趕快回來。」

「她不想看到我，也沒辦法接受我。她天天哭著求醫生，忙著求神拜佛，好讓孫祖霖能回到她身邊。」

「假如這麼做她會比較開心，那我倒是沒什麼差。」

憶起阿祖的話，于靜震驚地瞪大了眼，恨不得狠甩自己幾個巴掌！

在于靜的心裡，一直認爲她和孫祖霖都是被這個世界孤立、拋棄的人，直到這一刻她才發現，其實眞正被放棄的人，是阿祖！

以他的個性，本來就不可能接受任何人的擺布與束縛，但是這樣的阿祖，卻願意乖乖讓母親帶著自己跑了無數次醫院，只爲了讓孫祖霖能回到她的身邊。

阿祖一開始就比誰都清楚，他的存在，不會被一般人及社會所接受，就連自己最親的家人，也不願接納他。

「因爲只有我一個人死，太悲哀了。」

「我不想就這樣一個人消失。」

于靜細細反芻阿祖的話。

後來在通識課上，她忍不住又回頭偷覷孫祖霖。

只見他滿面愁容，不斷在課本上塗塗抹抹，彷彿有什麼煩心的事。

當時同樣抑鬱的她，繼續想著阿祖與他母親的事情時，前方講台突然一陣騷動。

原本正在講課的教授緊緊撫著胸口，表情痛苦扭曲，沒多久整個人就昏厥過去，一群學生急忙送他去醫護室，其他同學則是議論紛紛，最後也跟著離開了教室。

眼看孫祖霖正在與朋友說話，于靜思量片刻，默默走出教室。她走到一半，忍不住停下腳步。

她沒辦法再這樣等下去了。

她要告訴孫祖霖眞相，讓他知道阿祖所有的事。

自私也好，貪心也罷，無論如何，她都不希望阿祖就這樣被遺忘，而且自己也無法再壓抑想見到阿祖的渴望。

于靜掙扎一陣，決定回到教室，此時孫祖霖正趴在座位上休息。

偌大教室只剩他一人，他將眼鏡擱在一旁，動也不動，睡得很熟。

她沒有叫醒他，反而靜悄悄地坐在他身邊。

一見到這張沒有戴眼鏡的熟悉睡臉，讓她很快紅了眼眶。

六年來，她沒有一天不期待這一刻的到來。

她始終相信那些美好回憶，不是自己空想的夢境。

于靜情不自禁地想觸碰他的臉，孫祖霖卻在這時冷不防一震，沒多久，便緩緩睜開了眼。

發現孫祖霖轉醒，于靜嚇了一跳，急忙抽回手，卻見他面無表情地盯著自己，毫無反應。

于靜呼吸急促，心跳也越來越快。

她記得這個眼神。

那雙曾經深深凝視著她的眼神，她絕不可能會認錯……

于靜不住地發抖，淚水跟著滴落。

「妳去哪裡了？」阿祖眼神深沉，聲音充滿濃濃倦意，「不是要妳別離我太遠，要留在我看得見妳的地方……」

于靜泣不成聲，花了極大的力氣，才勉力拼湊出一句對不起。

他怎麼可能不害怕呢？

她怎麼會以爲阿祖什麼都不怕，什麼都不在乎？

怎麼會以爲世上沒有任何事能夠傷得了他？

她怎麼會以爲他不需要任何人，就算沒有他人的關愛，也能獨自堅強地活下去？

她怎麼直到現在才了解阿祖的心情呢？

「我好累……」彷彿力氣被抽乾似的，阿祖半閉著眼，神情恍惚。

于靜哭個不停，她有太多的話想跟他說，卻怎樣都發不出聲音。

阿祖即使虛弱無力，還是抬起手將她攬到身邊，與她額貼著額，闔上了眼，發出像是鬆了一口氣的嘆息。

于靜與他緊緊相擁，感受阿祖的溫熱和鼻息。

阿祖再次沉沉睡去，于靜卻沒有鬆開手，只是靜靜與他依偎。

聽著他規律平穩的呼吸聲，于靜心裡滿是感激，感謝上天讓阿祖回到她身邊，讓自己這輩子還能再見他一面。

于靜笑得幸福，在他的懷中滿足地閉上眼睛……

直到他的身子再度猛然一震，孫祖霖震驚地從座位跳起。

于靜的幸福美夢轉眼間戛然而止，幻滅成空。

「妳、妳……幹麼睡在我旁邊啊！」

孫祖霖大發雷霆，于靜只能手足無措地不斷向他道歉。

「我不需要妳的道歉，只要妳從我的視線當中完完全全消失！妳眞的有病，根本就是個怪胎！我一點都不想看到妳，妳對我來說就像是死都不願再想起來的惡夢！求求妳離我遠一點，離得越遠越好，別再擾亂我的生活，最好永遠消失在我面前！」

他的這番話讓于靜當下恍若雷擊。

于靜知道孫祖霖不喜歡她，卻沒想到他竟會討厭自己到這種地步，甚至是打從心底憎恨她。

而當羅玲櫻和另外兩個女生走進教室，一聽完孫祖霖的解釋，都以爲于靜是因爲喜歡孫祖霖，才不斷騷擾他。

羅玲櫻愼重地對她說：「抱歉，雖然不曉得妳爲什麼要這麼做，不過既然孫祖霖已經明白說出了他的想法，希望妳可以尊重他，別再做出讓他感到困擾的事了，好嗎？」

于靜焦急搖頭，仍想解釋：「可是我……我對孫祖霖他其實……」

「喂，都對妳好言相勸了，妳還要一直盧下去嗎？」另一名捲髮女生毫不留情地對她開罵。

之後的句句羞辱，都讓于靜再也無法爲自己辯駁。

孫祖霖那驚恐、嫌惡的眼神，更是讓她心如刀割，最後只能絕望地逃離現場。

那天回家，她把自己關在房間裡痛哭，悲傷得不能自已。

即使心痛，阿祖說的話依然在她腦中盤旋不去。

一股強烈的不安讓于靜越想越心驚，她很害怕，深怕阿祖這次在她眼前短暫出現之後，就再也不會回來。

她發現自己已經沒有時間悲傷，無論如何，都必須要再找孫祖霖談一談。

于靜跑去孫祖霖家找他，應門的是他母親，孫母笑盈盈告訴她，孫祖霖和同學去逛夜市，會比較晚回來。

等不及的于靜匆匆趕去夜市，繞了幾個小時，才終於找到孫祖霖。

就在那一刻，羅玲櫻踮起腳，仰頭在孫祖霖臉上輕輕一吻，這一幕就這麼正好被她撞見。

于靜愣愣地看著孫祖霖臉上露出緊張害羞，卻又喜悅無比的幸福笑容，她的呼吸同時一滯……

「因爲只要孫祖霖有一天被拯救了，我就會眞正消失，等同於死去。」

他們一行人才正要離開，于靜隨即衝了上去。

她猛力抓住孫祖霖，激動喊道：「請你聽我說好嗎？一下子就好，我有很重要的事要跟你說！」

孫祖霖越是想掙脫，于靜就抓得越緊，這一秒她什麼都不管不顧了，只想向孫祖霖求助，請求他救救阿祖，拜託他不要讓阿祖消失！

沒多久警察出現，將她強行帶走。于靜不肯屈服，死命掙扎，卻還是只能眼睜睜看著孫祖霖離自己越來越遠……

「要是哪一天我變回孫祖霖，妳也不能離我太遠，要繼續留在我看得見妳的地方。」

「我一直在那裡，就在那個地方！」于靜哭得聲嘶力竭，「我記得，我一直都記得，我沒有忘記你！」

「沒有我的允許，妳不可以消失。不要離開我的視線範圍。」

「對不起，對不起！明明答應過你不會離開的，可是我食言了……對不起！我居然現在才發現，嗚……眞的對不起……」

于靜記得那面白色矮牆，記得那片綠茵草地，記得那片大海，也記得他對她說過的每一句話。

可是她已經沒辦法再等下去，沒辦法眼睜睜看著阿祖消失死去；她不想讓阿祖這麼孤獨的離去，直到最後還是孤孤單單的一個人。

當年他躺在沙灘上，對著天空吐出心裡話的神情如此落寞，于靜雖然不忍心，也清楚自己無能爲力，不管怎麼做，她還是救不了阿祖。

因此，她決定寫下日記。

面對之後所要做的事，于靜沒有半點害怕，只感到無盡欣慰。

儘管淚水如關不了的水龍頭般潰堤，她依然覺得很幸福，直到寫完最後一個字，臉上還是帶著笑容。

一直以來，于靜都沒有能力爲自己決定任何事。

向來極度自卑的她，如今終於找到一件可以自主的事情，而且只有她有權決定。

這一切讓于靜得到前所未有的滿足，並且第一次打從心底喜歡自己。

她不會後悔。

就算重來一次，她也會做出同樣的選擇。

她願意放棄在未來等待她的一切美好，只求與他再次相遇。

因爲對于靜而言，再也沒有比和阿祖在一起更幸福的事了。

◆

讀完于靜的日記時，原本被陽光照亮的房間，已稍稍暗下。

孫祖霖拿著日記本，一動也不動。

他表情木然，滿滿複雜的情緒充斥在他的胸臆，不斷的膨脹、再膨脹，胸口彷若有千斤重的大石壓著，想做些什麼緩解悶痛，卻連呻吟的力氣都使不出來。

翻到日記最後一頁，孫祖霖驚訝地發現有兩封信夾在裡頭，分別是要給他還有阿祖的。

半晌，他拿起寫著「TO孫祖霖」的信，放下日記，雙手顫抖地拆開。

攤開信紙，滿滿的娟秀文字映入眼底。

TO孫祖霖：

我其實沒把握能讓你看到這封信。

但是有些話無論如何都想跟你說，所以我還是決定寫下來。

假如你因爲我的死，而責怪自己，那我希望你不要這麼做，因爲我完全不怪你，甚至可以明白你爲什麼會這麼激動，眞正該說抱歉的人反而是我才對。

你在國三失去了那三個月的記憶，一定曾讓你感到非常害怕。要是你知道阿祖那時取代了你的人生，而我也曾經參與你的那段生活，你一定會很不開心吧？

我相信你跟我一樣，曾經怨恨這個世界對自己有多麼地不公、多麼殘酷。你所遭遇的一切我都看在眼裡，因爲我也曾經歷過，所以我懂那種陰影是永遠無法從心上抹滅的。

我曾以爲你跟我是這世上最悲慘的人，但直到遇見阿祖後，我才漸漸改變了這種想法。有些話你聽了可能會覺得刺耳生氣，但我還是想要讓你知道。

其實你很幸福。

無論你在外頭受到多少打擊和痛苦，都還有一個避風港，因爲你有深愛著你的媽媽，她比誰都在乎你。

可是，阿祖什麼也沒有。

雖然他是你的另一個人格，但在和他相處一段日子之後，我發現阿祖其實也是一個獨立的個體，一個有喜怒哀樂，擁有感情思想的普通人。

很多人認爲，阿祖的出現是一種病，人人唯恐避之不及，從沒有人用正常的眼光看待他。

甚至連我最初也是這麼認爲，一直到多年以後，我才明白，阿祖其實有多麼孤單。

明明很愛他的母親，他的母親卻從不願接受他。

明明知道自己有一天可能會消失不見，卻從沒向誰坦承過他心中的恐懼。

阿祖是個沒有自己人生的人，更是個沒有未來的人。

我知道每個人在發現我這麼做之後，會罵我傻，更會讓愛我的人傷心難過；縱然我清楚在這世界上，大概只有表姐會眞心爲我掉眼淚，但在我這段毫無意義的人生裡，可以遇見阿祖，我覺得一切已經足夠。

孫祖霖，對不起，請你原諒我。

在知道阿祖走得這麼孤獨之後，我實在不忍心讓他獨自離開，更沒辦法眼睜睜看他消失在我的生命之中。

對我而言，他不是你的第二人格，而是活生生的一個人。

能夠遇見阿祖，我眞的覺得很幸運也很幸福。

我眞心希望你不要對我存有任何愧疚，因爲這一切全是我心甘情願，不光是爲了阿祖，更是爲了我自己。

對不起，不知不覺就說了這麼多。

其實……

看到這裡，敘述已經斷了，但孫祖霖很快發現後面還有一張信紙。

他沒有停頓，接著繼續看下去。

「你還好嗎？」

看見孫祖霖神情有異地步出房間，于靜的表姐上前關心。

「我沒事……」他臉色沉重，「謝謝妳讓我看于靜的日記。眞的，謝謝妳。」

「不客氣，你要回去了嗎？」

他點點頭，舉起手上那兩封信件，「請問……這兩封信可以給我嗎？」

「當然可以。」她毫不猶豫，「那本來就是要給你們的。」

那句「你們」，讓孫祖霖再也無法思考，腦中一片渾沌。

離開于靜的家，他失神地在街上走著。

直到現在，孫祖霖的所有思緒，都還停留在于靜信中的最後一段話。

其實，我只想對你說一件事。

我從來沒有因為阿祖而怨過你一分一毫，因為我比任何人都了解你的感受。

因為太了解，所以無法責怪你，更無法怨恨你。

你只是，比我早一步崩潰了而已。

孫祖霖雙腿一軟，跪倒在地，一度引起街上行人側目。

「我不需要妳的道歉，只要妳從我的視線當中完完全全消失！」

「妳真的有病，根本就是個怪胎！我一點都不想看到妳，妳對我來說就像是死都不願再想起來的惡夢！求求妳離我遠一點，離得越遠越好，別再擾亂我的生活，最好永遠消失在我面前！」

他下午沒有去學校，返回家中，家裡並沒有人在。

孫祖霖走進房間，將信放在書桌上，盯著于靜要給阿祖的那封信，完全沒有勇氣打開。

他忽然很想和阿祖說話。

但無論怎麼嘗試，喉嚨卻乾澀地發不出任何聲音。

最後，孫祖霖只能打開筆電，開啓Word檔，試著用打字的方式和阿祖溝通。

他對著螢幕發呆了好一陣，才打出短短一行話：

阿祖，對不起。

他雙手無法抑止地發抖，接著又打出重覆的語句。

阿祖，對不起。

阿祖，對不起。

對不起——

孫祖霖猛力一掃，整台筆電瞬間摔落在地，發出巨響！

他雙手抱頭，終於忍不住放聲痛哭。

他知道自己再也得不到阿祖的回應。

對孫祖霖而言，他永遠也無法得到阿祖的諒解了。

第十一夢　再見

週六早上八點，孫祖霖坐在玄關穿上鞋子，綁好鞋帶，準備出門。

孫母走近，「寶貝，怎麼這麼早就要出去？今天不是假日嗎？」

「我跟同學有約。」他起身，回頭告訴她：「媽，我今天都會在外面，晚飯不回來吃，不用準備我的份了。」

「好，媽知道了。」孫母眼裡閃著慈愛的光芒，「路上小心，注意安全，別太晚回家喔！」

孫祖霖望著母親的臉，不發一語。

「怎麼了？」

「沒事。」他的嗓音有些沙啞，「那我走了。」

孫祖霖步出家門，走了一段路，回頭一望，發現母親仍站在家門口笑盈盈地目送他。

看著母親朝自己揮手的模樣，他的心不禁隱隱作痛。

一個小時的車程之後，孫祖霖來到了一個熟悉的地方。

一個他從未想過自己會再回去的地方。

孫祖霖回到當年轉學前就讀的國中，看著這曾經帶給他無盡痛苦的地方，哪怕多年過去，他還是無法忘懷這段悲慘的回憶。

由於是假日，校園裡沒有學生，他在校園裡漫步，所到之處都與他記憶中沒有什麼太大差異。

曾經在這裡遭遇的凌辱，至今回想起來仍讓他覺得背脊發涼，從踏入學校大門開始，那些不堪回首的過往彷彿又在他的眼前重新上演一遍，那些人如鬼魅般的大笑聲，始終在他耳邊揮之不去。

孫祖霖深呼吸，咬緊牙關，來到教室大樓的第三層，並在其中一間教室前停下腳步。這是他當年的教室。

前後門上了鎖，但他發現其中一扇窗可以打開，索性直接從窗戶翻進教室裡。

環顧空無一人的教室，過往的記憶變得越發鮮明起來。

他無法忘記自己在這裡是如何被同學欺負，又是如何被導師當眾羞辱，無法忘記當時自己有多麼想要毀掉這個如同地獄般的地方。

孫祖霖走到以前的座位坐下，櫻子低頭讀書的倩影、徐清訕笑的嘴臉、導師嫌惡的眼神，全都在腦海裡一一湧現。

最後，他的目光落向角落的座位，視線再也無法移開。

那是于靜的座位。

一種似曾相識的強烈感覺，宛如電流傳遍他全身，讓他不自覺一震。

孫祖霖看到了，就在于靜的座位上，出現了她的身影！

但他對這個畫面並沒有任何印象，直到腦海中的那一幕，與現在他眼前所見的景象慢慢重疊了起來。

他恍然大悟，確實感覺到于靜就坐在那裡望著自己的方向，只是她注視的人並不是他，而是阿祖。

當年的于靜，就是這樣默默注意著阿祖。

他現在看到的，是阿祖的記憶。

阿祖始終知道于靜在凝視著自己，甚至為此而感到一絲……高興？

孫祖霖被這突如其來的情緒嚇了一跳。

他赫然發現，這次居然不只能看到阿祖的記憶，甚至連他當時的心情，都可以感受得到。

孫祖霖揉了揉眼，感到很不可思議。

離開教室，他接著來到舊校舍。

孫祖霖以前從沒有來過這裡，更不知道舊校舍確切的方向，然而現在他卻可以筆直地往前走去，沒有絲毫猶豫。

因為阿祖的記憶清楚告訴他，位置就在那裡。

「妳在幹什麼？」

「哇，阿祖不要看，你不能看！」

「妳在牆壁上寫了什麼東西？」

「你不可以看啦！」

兩人的聲音，隨著風聲從孫祖霖的耳畔拂過。

他甚至可以看見，于靜伏在一面矮牆上寫字的身影。

「妳不會不小心寫成孫祖霖的名字吧？」

「怎麼可能……我才不會呢！」

孫祖霖走到那面白色矮牆前。

舊校舍建築老舊，四處雜草叢生，四周安靜得不得了，踏出每一步都可以清楚聽見地面響起清脆的回音。

孫祖霖對著矮牆站了一會兒，最後在阿祖當時的位置坐下，維持同樣的姿勢一動也不動，任憑記憶畫面不斷湧現……

「妳也跟那些人一樣，希望我消失，好讓原本的孫祖霖回來嗎？」

「因爲只有我一個人死，太悲哀了。我不想就這樣一個人消失。」

他鼻頭一酸，眼淚在眼眶打轉，心痛得不能自己。

所有情緒和感受瞬間排山倒海湧來，讓他一時之間難以招架。

他終於明白阿祖藏在心中的孤寂感受，就像要吞噬所有希望般，令人絕望。

「明明知道自己有一天可能會消失不見，卻從沒向誰坦承過他心中的恐懼。」

孫祖霖將臉埋入手掌心。

他分不清這一秒想哭的情緒，究竟是自己的，還是阿祖的？

待心情稍微平復了些，孫祖霖想起剛才來到這裡所看到的第一個畫面，不禁往背後的牆壁望去。

孫祖霖回想于靜伏在矮牆上寫字的大概位置，撥開擋在外圍的雜草開始尋找，過沒多久字跡顯現了出來，他心頭一震。

白牆底下有一行用原子筆寫上的文字：

二〇〇九年十一月二十日。于靜與阿祖。

孫祖霖盯著于靜的筆跡好一會兒，再度紅了眼眶。

他知道，這短短一句話裡包含了多少情感。

于靜寫下這句話，證明她跟阿祖經歷的一切不是夢，更不是幻覺，而是真實的存在。

孫祖霖離開舊校舍時，太陽已經快要下山。他又回到教室，夕陽餘暉從窗外灑進，將教室染上整片溫暖的橙色。

然後他又看見了。

于靜和阿祖面對面坐著，女孩小心翼翼地拿著藥罐，準備幫脖子受傷的阿祖擦藥。

當她的手指觸碰到阿祖的傷口，孫祖霖右頸同時也傳來一股刺痛，他反射性地伸手一撫，卻沒有摸到半點傷痕。

「不過，我看得見你。」

阿祖凝視著于靜，孫祖霖的心情也漸漸跟著起了變化。

一種像是感動又喜悅的溫暖情緒，緩慢地流過他的胸口，讓他的心也跟著滾燙起來……

接著，孫祖霖聽見有人輕喚他的名字。

他一凜，迅速回頭，發現國三時的于靜，居然就站在他身後不遠處，夕陽灑落的橙光映照在她身上。

她緊張地捧著一本破爛的作業簿。

「這個……我剛剛看到被丟在……外面的垃圾桶裡。」

孫祖霖呆呆地望著眼前的于靜。

他說不出半句話，心臟狂跳不已，嘴唇不住地顫抖。

孫祖霖回想起當初自己是怎麼回答她，又是如何傷害她的。

他永遠也忘不了于靜那時受傷的表情。

看著她清澈的雙眼，孫祖霖的視線模糊了，伸手接過作業簿。

孫祖霖還想說些什麼，謝謝或是對不起都可以，只要能夠將此時心中的後悔傳達給于靜，要他說幾千次、幾萬次都可以！

然而他的喉嚨像是被人狠狠掐緊般，越是焦急就越是發不出半點聲音。

就在一陣焦慮慌亂之際，他看見于靜很溫柔地對著自己笑了。

孫祖霖眨眨眼，下一秒于靜已經不見，連孫祖霖剛才接過的簿子，也跟著消失。

他忍不住流下悔恨的淚水。

拿著于靜寫給阿祖的信，孫祖霖一個人坐在學校的司令台上。

信紙只有一張，沒有寫滿。

簡簡單單的幾句話，卻道盡了對阿祖的戀慕及思念。

阿祖：

你曾經告訴我，就算死，也不能忘記你。

直到最後，我都沒有忘記你。

我很抱歉，居然沒有察覺到你的恐懼，讓你一個人孤單地走了這麼久。

我從不後悔遇見你，因爲你，才讓我的人生有了意義。

如果不是你，我想我不會活到現在，也許在很早很早以前，就會先行選擇離開這個世界了。

是你給了我活下去的力量與勇氣。

也許將來我會遇見更多美好的人事物，甚至比跟阿祖你在一起時還要更幸福快樂，但是，我並不想讓那天來臨，因為我想要一直記得你，不想讓你從我的記憶裡消失。

我知道我很任性，對不起。

沒有辦法再跟你一起回到那片海，對不起。

請原諒我只能用這種自私的方式來永遠記得你，對不起。

阿祖，我愛你，對不起……

孫祖霖淚流滿面放下信，雙拳緊握。

他好想問阿祖，爲什麼從來不肯告訴他這件事？

如果阿祖一直在找她，爲什麼不在于靜之前出現的時候，就馬上飛奔到她的身邊？

爲什麼阿祖一個字都不願向自己透露？

那些疑問，直到現在，孫祖霖才眞正明白。

「你眞的想要我的記憶？」

「對、對啊！這樣我跟你之間的記憶就不會有斷層了！」

「等你眞的完全想起來，就不會有這種想法了。」

阿祖一直都知道孫祖霖厭惡于靜，知道她對孫祖霖而言，只是一個惡夢，她的存在更會提醒自己那始終揮之不去的陰影。

阿祖太過了解孫祖霖，因此自然清楚，要是一開始就告知孫祖霖，關於他與于靜的這段過去，孫祖霖絕對無法接受，甚至可能不計任何代價，再次逃離這裡，徹底逃到他再也找不到于靜的地方。

誰也無法比阿祖更清楚孫祖霖的心思。

「你做不到的。因爲你依舊是那個膽小窩囊，遇到挫折只會逃之夭夭，沒有膽子面對一切的孫祖霖。你辦不到的。」

「我不需要妳的道歉，只要妳從我的視線當中完完全全消失！」

「阿祖……爲什麼你就是不肯信任我？」

「不是不信任。是你注定就只能是這樣的人。」

「我一點都不想看到妳，妳對我來說就像是死都不願再想起來的惡夢！求求妳離我遠一點，離得越遠越好，別再擾亂我的生活，最好永遠消失在我面前！」

阿祖說得果然沒錯。

他早就看穿孫祖霖的天眞，看透孫祖霖的虛僞，孫祖霖從頭到尾在乎的始終只有自己。

這樣的他，當時居然還大言不慚地說想了解阿祖，妄想可以拯救他們兩人，結果最後傷害阿祖最深的人，居然就是他自己。

是他親手害死了于靜！

再多的後悔，也已經挽回不了，更無法彌補對她的傷害，是孫祖霖徹底奪走了阿祖摯愛的一切。

孫祖霖哭個不停。

等他哭啞了，也哭累了，淚水仍然無法停止。

良久，孫祖霖疲憊地仰起頭，眼神空洞地望著天空。

望著望著，他的眼皮也越來越沉重，慢慢闔上了眼，原本倒映在瞳仁裡的火紅天際，最後成了一片漆黑……

「喂，你！」

巡邏的學校警衛一發現孫祖霖，立刻快步走向司令台，扳著面孔質問他：「誰讓你進來的？非本校學生沒經過登記，不能擅自跑進來，沒看到校門口掛的告示嗎？」

孫祖霖緩緩睜開眼。

原先那雙充滿哀慟的眼神，此刻卻變得宛若一潭死水，波瀾全無。

他握著手中的信，一滴眼淚從他面頰滑落，輕輕滴落在信紙上。

「年輕人，你怎麼了？」警衛關心詢問：「身體哪裡不舒服嗎？」

阿祖並沒有應聲，也沒有伸手擦去眼淚，起身跳下司令台，往校門口的方向筆直走去。

警衛忍不住又問：「年輕人，你沒事吧？」

阿祖無動於衷，面無表情地繼續往前走。

他頭也不回，消失在一片黑暗的街上。

阿祖打開家門時，已經是午夜十二點了。

客廳的大燈已關，僅有夜燈朦朧亮著。

孫母沒有回房休息，還坐在沙發上等待兒子回家，卻忍不住打起盹來，頭不時左右微微晃動。

阿祖安靜地坐在孫母身旁，她又晃了一下，他趕緊扶住她的身軀，讓她靠在自己的肩上。

他靜靜擁著母親，動也不動。

牆上時鐘的秒針一格格跳動，聲音規律清晰地迴盪在客廳裡，更突顯出此刻的寧靜。

彷彿全世界的人都消失不見，只剩下他們母子倆。

「寶貝……」

孫母的囈語喚回阿祖的注意。

他深深凝視著母親的睡顏許久，嘴角慢慢浮起一抹笑。

「媽。」他輕撫母親的髮際，低喃：「我帶走妳想要的，好不好？」

孫母沒有反應，依舊沉沉睡著。

他將她抱回房裡，並幫她蓋好被子。走出房間，他將門反鎖，沒有回到自己房裡，反而離開了家。

阿祖的身影，就這樣再次消失在濃重的墨色之中。

◆

「再見……」

一聲輕喚喚醒了孫母，她睜開眼睛，在伸手不見五指的一片漆黑中醒來。

「妳有辦法愛那個孩子嗎？」

她忍著從太陽穴傳來的疼痛，一陣陣尖銳笑聲和哭泣聲卻不時在她耳邊響起。慢慢地，她的眼前浮現出一群國中生，正朝著一個一絲不掛的男孩拳打腳踢的畫面，每一拳腳都毫不留情，幾乎是要致人於死地。

看到躺在地上奄奄一息的孩子，孫母猛然一震，立刻衝上前以肉身護住他，朝他們大吼：「你們在幹什麼？」

那群國中生發出輕蔑的冷笑，對她的喝斥充耳未聞，再度舉起手中的棍棒及刀子準備繼續攻擊。

孫母歇斯底里的尖叫，奪走其中一人的刀子，對他們瘋狂咆哮：「你們要是敢再上前一步試試看！我會先把你們殺掉，全部殺掉！這次我一定會保護我的孩子，誰敢再來傷害我的寶貝，我就算死了也不會放過他！」

聞言，他們放下手裡的器械，臉上的笑容也跟著消失。

孫母忍不住鬆了一口氣，拿著刀的手卻突然被人從身後用力抓住，她嚇得一回頭，發現抓住自己的人，竟然是兒子！

「祖霖……」孫母哽咽，眼神跟語氣卻很堅定：「你放心，媽媽來了，這次媽媽一定會保護你，不讓你再受到任何傷害，誰都別想把你從我身邊奪走。祖霖，媽媽愛你，絕對會一輩子永遠保護你！」

他慢慢抬起傷痕累累的臉，面無表情地盯著孫母，淡漠的眼神不帶任何情緒。

孫母被那雙眼睛震懾住，男孩對她輕輕一笑，將她手中的刀轉向，朝自己的頸部刺去，並緩緩說了一句話。

孫母的心一緊。

下一秒，她的雙眼就被一片鮮紅淹沒。

男孩滿臉鮮血，躺在血泊當中，被一片血紅吞噬……

「祖霖！」孫母尖叫，即刻從床上彈起！

她冷汗涔涔，四處張望，失神了好一陣，才聽見從房門外傳來的聲響。

「媽，妳快點開門！」孫芸用力敲門，帶著哭腔驚慌大喊：「哥他出事了，妳快點出來，拜託妳快點出來，媽！」

失蹤了一夜的孫祖霖，在送進醫院時就已經沒了呼吸心跳。

孫母趕到醫院，得知兒子還在搶救當中，無力癱軟在急診室門口，面如死灰。

孫芸只能緊緊抱住精神恍惚的母親，害怕地眼淚直流，得知消息的孫父，半小時後也抵達了醫院。

孫祖霖被人發現的地方，就在阿祖與于靜曾經一起去過的海邊。

他渾身溼透躺在沙灘上，臉上毫無血色，沒了氣息，冰冷海水不斷地朝他身上打去。

孫母始終無法接受，她的寶貝昨天早上明明還好端端地跟她說話，爲什麼現在卻在跟死神拔河，隨時都有可能離開她？

爲什麼祖霖會獨自跑到海邊去？他爲什麼要做出這種事？

忽然之間，孫母想起今早作的夢。

想起兒子在夢中握住她的手，靜靜凝望她片刻之後，嘴裡所說出的話。

「媽。」

微啞的低沉嗓音，卻是極其溫柔。

直至現在，她才發覺那並不是孫祖霖的聲音。

夢裡，他的身影就站在她的面前，聲音卻從她的耳畔傳來。

彷彿有人正在她的耳邊說話。

「我帶走妳想要的，好不好？」

孫母慢慢站起，步伐不穩地走回急診室前，雙手貼在冰冷的大門上。

當年那孩子站在寒風中望著她的情景，漸漸在她的腦中顯現。

「阿祖……」孫母喃喃低語，除了當年，這是她第二次呼喊他的名字。

她的心口像是被撕裂般劇烈疼痛，再也忍不住哭了起來。

「不要帶走他……不要帶走那個孩子！」她激動地哭泣，「拜託你，不要帶走祖霖。我知道你恨我，只要報復我一個人就夠了，拜託你原諒祖霖！他是無辜的！你要我做什麼都可以，什麼都可以！求求你放過他！」

孫母情緒失控，儘管丈夫跟女兒極力安撫，她仍然近乎瘋狂地大聲哭喊：「這一切都是我的錯，是我對不起你們，是我把你們害成這樣的！對不起，我沒有辦法愛你……我沒有資格做你們的母親！我願意用這一生來贖罪，用我的命來換祖霖的命，求求你原諒他，只要你肯放過那孩子，媽媽願意跟你走，媽媽願意跟你一起走！」

孫母筋疲力盡地昏厥過去，孫父急忙請其他醫護人員來幫忙。

另一方面，還躺在急診室裡的孫祖霖，經過一段時間的搶救之後，情況依舊不見好轉。

他的腦海深處不斷閃過一幕幕畫面，宛如跑馬燈般既迅速又雜亂。

「孫祖霖，你在幹什麼？」

教官跟師長衝上前合力把他牢牢架住，企圖將他拉離眼前被他刺得滿臉是血的人。

「你還不快住手！別打了，孫祖霖，馬上放開徐清！」

看著滿地血跡，以及躺在地上奄奄一息的五個人，阿祖面無表情，呼吸微亂，乖乖地不再反抗，被大人們帶走。

他覺得好冷。

他的四肢及胸口，無不感到刺骨寒意，連吐出來的氣息都冰冷無比。哪怕身上濺滿了徐清等人溫熱的血，他卻感覺不到一點熱意。

彷彿所有的感官全都麻痺似的，身子冷得他全身僵硬，只能在大人們的注視下，安靜地坐在訓導處，任由那股寒意不斷侵蝕著他的身心……

驀然間，一股厚實卻又柔軟的溫暖，在這時包圍了他。

「寶貝，別怕，媽媽來了。」

阿祖的眸光微微一動。

原本籠罩著他的刺骨寒意，剎那間消失無蹤。

「沒關係，媽媽知道不是你的錯。」

「不管你變成什麼模樣，媽媽還是一樣愛你。」

他凝視著面前的女人。

當他從這個世界醒來，她是第一個給他擁抱，第一個說愛他、相信他的人。第一個承諾著，會守護著他的人。

◆

「妳有辦法愛那個孩子嗎？」

穿著白袍的男醫師，用平穩的嗓音詢問眼前的婦人。

「我不知道……」她雙手掩面，搖搖頭，發出虛弱痛苦的哽咽：「我不知道……」

「妳沒想過要試著了解他嗎？」

「我好怕……」婦人顫抖，淚水從指縫中流出，「光是看到那孩子的眼神，我就覺得快要窒息，簡直怕得不得了，我完全……不曉得該怎麼辦才好？」

「妳怕他會傷害妳？甚至威脅到妳的生命安全？」

「不是……」婦人渾身發抖，「我怕要是再這樣下去，是我會傷害他。」

她止不住抽噎起來：「我怕最後，是我會忍不住殺掉那個孩子……」

看診室外的阿祖動也不動，從門縫中覷著在裡頭垂首哭泣的身影。

「哥哥！」紮著兩條辮子的孫芸朝他跑來，「爸爸說你今天已經看完醫生了，所以他要先載我們回家，等等再來接媽媽！」

阿祖一聲不吭，轉身就要離開，孫芸見狀，馬上抓緊他的衣角，跟在他身後。

他望了妹妹一眼，沒有甩開，就任由她這麼拉著他步出醫院。

◆

晚上在客廳看電視時，阿祖又聽見母親房內傳來陣陣爭執聲。

「別再哭哭啼啼了行不行？我明天還有重要的會議要開，可不可以不要再拿這種事煩我了？兒子會變成現在這樣，不就是因爲妳沒有照顧好他嗎？妳平常在家裡到底都在幹麼？」

阿祖面色平靜地按著遙控器切換電視頻道，不久，妹妹摀著耳朵走到他身邊。

「哥哥，爸爸又跟媽媽吵架了。」她眼眶泛紅，小小臉蛋布滿不安，「媽媽一直被爸爸罵……每天都在哭，好可憐喔。」

阿祖不發一語，不一會兒房裡的兩人出來，孫父直接甩門離家，而孫母則是表情憔悴，眼睛紅腫。對上兒子的目光，孫母匆匆別開了眼，繞進廚房去。

那晚阿祖沒有回房，看完電視後就直接躺在沙發上。

但他沒有入睡，而是盯著牆上時鐘的秒針一格一格的移動，由一移動到十二，再從十二移動到一，無論時針分針如何移動，都像是在原地打轉，怎樣也轉不出去。

當他終於有了睡意，卻在黑暗中聽見一道腳步聲逐步接近。

沒多久，一席溫暖的棉被輕輕地覆蓋在他身上。

孫母爲他蓋好被子之後，便悄聲離去。

阿祖慢慢睜開了眼。

發現一排未開封的罐裝可樂時，阿祖在冰箱前動也不動。

他問一旁的孫芸：「是誰放可樂在裡面的？」

「媽媽呀，她一次買了好幾罐回來，說是要給哥哥你喝的喔！」

妹妹說完，他仍盯著那些可樂，久久未曾離去。

◆

◆

「哥哥，你要去哪裡？」

「買可樂。」

「我也要去，我要買果汁！」孫芸開心大喊，直接衝出家門。

阿祖綁好鞋帶，跟著走出去，刺骨寒風迎面撲來。

才走一小段路，背後響起一聲呼喚：「阿祖！」

他停下腳步，回頭一看。

孫母追了出來，手裡還拿著一件外套。

那是她第一次正眼注視著他。縱使她的表情十分僵硬，極不自然，卻已經不像過去那樣總是極力避免與他四目相交。

「今天天氣……很冷。」她語調不穩地開口：「你穿太少了，先加件外套再出去，不然會感冒的。」

阿祖穿好外套，走向妹妹，兄妹倆一起走出巷子時，孫母又喊道：「小芸，記得牽好哥哥的手，不可以亂跑喔！」

「哥哥，快點！」孫芸在前方大喊。

「好——媽媽再見！」

阿祖再次回眸望向母親。

發現他嘴角微微牽動，握著他的手的孫芸眨眨眼問：「哥哥，你怎麼了？」

「沒有，我在跟媽說話。」

「哥跟媽媽說什麼？」她好奇偏頭。

「跟妳一樣。」阿祖眼裡有了笑意，「說再見。」

再見……

孫祖霖緩緩張開了眼睛。

眼前一片模糊，他什麼都看不清楚，更不曉得自己為什麼會躺在這裡？自己究竟身在何處？

病床旁的張家揚及櫻子一見他醒來，驚喜地從椅子上躍起。

張家揚高興地喊：「嘿，兄弟，你終於醒了！謝天謝地，你知不知道你差點就沒命了？」

「孫祖霖，你爸爸跟妹妹現在正在另外一間病房陪你媽媽，我現在就去叫他們！」櫻子說完匆忙離開。

「醫生說你差一點就沒救了，幸好你命大，最後還是把你從鬼門關前搶救回來了！」張家揚鬆了一口氣，問道：「你還好吧？有沒有哪裡不舒服？」

孫祖霖面無表情地盯著天花板，對他的關心無動於衷。

張家揚愣了一下，才小心翼翼地開口：「還是……你不是祖霖？你是阿祖嗎？」

孫祖霖的眼眶紅了。

他伸手按住胸膛，眼淚從眼角滑了下來，他張開乾裂的唇，聲音沙啞：「……不在了。」

「什麼？」

「他不在了。」孫祖霖的聲音帶著顫抖，「阿祖……已經死了。」

張家揚一臉震驚。

「阿祖死了……」孫祖霖一直重複同樣的話，「阿祖死了，他死了……」

他抓緊左胸，放聲痛哭。

孫祖霖能清楚感受到那份痛楚，整顆心臟彷彿被狠狠切割成一半似的疼痛。

他的世界被掏空了一半，失衡的強烈空虛感侵蝕著那塊缺口，令他痛不欲生，蜷曲著身子，哭到渾身痙攣。

張家揚發現孫祖霖臉色鐵青，就像要窒息，甚至還開始嘔吐，他見情況不妙，馬上衝去向醫生求救！

孫祖霖從床上跌了下來，癱倒在地，感覺一股強烈的苦鹹灌進他的鼻喉，嗆得他呼吸困難，連掙扎的力氣都沒有。

在極度痛苦的這一刻，他又看見了那片熟悉的藍。

孫祖霖知道，那是阿祖最後看到的畫面。他曾在夢中看見的，那片一望無際的大海。被陽光照得璀璨熠熠，一片湛藍的大海……

兩個禮拜後，已經可以回家靜養的孫祖霖，在親友的陪同下辦理了出院手續。

自從他在醫院甦醒，在張家揚面前大哭過後，就再也沒有人聽他開口說過話，也不見他臉上出現任何表情。

死而復生的他，變成一具失去靈魂的軀殼，無論別人說什麼、做什麼，都毫無反應。身邊的人看在眼裡雖然擔心，卻也無奈地不知如何是好。

聽到刀子掉在磁磚地板的清脆聲響，在客廳滑手機的孫芸嚇了一大跳，立刻衝進廚房查看。

正在切菜的孫母左手食指不慎割傷，孫芸趕緊將她拉到客廳，拿出急救箱幫她擦藥。

「媽，妳還好嗎？」孫芸一臉擔憂，「會不會痛？」

孫母搖頭，「不會，媽媽只是一時沒拿好刀子，沒事。」

「眞是的，嚇死我了，小心一點嘛！」她鬆一口氣。

望著女兒，孫母伸手溫柔地摸摸她的頭。

孫芸一愣：「怎麼了？」

「沒什麼。」孫母吸吸鼻子，微微一笑，「乖，去叫哥哥下來吃飯吧。」

孫芸來到孫祖霖房門口，敲門喚了幾聲，遲遲得不到哥哥的回應。

她等了一會兒，發現門沒鎖，便直接開門走進房裡。

昏暗的房間裡，只開著一盞桌燈，孫祖霖就靜靜坐在書桌前，望著窗外的傾盆大雨，一動也不動。

「哥，吃飯了。」

孫芸走到他身邊，輕聲說道：「媽今天煮了很多你喜歡吃的菜喔，你不想吃嗎？還有，爸爸今天出差回來，等等就回到家了，我們一起吃飯吧？」

「……」

「哥。」她喚：「你有聽到我說話嗎？」

見孫祖霖仍無動於衷，孫芸嘆了口氣，黯然離開房間。

幾分鐘後，孫母將菜端上桌，看見兒子下樓，面露喜色地對女兒說：「小芸，妳哥下來了，可以準備吃飯了！」

這時，家裡的電話響起，孫母匆匆去接，只聽她緩緩回答：「喔……所以你今天來不及回家了？好，我知道了。沒關係，你自己小心點，記得要吃飯喔。」

正要開動的孫芸望了母親一眼，只見孫母苦澀地抿了抿脣，低下了頭。

「放心，祖霖很好，沒什麼事，你不用擔心，我會——」孫母話說到一半，話筒卻突然被拿走，她大吃一驚，看著身邊的孫祖霖面無表情地接過電話。話筒裡傳來嘟嘟聲，清楚顯示出通話早已被孫父切斷。

孫母臉色蒼白，心慌喚道：「寶貝……」

「已經夠了。」他低語：「不必再爲他演戲了。」

下一秒，孫祖霖癱跪在地，孫母驚叫出聲，抱住他焦急大喊：「祖霖，你怎麼了？哪裡不舒服？寶貝，寶貝！」

孫母突地一怔，感覺到一股熱流正滴落在她的手背上。

半晌，她才發現那是兒子的眼淚。

「不要再等他了。」孫祖霖緊抓著母親的手，哽咽地說：「媽，我知道妳一直對我很愧疚，也知道妳一直很想給我們一個溫暖幸福的家，但是已經夠了，妳不需要再爲我們忍耐，就算沒有爸，我們也可以過得很幸福。雖然我是個沒有用的兒子，可是從今以後，我會努力守護這個家，就算只有我們三人，我也相信我們可以過得比以前更好、更幸福……」

他悲慟地哭了起來：「請妳……離開爸吧。放過妳自己，不要再讓他繼續傷害妳，不要再看他的臉色過活。我已經向阿祖發了誓，這輩子一定會好好保護妳和孫芸，永遠守護著妳們，所以拜託妳……爲了我們的幸福，勇敢離開爸爸吧！」

聽見孫祖霖眞情流露的一番話，孫母神情悲傷，也落下了兩行眼淚。

一旁的孫芸看著這一幕，不知不覺也跟著淚流滿面。

「媽，再見。」

孫母伸出雙手，撫過兒子的髮際。

她終於知道，在當時的那片黑暗裡，是誰在和她說話，又是誰在溫柔地向她道別。

「對不起……」孫母泣不成聲。

她與兒子相擁而泣。

這一天，成爲他們兩人生命中最重要的轉捩點。

他們的眼淚，解開了長年來桎梏這個家的枷鎖。

孫祖霖想要向阿祖證明，證明他們每個人，都能擁有再次幸福的可能……

第十二夢　風起

「阿姨，這個放在這裡可以嗎？」張家揚搬著紙箱，站在櫃子前回頭喊。

「可以，謝謝你！」孫母滿臉笑容，「家揚，先休息一下吧，剩下的我們自己整理就行了，阿姨切了點水果，過來吃吧！」

「收到！」

孫祖霖的父母離婚後，他與母親及妹妹三人搬離原來的家，落腳在張家揚家附近的一間小公寓。

他們的房東是一名五十幾歲，與張家揚認識多年的婦人。

張家揚稱呼她為廖姨，透過他的介紹，對方很乾脆地同意將房子租給孫祖霖一家人，還送了一堆傢俱給他們。

後來孫祖霖才知道，廖姨之所以會對他們這麼慷慨，除了與張家揚是老鄰居之外，主要是因為她本身也是單親媽媽，因此非常清楚一個女人獨自帶著孩子的辛苦。她的兩個孩子都大了，在別的縣市上班，現在只剩她獨自住在他們家樓上。

孫母搬進來後，廖姨就像多了個伴一樣高興，不時關心他們的生活，更將孫祖霖和孫芸視如己出，因此搬進去還不到一星期，孫芸就已經乾媽乾媽的叫她。

「終於搬完了！」搬完最後一個紙箱，孫祖霖揉腰吐了一大口氣：「好累，重死我了！」

「哥，你很遜耶，才搬個幾箱就像個老頭子一樣！」坐在書桌前吃布丁的孫芸吐槽。

「妳還敢講，還不都是搬妳的小說？幫妳搬還這種態度，早知道剛才就全部拿去回收掉！」無視他的笑罵，孫芸笑得一臉得意。

孫祖霖回到客廳，發現只有張家揚坐在沙發上，納悶地問：「我媽呢？」

「被廖姨抓去她家了，說是有東西要給阿姨看。我剛剛還聽說廖姨打算介紹工作給她呢！」他吃了一口水果，笑道：「有廖姨在，我想你媽媽以後都不會無聊了。」

「就是啊。」孫祖霖欣慰地笑了。

他最感謝廖姨的地方，不光是母親多了個人可以作伴，也是因爲她相當積極地想將多年來只懂得爲家庭付出，而不斷委曲自身的母親解救出來，不讓她再沉浸於過去的悲傷回憶之中。

孫祖霖對於廖姨的協助十分感動，沒想到世間竟有如此動人的溫情。

孫祖霖也不忘對張家揚道謝：「眞的很謝謝你，幫了我們這麼多忙。」

「沒什麼啦，小事一件。老實說，你搬來這裡，我可是比你還高興呢，我們住得這麼近，這樣以後就可以隨時跑來找你串門子了，多棒啊！」他拍拍孫祖霖的肩，「現在心情有沒有覺得輕鬆一點了？」

孫祖霖沉默片刻，點點頭，「老實講，自從搬離那個家之後，我眞的覺得輕鬆不少，從小到大沒有像現在這麼安心過。雖然不曉得往後的日子會變得怎麼樣，卻不再像以前那樣惶惶不安，每晚都帶著恐懼入睡，再懷著擔憂醒來。」

「聽你這麼說，我也很替你們感到高興。你有沒有發現，孫芸自從搬來這裡之後，變得開朗許多嗎？常看她笑容滿面呢！」

孫祖霖隨之一笑，「是啊。」

「那麼……你爸爸呢？」張家揚接著探問：「我前陣子聽孫芸說，你們搬家後，你就不允許你媽媽再跟他見面，是怕你爸會對她做出什麼事來嗎？」

「嗯，因為之前我媽鼓起勇氣向他提出離婚時，我爸還堅持不肯答應。」孫祖霖吁了一口氣，「你相信嗎？在做出那麼多傷害我們的事之後，他仍不覺得自己有錯。他折磨了我們這麼多年，最後還是不肯輕易放過我們。」

張家揚輕輕頷首，神情專注地傾聽。

孫祖霖沉痛無力地開口：「無論怎麼想，他帶給我們的，都只有傷痛。直到現在我還是無法原諒他，但也不想恨他，我眞心希望一切的苦痛、憎恨都能在這裡做個結束。」

孫祖霖望向遠方，若有所思，「恨一個人……其實是很累的，以前的我無時無刻都在怨恨別人，對這個世界充滿怨懟，也深刻明白那種心情有多痛苦、難受，那種不快樂的感覺，輕而易舉就能把一個人徹底逼瘋。」

「是阿祖讓你有這個體悟的嗎？」張家揚問。

孫祖霖停頓一會兒，緩緩回應：「在我了解阿祖的內心世界後，我很驚訝地發現，他其實誰也不恨，不怨恨我媽，也不恨我。就算命運待他如此不公，他也從沒想過要恨誰。阿祖雖然接受這一切，卻不是屈服。在面對困境與威脅時，他會用他的方式去保護在乎的人，對於自己的決定，也絕不會有半點猶豫跟遲疑。這一點，我永遠也沒辦法做到像他一樣……」

「怎麼會呢？」張家揚笑了，「你現在不也在用你的方式保護家人嗎？」

「咦？」孫祖霖一怔。

「眞正把阿姨還有孫芸從痛苦中解救出來的人，是你。這可不是一件能輕易做到的事喔！很多人因爲害怕改變，就算知道維持現狀會很痛苦，卻仍遲遲不敢跨出一步，可是你卻做到了。光憑這一點，就讓我覺得你很了不起了，完全不輸阿祖！」他豎起大姆指。

孫祖霖聲音一緊，苦笑道：「只可惜……我卻等到徹底失去阿祖後，才有勇氣這麼做。」

深深吐一口氣，孫祖霖握緊拳頭，「自從我下定決心，讓我媽還有孫芸離開那個家之後，我才眞正感受到自己具有守護她們的力量。從今以後，她們就是我的責任，雖然我不曉得自己能不能做到最好，但至少我已經不會害怕面對未來的挑戰了。」

張家揚露出寬慰的笑容，眞心爲他感到高興。

而那次，是孫祖霖最後一次提起阿祖。

從此，他再也沒有談起那個人，也沒人再從他口中聽見阿祖的名字。

但孫祖霖卻從來沒有遺忘過他，而是小心翼翼地將阿祖的一切回憶，藏在心底最深處。

◆

一個月後，孫母經過廖姨的協助，開始在附近一家餐廳上班，日子變得比以前充實許多。而孫祖霖白天去學校上課，晚上則是跟張家揚一塊去打工。

因爲有了想守護的東西，他的生活也有了目標，就算偶爾還是會有懦弱跟想逃避的時候，但現在的他，已經不允許自己讓那份負面情緒停留太久。

想到家人，想到未來，他沒有時間躊躇不前。

孫祖霖的轉變，讓身邊每一個人都感受到了。

他生日那天，所有人聚在孫祖霖家爲他慶生。

當張家揚拿出一台筆記型電腦，宣稱是他的生日禮物時，孫祖霖不禁看傻了眼。

「等等……這是新的？」他簡直不敢置信，「你瘋啦？這不是很貴嗎？爲什麼你——」

「哈哈，我當然沒那麼多錢可以買新的送你啊！這是我跟櫻子、梁筑音，還有林語珍一起合資送的。你的筆電不是摔壞了嗎？一個大學生沒有電腦用那怎麼行？你就別客氣了，收下吧！」

「就算是合資，還是很貴啊！」孫祖霖急了，「不行，我沒辦法收，這個禮物對我來說太貴重了！」

「孫祖霖，你就收下吧。」櫻子笑道：「我們都是心甘情願自掏腰包的，絕對沒有半點勉強喔！」

「是呀，這是我們大家的心意。」梁筑音也附和。

「不要婆婆媽媽了啦，快點收下吧！」林語珍笑。

「聽到沒？還不快收下！」張家揚把筆電放到他手上，「還當我們是朋友的話，就別客氣了，不然我們眞的要生氣了喔！」

孫祖霖看著笑咪咪的三人，滿腔感動讓他喉頭一哽，不知道該說些什麼才好。

他極力想保持鎮定，眼眶卻漸漸溼潤了起來。

「謝謝……你們。」

◆

韶光荏苒，日子一天一天過去。

轉眼間，他們大學畢業，各自展開全新的旅程。

其中櫻子走得最遠，即將到倫敦留學。

她說怕到時難過，堅持不肯讓大家送機，因此大夥便在她出發前一晚爲她舉辦了一場歡送會。

歡送會結束，櫻子卻在回家後傳了一則訊息給孫祖霖，他深夜收到一看，心裡滿是詫異。

隔天，孫祖霖獨自趕到機場，一發現櫻子的身影，立刻奔上前去。

「不好意思，明明說好不想讓你們送機，結果還是把你叫來了。我有些話無論如何都想單獨跟你說。」櫻子嫣然一笑。

「不會，沒關係！」孫祖霖搖頭，「能替妳送機我很高興。」

他們坐在機場大廳，櫻子靜默片刻，開口：「眞的很不可思議耶。」

「咦？」

「以前的我，從沒想過可以跟你一起坐在這裡。」她望著前方來來去去的旅客，「尤其是國中的時候，我跟你根本沒說過幾句話呢。」

孫祖霖輕笑。

「因爲羨慕阿祖，所以我曾經做過很多傻事。阿祖替我完成了許多我不敢做的事，所以在我心裡，一直都很希望自己能夠變成他。我眞的很想擁有像他那樣的勇氣，有那種爲自己抵抗一切的那份決心。」櫻子的目光悠遠。

孫祖霖不解地看著她。

櫻子停了停，「你還記得我們國三時的導師嗎？」

「記得。」

「那個時候……」她深呼吸，雙手握拳，「那個時候，他性騷擾我很長一段時間，對我做出了許多噁心又骯髒不堪的事。」

孫祖霖不敢相信自己的耳朵，震驚地瞪大眼睛。

「你一定很驚訝吧?向來被別人視爲完美模範生的我，外表看起來光鮮亮麗，私下卻遭遇到這種事。」櫻子微笑，說起這件往事，仍是難掩情緒波動，眼淚跟著滑落。

她很快擦掉淚水，「當年的我很害怕也很憤怒，卻無力反抗，甚至連向別人求救的勇氣都沒有。我不敢跟任何人說，只能偷偷躲起來獨自哭泣。直到阿祖出現，逼走了他，我才徹底擺脫了這場惡夢。」

孫祖霖愣愣地望著櫻子。

櫻子迎向孫祖霖的目光，神情專注，「你對這件事有印象嗎？阿祖有次放學後對老師下藥，等他昏迷後把他拖到廁所，再把我叫過去，還拿了一根球棒給我，說要讓我盡情報仇。我被老師傷害的事，當時只有阿祖一人發現。假如你知道阿祖所有的事，那麼對這件事情，應該也有印象吧？」

孫祖霖低頭深思一陣，點點頭，「有……我有印象。」

櫻子一聽，露出欣慰的笑容，淡淡地說：「雖然老師的離開，讓我從此不必再過著心驚膽跳的日子，可是我的心受到的創傷，不管經過多久時間，還是留下了無法抹滅的陰影，無論我多麼想忘卻，那段往事仍然糾纏著我不放。所以我深深憎恨著那個人，也開始恨我自己，甚至利用你的信任，最後不惜背叛了你……」

語落，她的眼淚又流了下來，「對不起。」

孫祖霖說不出話，只能不斷搖頭。

「你……在知道我的過去之後，會不會覺得很厭惡？」櫻子望著他的眼睛，「會不會覺得我很噁心，不想再跟我來往？」

「怎麼可能？」他一愣，「發生這種事情，本來就不是妳的錯，我怎麼會這麼做呢？」

「所以你不會討厭我嗎？」

「當然不會！」

櫻子眼眸含淚，久久無法言語。

孫祖霖盯著自己的手片刻，打破沉默：「櫻子。」

「嗯？」

「妳記不記得我們國二時，有次我被徐清欺負，在洗手台清理身上的泥巴時，妳走了過來，還遞給我一包面紙？」

櫻子認眞回想，歉然地微笑，「對不起……我好像沒什麼印象了。」

「沒關係，那麼久以前的事，不記得也是正常的。」他看著遠處停機坪上的飛機一字排開，「平常同學不是嘲笑我，就是處處閃避著我，當時只有妳願意看著我的眼睛跟我說話。雖然我不曉得妳是怎麼看待我的，就算只是同情也好，對我來說，光是妳短短的一句話、一個小舉動，就讓我覺得好像得到了救贖。」

孫祖霖緊握雙拳，努力穩住聲音：「還有一次……我被徐清恐嚇，內心滿是怨恨，不知道該如何發洩，在坐捷運回家時，忍不住瞪視著在我面前開懷大笑的一群學生。我當時很氣憤，氣他們爲什麼可以笑得這麼高興？爲什麼只有我一個人遭到霸凌？想著想著，我差點就失去理智，拿出藏在外套口袋的刀片，出手傷害他們。」

他深吸一口氣，「但就在那個時候，我聽到有人叫妳的名字，發現妳也在同一個車廂裡，看到妳之後，我才恢復理智，冷靜下來。」

孫祖霖看著一臉驚訝的櫻子，感嘆：「要是那時沒看到妳，說不定我早就一時衝動做出恐怖的傻事了，現在也不會跟妳一起坐在這裡了。所以，我其實一直很想親口向妳道謝，是妳拯救了我，讓我沒有在最後一刻做出後悔的事來。當年學校的生活對我來說，如同身處煉獄般痛苦，可是只要能見到妳，我就覺得很幸福。若不是妳，我不會對這世界有任何眷戀，早就選擇自我了斷了。」

孫祖霖眞摯地向她坦言：「所以，對於櫻子妳，我只有滿滿的感激。我永遠都不可能恨妳，妳在我心中是非常重要的一個人，能夠遇見妳，我眞的覺得很幸運，也很快樂。」

櫻子雙手摀住雙脣，低聲啜泣。

「孫祖霖，謝謝你。」

孫祖霖不自禁紅了眼眶，跟著掉下眼淚。

她擦去淚水，愼重地問：「孫祖霖，我們永遠都會是好朋友，對吧？」

他想也沒想便答：「那當然！」

櫻子破涕為笑，揚起他看過最燦爛美麗的笑顏。

送她登機之後，孫祖霖站在機場外頭，仰望飛機慢慢劃過天際。

其實，他剛才對櫻子撒了一個謊。

當她問起對阿祖過去幫她的事，是否還有印象時，無論孫祖霖怎麼回想，就是想不起來。

他並沒有在阿祖的記憶裡發現這段往事。

但孫祖霖並沒有坦白告訴櫻子，他不想讓她帶著失落離開，因此決定永遠隱瞞這個答案。

曾經爲他帶來光明和希望的天使，如今已展翅往別處自由翱翔，他想將所有的祝福都送給她，祝福她在未來的人生，可以得到屬於她的幸福，不再被過去的陰影牽絆。

他會記住每一段有櫻子的回憶。

這是屬於孫祖霖最美的一場夢。

◆

炎熱夏季的早晨，外頭卻是風雨交加。

孫祖霖在客廳邊吃早點邊閱覽手中的文件，聽到妹妹房間傳來一聲尖叫，接著就是一陣翻箱倒櫃和急促的腳步聲。

一分鐘後，孫芸從房裡衝出來，頂著凌亂的頭髮大喊：「喂，哥，你怎麼不叫我起床？」

「小姐，我已經叫妳好幾遍了，是妳自己要賴床的。」

「我忘了媽跟廖姨去日本玩了，害我連鬧鐘都沒調就直接睡了！」她氣急敗壞地瞪視被風雨打溼的玻璃窗，「外面風雨明明大成這樣，為什麼還沒有達到停班標準呀？要是因為這颱風害我出車禍，我一定要找政府賠償！」

「這種天氣妳還是不要騎機車吧？」

「我知道，我寧可多花點錢搭計程車，也不會拿自己生命開玩笑！」

一陣兵荒馬亂後，孫芸拎起包包出門，又納悶地繞回孫祖霖身邊，「奇怪了，哥你怎麼還在家？平常這時候你不是早就出門了嗎？」

「小姐，妳忘記現在幾月啦？學校已經開始放暑假了。」孫祖霖從容回應，露出悠哉的笑容，「路上小心唷，小芸。」

孫芸尖叫一聲，氣得朝他的手臂打了一下，隨即火速衝出家門。

孫祖霖揉揉無辜的手臂，思緒很快回到手裡的資料中。他看著看著，方才浮在嘴角的笑意，漸漸褪去。

傍晚下班時分，張家揚上門串門子，發現放在客廳桌上的資料夾，先是好奇地翻了翻，接著會心一笑，「是你班上的學生？」

「不是，是隔壁班的。」

「你看隔壁班學生的資料幹麼？」

「前陣子我收到他們班上其中一個學生給我的信，他告訴我，他從半年前就開始被某個同學欺負，不但天天跟他勒索，還在網路上留言攻擊中傷他，他希望我可以幫助他。」

「這就怪了，被班上同學欺負，卻跑去找隔壁班老師幫忙，他的導師不管嗎？」張家揚蹙眉。

「我跟他的導師不太熟，不過聽說他對學生很嚴苛，除了課業之外的事都漠不關心。而我也問過那位學生，他說很早以前就向導師求助過，可是他們導師卻完全置之不理，甚至還用很嫌惡的態度回應他。」

「哇，這根本就是二度傷害，這老師也太誇張了！」張家揚嘆了一口氣，「那你打算怎麼辦？」

「基於尊重，我後來還是聯絡了他們導師，沒想到他竟然劈頭叫我別多管閒事，態度十分不善。」

「唉，眞的不管是哪個時代，都會有這種老師。」張家揚無奈搖頭，翻閱起資料，「這就是那位被霸凌的學生？」

「不是，是欺負他的那位學生。」孫祖霖雙手環胸，「我想要了解的是那名學生欺負他的動機。我發現那個學生課業很好，可是家庭方面似乎有些問題，他的父母因為工作，很少有時間關心他，不過卻相當寵溺他。我今天下午跟他母親連繫時，還被酸了幾句。她笑著告訴我，她兒子一向很乖，絕對不可能——」

「會做出這種事。」張家揚順口接腔，兩手一攤，「唉，我只能說很多小孩子的問題，絕大部分是來自於家長。你自己也要小心點，現在怪獸家長可是很多的！」

「不只是家長，師長也要負很大的責任。」孫祖霖垂眸，「很多事情，都不是單方面造成的。」

像這類校園霸凌問題，是孫祖霖成為學校教師的近幾年來，最常碰到的其中一種類型，而且還只是冰山一角。

他從這些學生身上，看見了自己過去的影子。

孫祖霖也曾恨過自己的老師，恨他曾經那樣無視他的求救，甚至還跟著那些傷害他的人，在他的傷口上灑鹽。

如今，孫祖霖也當上了老師，看著一張張年輕稚嫩的面孔，即將三十歲的他，心底總會湧起一股悵然。

他曾經也坐在那群孩子之中，內心憎恨著當初當眾羞辱他的導師；然而當他以教師的身分第一次站上講台時，那一刻，他卻很感謝那位導師。

如果不是他，孫祖霖不會明白，身為一個老師的影響力有多大。

無論行為還是言語，甚至只要一個眼神，就能輕而易舉影響一個孩子的世界，因為在這個年紀的學生，是最青澀單純，卻也是最敏感脆弱的時候。

因爲自己過去遭受過傷痛，現在才知道該怎麼去對待及協助這些孩子。

相對的，如果最後他沒有得到救贖，那麼現在的他，說不定仍會繼續抱著怨天尤人的心態過活，甚至用和當年導師相同的方式，傷害這些孩子。

這兩種心態截然不同，卻僅有一線之隔。

學校開學後，孫祖霖某日下班走進一家速食店，打算外帶晚餐回家吃。

他盯著點菜單，正在考慮要選幾號餐，身後就傳來一聲輕喚：「孫祖霖？」

孫祖霖回頭，只見一名留著波浪長捲髮，一身OL裝扮的女子，正目不轉睛注視著他。

她揚起神采奕奕的笑容，「好久不見，還記得我嗎？」

這名女子看起來相當眼熟，孫祖霖先是呆了片刻，才圓睜著眼，不敢置信地問：「難道……妳是梁筑音？」

「是呀，你還記得我？」

「當然記得，只是妳現在變得……跟我印象中不太一樣，所以一時沒能認出來，不好意思！」孫祖霖摸摸臉，爲這意外的重逢感到驚喜，「從妳研究所畢業到現在……應該快六年沒見了吧？之後也很少聽到妳的消息，妳最近過得好嗎？」

「很好呀，你也變得跟以前不太一樣了呢，所以我剛剛還先在旁邊觀察了一下，才敢開口叫你。我現在在這附近的一家廣告公司上班，你呢？」

「喔，我在國中擔任國文老師。」

「眞的？」

「是啊！」

聞言，梁筑音忍不住笑著調侃，以前從沒想過孫祖霖會當上老師。

許久不見的兩人在店內一塊用餐，久別重逢讓他們的話匣子一打開就聊個沒完。

畢業後大家各分東西，碰面的次數不若以往頻繁。

自從梁筑音也跟羅玲櫻一樣出了國之後，孫祖霖就很少再跟她聯繫。

梁筑音讀完研究所就到澳洲遊學，回到台灣後又做了幾年口譯，直到上個月，才轉行到現在的廣告公司任職企畫工作。

在孫祖霖的印象中，梁筑音是個打扮中性的女孩，個性獨立自主，讓她從以前就比年紀相仿的女生還要穩重成熟。

過去她留著短髮，多穿著褲裝，有時看起來甚至像個男孩子，不像櫻子及林語珍那樣重視裝扮，但她的清新氣質卻給人一種乾淨俐落的感覺。

然而現在的她，卻散發一種成熟女性的魅力。她化著簡單不失優雅的淡妝，一對珍珠耳環在長髮裡若隱若現，身上的高雅素色套裝更是顯露出她姣好的身材。

這是孫祖霖不曾見過的梁筑音，因此剛才認出她時，他心中不由得萌生驚艷之感。

兩人聊著聊著，幾名國中生走進店裡，一見到孫祖霖，馬上熱情跟他打招呼。

而看到一旁的梁筑音，他們更是露出曖昧的笑容，笑鬧：「原來老師在跟女朋友約會啊！」

孫祖霖既尷尬又無奈地出聲否認，那群學生完全不理會他的解釋，買完餐離開店前，又故意走過來起鬨。

「老師，我們支持你！」

「老師，加油！」

「師母好！」

「你們幾個，夠了喔，不可以這麼沒禮貌！」孫祖霖從座位上跳起來，那群學生隨即哈哈大笑推門走出店外，從玻璃窗前經過時，仍不忘對他揮手道別。

孫祖霖非常不好意思，連忙向梁筑音賠不是：「抱歉，那群小鬼平常就愛開玩笑，希望妳不要介意。」

「不會呀，我覺得他們很可愛。」她並不在意，「是你班上的學生嗎？」

「是啊，他們常讓我很頭痛。」

「你一定是個好老師。」梁筑音笑了笑。

「爲什麼這麼說？」他微愣。

「因爲你的學生看起來都很喜歡你呀。」

孫祖霖頓了頓，不好意思地摸摸頭，「對了，我記得妳不是有男朋友嗎？大學時曾聽妳說有交往對象。」

她噗哧一聲，「我跟我男友在研究所畢業後就分手了。你呢？現在有女朋友嗎？」

「嗯……沒有，我每天都在忙著學生的事，平常很少有認識異性的機會。就連我妹都常念我，怕我交不到女朋友。」他苦笑。

「這不就表示你是個認眞的老師嗎？」梁筑音嫣然一笑，「能當你的學生應該很幸福吧。」

那天他們聊了兩個多小時，仍是意猶未盡，兩人分開前，還約好下次碰面的時間。

後來，孫祖霖高興地將這件事告訴張家揚，張家揚先是盯著他片刻，最後也露出和那群學生一樣的曖昧笑容，「嘖嘖，我們老天爺總算看不下去，終於讓你有機會可以擺脫單身了！」

「你在講什麼？」孫祖霖瞪大了眼。

「自從你當老師之後，每天爲了學生盡心盡力，又對聯誼沒興趣，除了學校的女老師，平常根本就沒機會認識其他異性。現在梁筑音出現了，還變成了一個單身的超級大正妹，你不覺得這根本就是老天爺賜給你的機會嗎？」

他拍拍孫祖霖，「兄弟，多爲自己著想一點。將近三十年的人生沒交過半個女友，已經夠慘了，拜託你一定要好好把握梁筑音，知道嗎？」

「什麼跟什麼啦！我、我從來就沒有對她有過這種想法！」

「沒有什麼事是不可能的，朋友。」張家揚搭上他的肩，笑道：「別忘了世事難料啊。」

「神經。」孫祖霖懶得理他，沒將他的話放在心上。

幾天後，原本跟梁筑音約好再到同一家速食店見面，一到店內卻發現已經客滿，更糟的是，還來不及去到其他間餐廳，就開始下起雨來。

兩人不得已，只好先到隔壁的便利商店避雨。

孫祖霖滿臉歉意，「我應該先找好其他餐廳的，結果現在只能被雨困在這裡，眞的很抱歉。」

「不用這麼見外啦，在這裡也沒什麼不好呀，而且我對便利商店可是充滿親切感呢。」梁筑音一笑，望著外頭大雨，「你還記得我們以前偶爾也會在深夜裡的便利商店聊天嗎？」

他呆了一瞬，若有所思地回答：「嗯，我記得。大學那時候，有一陣子我會在半夜去到妳打工的便利商店買飲料。」說到這裡，他突然起身，「妳等我一下。」

沒多久孫祖霖回來，放了一罐冰綠茶到她桌上，梁筑音一愣。

「我記得妳很喜歡喝這個牌子的綠茶，對吧？」他手裡也拿著一罐綠茶，「以前我常看妳喝，有時妳也會請我，這一次，務必要讓我請妳。」

「沒想到你還記得……」向他道謝後，梁筑音插上吸管喝了起來，「這樣讓我想起更多事情了。」

「什麼事？」

「以前跟你在便利商店碰面時，不知道爲什麼，總覺得你看起來好不快樂，而且好像很怕跟別人相處。後來我知道了你的過去，以及你跟櫻子的事，就在想，這些事會不會害你從此更加懼怕別人？那時還忍不住在心裡擔心你呢。不過幸好，你最後走出來了，而且現在過得比以前還要好。」

孫祖霖聞言，不禁有些難爲情，「不好意思，讓妳那時擔心了。」

「你還因爲櫻子的事，曾經在我面前掉眼淚呢。」他的雙頰溫度急速上升。

孫祖霖忍不住尷尬地咳了幾聲，羞愧地不敢對上她的視線，「我現在想起來，還是覺得很糗。」

「沒關係啦，那也是眞情流露啊。」梁筑音吃吃笑了起來。

孫祖霖紅著臉，看著桌上的綠茶，「不過那陣子，其實我很感謝妳。」

「喔？爲什麼？」她好奇。

「因爲當時除了櫻子外，就只有妳不會用奇怪的眼光看待我。」他緩緩說：「妳也不會因爲我很危險，就故意疏遠我或害怕我。妳完全把我當作一個普通的正常人，對我毫無偏見。除此之外，妳也是第一個鼓勵我去面對陰影的人，每次和妳聊過之後，我的心情就會輕鬆很多，開始想在煩惱得睡不著的時候，去妳打工的地方找妳說話，而妳每次也都很認眞地傾聽。雖然現在說有點太遲，但我還是很想告訴妳，當時眞的很感謝妳。」

「不會遲啊。」梁筑音莞爾，「聽到你的道謝，讓我覺得很高興。」

孫祖霖抿了抿唇，靦腆說道：「大概就是因爲這樣，後來每當我看到這罐綠茶時，就會不知不覺想起妳。甚至只要喝了綠茶，心情就會慢慢安定下來。」

「眞的？」

「嗯，因爲筑音妳很溫柔，跟妳相處會讓我覺得很自在。以前的我，根本沒辦法跟女生相處得如此融洽，總是說兩三句話就緊張得想要逃開，可是在妳面前卻完全沒有這個問題。」

「你的意思是以前的我很男人婆，沒有半點女孩子的氣質，所以你才不會覺得緊張囉？」

「不是不是，當然不是這個意思！」

「開玩笑的啦！」梁筑音噗哧一笑，「其實，你也是一個很溫柔的人啊。」

「咦？」

「當年你在我面前哭泣時，雖然我想安慰你，但是你卻因爲害怕阿祖突然出現，堅持不肯讓我靠近。」她凝視著孫祖霖，「你對我說，你不想傷害我，所以才要跟我保持距離。這樣爲別人著想的你，不也是一個很溫柔的人嗎？之後你帶著你妹妹和媽媽，離開傷害你們的父親，也證明了你有顆善良體貼的心，你根本沒有自己想像中的那麼不堪。」

孫祖霖苦笑，「妳把我說得太好了。」

梁筑音搖搖頭，「我說的是實話。你對家人所做的一切，都讓我覺得很感動，也很欽佩。」她脣角上揚，「孫祖霖，你眞的很了不起。」

那天深夜，孫祖霖躺在床上盯著天花板發呆，久久無法成眠。

「這樣爲別人著想的你，不也是一個很溫柔的人嗎？」

「孫祖霖，你眞的很了不起。」

不知爲何，梁筑音看向他的眼神，讓他難以忘懷。

良久，他翻了個身，懊惱地嘆了一口氣。

又不是小孩子了，此刻的他，居然還會因爲梁筑音的這些話而滿臉通紅，心跳加速……

在後來的日子裡，孫祖霖跟梁筑音見面的次數越來越頻繁，週休二日也會約出去郊外出遊。

張家揚和孫芸成天嚷著要孫祖霖帶梁筑音到家裡坐坐，就連孫母也非常期待見到她，爲此孫祖霖感到很頭疼。

剛開始孫祖霖還對張家揚信誓旦旦地保證，對梁筑音不會有朋友以外的想法，但假如現在再問他一次，孫祖霖發現自己恐怕已經沒辦法答得這麼絕對。

事實上，跟梁筑音重逢之後，兩人之間的互動確實十分良好，相處起來也很愉快。他也在不知不覺間，開始期待見到梁筑音的身影，期盼和她相處的時刻趕緊到來。

但他無法確定，梁筑音是否對他也有相同的感覺？

最後實在禁不住母親和妹妹的再三催促，三個月後，當某天孫祖霖跟梁筑音出去吃飯時，終於開口向她提出邀請。

「我媽和孫芸每天都在我耳邊嚷嚷，連張家揚那傢伙也一直嘮叨，所以……如果妳不介意，願不願意來我家坐坐？」

擔心她爲難，孫祖霖趕緊補充：「不過，若筑音妳覺得不方便，那也沒關係，我不希望讓妳感到困擾，妳不喜歡的話不必勉強，眞的！」

梁筑音一聽，靜靜看著他片刻，出乎意料地一口答應。

「我好久沒見到你家人和朋友了，也該去跟他們打聲招呼了。」她從容回應。

他連忙再確認一次，「妳眞的願意嗎？」

「嗯，我很期待喔。」梁筑音眨眨眼，「如果明天就去的話，會不會太急了呢？還是等下個週末比較恰當？」

孫祖霖笑顏逐開，「沒關係，就明天吧。等等我就打電話回去通知一聲，他們一定會很高興的！」

語畢，他低頭看看手錶，「時間差不多了，再十五分鐘電影就開始了。」

兩人離開餐廳，正要穿越馬路走到對面的電影院，卻發現前方的號誌燈僅剩倒數最後十秒。

孫祖霖一驚，下意識地直接拉起梁筑音，快步往對街奔去。

兩人奔過馬路，他吁了一口氣，笑道：「好險，幸好來得及。」

接著，他低頭望見自己正牽著梁筑音的手，嚇了一跳，雙頰一陣發熱。

「筑音，抱歉！」才要放開，他的手卻反被對方握住。

孫祖霖愕然。

梁筑音微微偏頭，一雙瑩亮眼眸盈滿笑意，「你眞的想放手嗎？」

他傻了半晌。

看著自己手中牽住的白皙右手，孫祖霖心中一時閃過許多念頭。

最後，他終於牢牢地回握梁筑音的手，不再有半分猶豫。

◆

孫祖霖與梁筑音開始正式交往，也一起安安穩穩地度過了兩年幸福時光。

到了第三年，兩人決定步入紅毯，攜手共度一生。

「兒子，來。」

孫祖霖走到母親面前，讓她替自己整理領帶。

「你這孩子，怎麼連領帶都沒打好呢？」

「剛剛一直被家揚還有其他人抓去照相，可能是那時候弄亂了吧。」

「你呀，既然決定要照顧筑音一輩子，就一定要好好對待她，絕對不可以做出對不起她的事，要不然媽媽也不會原諒你的，知道嗎？」

「那是當然的，媽妳放心。」他失笑。

「時間過得眞快，轉眼間，我的寶貝就長這麼大，要娶老婆了。」孫母拍拍他身上的西裝，眼眶溼潤，眼中交織著欣慰和激動，「媽眞的好高興。」

孫祖霖給了她一個擁抱，「媽，我們走吧，禮車來了。」

「好。」她吸吸鼻子，低頭打量自己，語帶擔憂：「祖霖，你看媽穿這樣可以嗎？會不會很奇怪？」

「不會，媽今天很漂亮，眞的！」他微微一笑，牽起母親的手步出家門。

孫祖霖乘著禮車去迎娶新娘，當他看到披著一身雪白婚紗的梁筑音時，不由得看傻了眼。

「筑音，妳好美！」他情不自禁地發出讚嘆。

她對他燦爛一笑，「你也很帥呀！」

拜別父母的儀式一結束，兩人便前往婚宴會場。

孫祖霖在車上握緊妻子的手，心滿意足地吁了一口氣。

梁筑音像是突然想到了什麼似的說：「祖霖，今天早上櫻子打給我，說她已經搭昨晚的班機從英國趕回來了，還說要包一個大紅包給我們。」

「眞的？那林語珍呢？」

「她跟櫻子都已經到會場了。」

此刻，孫祖霖旁邊的車窗忽然被人敲了兩下。

他搖下車窗，探頭一看，「怎麼了？」

「哥，早上我忘記問你了，你昨晚用完筆電之後，是不是有東西忘記拿了？」擔任伴娘的孫芸問道。

「沒有啊。」

「可是我今早從你房間拿走筆電的時候，發現有個紅包夾在裡頭耶。」孫芸從包包裡找出一個紅包，「封口黏住了，裡頭好像有東西，上面還寫著你的名字。」

「可是我昨天在用筆電的時候，並沒有看到這個啊。」孫祖霖納悶地蹙眉，拿起紅包袋細看。

「該不會是你半夜夢遊，包紅包給自己吧？」孫芸竊笑。

「怎麼可能？呆子！」他輕敲妹妹的額頭。

「你才呆呢，全家也只有你會對著鏡子自言自語！」語落，孫芸又認眞地對梁筑音說：「筑音姐，你確定要嫁給這個奇怪的男人嗎？就算妳不當我大嫂也沒關係，當我乾姐就好了，現在反悔還來得及唷！」

「孫芸妳——」孫祖霖還來不及反擊，她已經笑著逃開。

又好氣又好笑地與梁筑音對望一眼，孫祖霖決定直接拆開紅包袋。裡面有一張摺起來的白紙，他攤開一看，一行用黑筆寫下的文字，清楚映入眼中。

恭喜擺脱處男的行列了。

孫祖霖一愣，想不出究竟是誰寫了這種莫名其妙的東西給他？突地腦中一個念頭閃過，他全身一僵。

他怔怔然盯著這行字，心臟越跳越快，呼吸也漸漸急促起來……

過沒多久，孫祖霖笑了。

他仰頭大笑，笑著笑著，不小心還笑出了眼淚。

笑著笑著，他卻開始低聲啜泣，哭得不能自己。

見他忽然間又哭又笑，梁筑音面露擔憂，「祖霖，你怎麼了？」

「沒有，沒事。」孫祖霖搖搖頭，伸臂緊擁妻子，露出幸福的笑容，「沒什麼。」

窗外起風了。

春天的暖風輕拂，吹來一陣綠草香氣。

孫祖霖深信，這就是那個人要對自己說的話。

他相信，這是阿祖捎給他的祝福。

禮車緩緩駛進陽光裡，裝飾在車上的花束和緞帶隨風飛揚，空氣中瀰漫著一股淡淡清香。

這是紀念他們的夢，最美的一瞬間。

兩個人，永恆的夢。

全文完

後記
那個讓我無法轉移目光的男孩

回頭看到《十二夢》的初版完稿日期，我才發現，原來時間已經晃然一過三年了。

我想起自己當年是如何爆肝，同時寫完這一部小說，以及另一本二十幾萬字的愛情小說。現在回想起來，《十二夢》可算是讓我覺得寫得非常淋漓痛快的一部作品，我還記得當初寫下最後一個字時，已是凌晨三點多了，之後就倒在桌上不省人事。（笑）

之所以會想要創作這個故事的動機很單純，因爲「雙重人格」一直是我最想寫的題材之一。

三年過去，當我再重新閱讀《十二夢》，感覺卻跟以往非常不同。

起初在POPO原創連載《十二夢》的時候，在讀者心中最有人氣、最受注目，也最被心疼的角色，就是阿祖（包括我自己也是最心疼他）。然而如今再審閱一次，我卻發現自己的注意力全都放在孫祖霖身上，不但充分感受了他的心情轉折，從一開始到最後的蛻變，我的視線一瞬都離不開他。

孫祖霖讓我強烈感受到他在個性上的複雜：他很善良，但不是對誰都善良；他可以天眞，卻習慣逃避生命裡的一切逆境；他渴望站在光芒下，內心卻比誰都來得自卑；他明明自卑，卻又極度虛榮貪婪……種種發生在孫祖霖身上的矛盾跟衝突，徹底抓住了我的心。

那種感覺也許不是喜愛，也不是心疼，但就是讓我無法轉移目光。

有一次，我在電視上看到一則新聞，標題是：「不滿被霸凌！國三生持蝴蝶刀刺傷同學。」

那時《十二夢》已經確定會出版，在看到那則新聞時，有一瞬間我眞的以爲，自己彷彿看見了活生生的孫祖霖出現在我面前。

但我知道，孫祖霖的故事，本來就不單單只是一個故事。現今社會上，有太多太多的孫祖霖存在，更多時候總要等到出事了，事件爆發出來後，我們才能得知霸凌問題有多麼嚴重。

霸凌不僅發生在學校或職場，連在網路上，我們都可以輕鬆隨意地用言語去傷害一個人，而且還不需要負擔任何責任，往往直到事態嚴重，甚至一條生命殞落，才會驚覺霸凌的嚴重性。

網路上的言語霸凌，最令人毛骨悚然的是，當事情發生時，我們總是口口聲聲譴責霸凌的加害人，但等過了一段時間，事情漸漸被淡忘後，當初義正嚴辭譴責的人，之後卻時常繼續做出與加害人相同的事。

他們不管是否了解對方，也不確認事情的眞相是否已經過查證，只要媒體透過強烈腥羶的文字蓄意引導，就能輕易左右並且挑起閱聽人的怒火，再加上反覆的議題炒作手段，一切就如同野火燎原般，一發不可收拾。

我想，這種種現況也是自己之所以重看《十二夢》，感觸特別深刻的原因吧。

最後，要感謝湘潤、馥蔓，以及POPO原創，願意給這部作品付梓的機會。

也要特別感謝過去所有喜愛這個故事的讀者，以及現在讀完這個故事的你們。

謝謝你們陪我走過這十二個夢。

晨羽

城邦原創 長期徵稿

題材

(1) 愛情：校園愛情、都會愛情、古代言情等，非羅曼史，八萬字以上，需完結。
(2) 奇幻/玄幻：八萬字以上，單本或系列作皆可；若是系列作，請至少完稿一集以上，並附上分集大綱。

如何投稿

電子檔格式投稿（請盡量選擇此形式投稿）

(1) 請寄至客服信箱service@popo.tw，信件標題寫明：【投稿城邦原創實體書出版／作品名稱／真實姓名】（例：投稿城邦原創實體書出版／愛情這件事／徐大仁）
(2) 稿件存成word檔，其他格式（網址連結、PDF檔、txt檔、直接貼文於信件中等）恕不受理；並請使用正確全形標點符號。
(3) 請附上真實姓名、性別、聯絡電話、email、POPO原創網會員帳號、作者簡介與出版經歷。
(4) 請加入POPO原創市集(www.popo.tw/index)申請成為作家會員，並將投稿作品公開放上該網站至少4萬字，若想全文公開也可以。

紙本投稿

(1) 投稿地址：10483台北市民生東路二段149號6樓A室
城邦原創實體出版部收
(2) 請以A4紙列印稿件，不收手寫稿件。
(3) 請附上真實姓名、性別、聯絡電話、email、POPO原創網會員帳號、作者簡介與出版經歷。
(4) 請自行留存底稿，恕不退稿。
(5) 請加入POPO原創市集(www.popo.tw/index)申請成為作家會員，並將投稿作品公開放上該網站至少4萬字，若想全文公開也可以。

審稿與回覆

(1) 收到稿件後，約需2-3個月審稿時間，請耐心等候通知。若通過審稿，編輯部將以email回覆並洽談合作事宜，如未過稿，恕不另行通知。
(2) 由於來稿眾多，若投稿未過，請恕無法一一說明原因或給予寫作建議。
(3) 若欲詢問審稿進度，請來信至投稿信箱，請勿透過電話、部落格、粉絲團詢問。

其他注意事項

(1) 請勿抄襲他人作品。
(2) 請確認投稿作品的實體與電子版權都在您的手上。
(3) 如果您的作品在敝公司的徵稿類型之外，仍然可以投稿，只是過稿機率相對較低。

國家圖書館出版品預行編目資料

十二夢／晨羽著 . -- 初版 . -- 臺北市；城邦原創，2015.10
面；公分 . --（戀小說；49）

ISBN 978-986-92128-8-5（平裝）

857.7 104020794

十二夢

作　　者／晨羽
企畫選書／楊馥蔓
責任編輯／胡湘潤

行銷業務／林政杰
總 編 輯／楊馥蔓
總 經 理／伍文翠
發 行 人／何飛鵬
法律顧問／元禾法律事務所　王子文律師
出　　版／城邦原創股份有限公司
台北市中山區民生東路二段 141 號 6 樓
電話：(02) 2509-5506　傳真：(02) 2500-1933
E-mail：service@popo.tw
發　　行／英屬蓋曼群島商家庭傳媒股份有限公司城邦分公司
聯絡地址：台北市中山區民生東路二段 141 號 11 樓
書虫客服服務專線：(02) 25007718・(02) 25007719
24 小時傳眞服務：(02) 25001990・(02) 25001991
服務時間：週一至週五 09:30-12:00・13:30-17:00
郵撥帳號：19863813　戶名：書虫股份有限公司
讀者服務信箱 email：service@readingclub.com.tw
城邦讀書花園網址：www.cite.com.tw
香港發行所／城邦（香港）出版集團有限公司
地址：香港灣仔駱克道 193 號東超商業中心 1 樓
email：hkcite@biznetvigator.com
電話：(852)25086231　傳眞：(852) 25789337
馬新發行所／城邦（馬新）出版集團 Cité(M)Sdn. Bhd.
41, Jalan Radin Anum, Bandar Baru Sri Petaling,
57000 Kuala Lumpur, Malaysia.
電話：(603) 90563833　傳眞：(603) 90576622
email:services@cite.my

封面設計／黃聖文
印　　刷／漾格科技股份有限公司
電腦排版／陳瑜安
經 銷 商／聯合發行股份有限公司
電話：(02)2917-8022　傳眞：(02)2911-0053

■ 2015 年 10 月初版　Printed in Taiwan
■ 2023 年 1 月初版 18.8 刷

定價／ 260 元

ISBN 978-986-92128-8-5
本書如有缺頁、倒裝，請來信至 service@popo.tw，會有專人協助換書事宜，謝謝！

www.popo.tw
城邦讀書花園 www.cite.com.tw